La Familia de Pascual Duarte

Dans la même collection

Lire en anglais

Thirteen Modern English and American Short Stories
Seven American Short Stories
Nine English Short Stories
A Long Spoon and Other Short Stories
Simple Arithmetic and Other American Short Stories
Roald Dahl : **Someone Like You**
Roald Dahl : **The Hitch-Hiker**
Somerset Maugham : **The Escape**
Somerset Maugham : **The Flip of a Coin**
F. Scott Fitzgerald : **Pat Hobby and Orson Welles**
Ray Bradbury : **Kaleidoscope**
Ray Bradbury : **The Martian Chronicles**
Ray Bradbury : **A story of love**
Saki : **The Seven Cream Jugs**
John Steinbeck : **The Snake**
William Faulkner : **Stories of New Orleans**
Ernest Hemingway : **The Killers**
Ernest Hemingway : **The Old Man and the Sea**
Truman Capote : **Breakfast at Tiffany's**
Patricia Highsmith : **Please Don't Shoot the Trees**
Fred Uhlman : **Reunion** ***(L'ami retrouvé)***
James Joyce : **Dubliners**

Lire en allemand

Moderne Erzählungen
Deutsche Kurzgeschichten
Zwanzig Kurzgeschichten des 20. Jahrhunderts
Geschichten von heute
Heinrich Böll : **Der Lacher**
Heinrich Böll : **Die verlorene Ehre der Katharina Blum**
Stefan Zweig : **Schachnovelle**
Rainer Maria Rilke : **Briefe an einen jungen Dichter**

Lire en espagnol

Cuentos del mundo hispánico
Cuentos selectos
Cuentos fantásticos de América
Cuentos de América. Destinos
Los cuentos vagabundos y otros de España
Jorge Luis Borges : **La Intrusa y otros cuentos**

Lire en italien

L'Avventura ed altre storie
Novelle italiane del nostro secolo
Italo Svevo : **La novella del buon vecchio e della bella fanciulla**

Lire en portugais

Contos contemporâneos (Portugal/Brasil)

Lire en français

Nouvelles françaises contemporaines
Guy de Maupassant : **Pierrot et autres nouvelles**
Guy de Maupassant : **Madame Baptiste**

LIRE EN ESPAGNOL
Collection dirigée par Henri Yvinec

Camilo José Cela

La Familia de Pascual Duarte

Introduction et annotations par Manuel Casas

Agrégé d'espagnol - Ancien élève de l'E.N.S.
Professeur au lycée A.-Schweitzer du Raincy

et Christine Michel

Agrégée d'espagnol
Professeur au lycée A.-Boulloche de Livry-Gargan

Le Livre de Poche

Des mêmes auteurs
dans cette collection :

Cuentos de América : Destinos
Cuentos fantásticos de América

La collection "Les Langues Modernes" n'a pas de lien avec l'A.P.L.V. et les ouvrages qu'elle publie le sont sous sa seule responsabilité.

Sommaire

Introduction 7
Camilo José Cela 9

Pascual Duarte, de limpio 12

LA FAMILIA DE PASCUAL DUARTE

Dedicatoria 20
Nota del transcriptor 20
Carta anunciando el envío del original 24
Cláusula del testamento ológrafo otorgado por don Joaquín Barrera López 30
Dedicatoria de P. D. 32
Otra nota del transcriptor 280

Vocabulario 297

Signos y abreviaturas

⧄ ¡ Ojo !

= equivale a ; parecido a

≠ contrario o diferente de

< viene de ; > da

adj. adjetivo

adv. adverbio

c. de t. concordancia de tiempos

C. O. D. o **C. O. I.** complemento de objeto directo o indirecto

p. c. d. o **p. c. i.** pronombre complemento directo o indirecto

desp. despectivo ; peyorativo

exp. lex. expresión lexicológica

exp. idiom. o **idiom.** expresión idiomática

gal. galicismo

ger. gerundio

inc. incorrecto

ind. indicativo

inf. infinitivo

int. ind. interrogación indirecta

lat. del latín

lit. literario ; culto

p. p. participio pasado

pop. popular o vulgar

subj. subjuntivo

S. I. imperfecto del subjuntivo

S. P. presente del subjuntivo

Sub. Cond. o **Temp.** subordinada condicional o temporal

s. e. *sous-entendu*

Tout naturellement, après quelques années d'étude d'une langue étrangère, naît l'envie de lire dans le texte. Mais, par ailleurs, le vocabulaire dont on dispose est souvent insuffisant. La perspective de recherches lexicales multipliées chez le lecteur isolé, la présentation fastidieuse du vocabulaire, pour le professeur, sont autant d'obstacles redoutables. C'est pour tenter de les aplanir que nous proposons cette nouvelle collection.

Celle-ci constitue une étape vers la lecture autonome, sans dictionnaire ni traduction, grâce à des notes facilement repérables. S'agissant des élèves de lycée, les ouvrages de cette collection seront un précieux instrument pédagogique pour les enseignants en langues étrangères puisque les recommandations pédagogiques officielles (Bulletin officiel de l'Éducation nationale du 9 juillet 1987 et du 9 juin 1988) les invitent à "faire de l'entraînement à la lecture individuelle une activité régulière" qui pourra aller jusqu'à une heure hebdomadaire. Ces recueils de textes devraient ainsi servir de complément à l'étude de la civilisation. Celle-ci sera également abordée dans des volumes consacrés aux presses étrangères.

Le lecteur trouvera donc :

En page de gauche

Des textes contemporains — nouvelles ou courts romans — choisis pour leur intérêt littéraire et la qualité de leur langue.

En page de droite

Des notes juxtalinéaires rédigées dans la langue du texte, qui aident le lecteur à

Comprendre

Tous les mots et expressions difficiles contenus dans la ligne de gauche sont reproduits en caractères gras et expliqués dans le contexte.

Observer

Des notes d'observation de la langue soulignent le caractère idiomatique de certaines tournures ou constructions.

Apprendre

Dans un but d'enrichissement lexical, certaines notes proposent enfin des synonymes, des antonymes, des expressions faisant appel aux mots qui figurent dans le texte.

Grammaire

Le lecteur trouvera, au moins pour les nouvelles courtes et sous des formes diverses selon les volumes, un rappel des structures rebelles les plus courantes — c'est-à-dire des tournures les plus difficilement assimilées par les francophones. Des chiffres de référence renverront au contexte et aux explications données dans les *Grammaires actives* (de l'anglais, de l'allemand, de l'espagnol, du portugais...) publiées au *Livre de Poche*.

Vocabulaire

En fin de volume une liste de 2 000 mots environ contenus dans les textes, suivis de leur traduction, comporte, entre autres, les verbes irréguliers et les mots qui n'ont pas été annotés faute de place ou parce que leur sens était évident dans le contexte. Grâce à ce lexique on pourra, en dernier recours, procéder à quelques vérifications ou faire un bilan des mots retenus au cours des lectures.

Henri YVINEC

Camilo José Cela

Nace el 11 de mayo de 1916 en Iria Flavia, pueblecito de la provincia de La Coruña, en la diócesis de Santiago de Compostela. Su padre es entonces funcionario de la Administración de las Aduanas. Se puede también señalar que su madre es inglesa de origen.

Cursa estudios segundarios en un colegio de jesuitas y, después del bachillerato, inicia una carrera universitaria un tanto incierta. En efecto se inscribe primero en la Facultad de Medicina, luego en la de Filosofía y Letras y por fin estudia Derecho. En realidad ninguno de estos dominios le satisface por completo. Lo más positivo de este período es que adquiere conocimientos variados a la vez que cultiva cierta libertad y apertura de espíritu. Su primera actividad profesional es la de un empleado en los archivos del Sindicato Nacional Textil pero ya ha publicado a partir de 1935 varios textos, poemas y cuentos.

En 1942 el manuscrito de *La Familia de Pascual Duarte* se edita por fin en Burgos y el éxito de su novela le permite dedicarse a la literatura, lo que no ha dejado de hacer desde aquel entonces.

Sigue en Madrid hasta 1954, año en el que viaja a varios paises hispanoamericanos y se traslada a Palma de Mallorca para vivir más tranquilamente. Allí, en 1956, funda la revista « Papeles de Son Armadans » que se vuelve rápidamente célebre en el mundo de las Letras españolas.

Al cabo de unos cincuenta años consagrados a la

literatura su título más prestigioso y más reciente es el Premio Nobel de Literatura que le otorga la Academia sueca en 1989.

Vive actualmente cerca de Guadalajara en Castilla.

Obras

1943 — *Pabellón de reposo*
1948 — *Viaje a la Alcarria*
1951 — *La Colmena*
— *El Gallego y su cuadrilla*
1953 — *Mrs. Caldwell habla con su hijo*
1962 — *Tobogán de hambrientos*
1969 — *San Camilo, 1936*
1973 — *Oficio de tinieblas*
— *El Tacatá oxidado*
1983 — *Mazurca para dos muertos*
1989 — *Cristo versus Arizona*

La Familia de Pascual Duarte

Camilo José Cela tiene 26 años cuando se publica esta primera novela. A pesar de ciertas dificultades con la censura del régimen franquista, la obra tiene un éxito tan inmediato como duradero. Hasta la fecha se cuentan unas 108 ediciones del *Pascual Duarte* tanto en español como en los idiomas más diversos del planeta. A primera vista sorprende que una obra tan violenta y tan inscrita en lo más oscuro de España haya podido seducir a un público tan numeroso y tan diverso. Es innegable que, a pesar de los defectos propios de una obra de juventud, su terrible eficacidad ejerce cierta fascinación. El lector difícilmente queda neutro y se siente entre asqueado y conmovido por el héroe.

Esta novela que — cabe recordarlo — es enteramente una obra de ficción, se presenta bajo la forma de unas memorias escritas por el protagonista, encarcelado y condenado a muerte después de una serie de crímenes incluyendo el de su propia madre.

Pascual Duarte aparece como un ser esencialmente primitivo que no logra dominar sus instintos. Sus pulsiones mortíferas se originan aparentemente en su voluntad de mostrarse « muy hombre ». Frente a esta exacerbación de lo que se relaciona con el machismo, la violencia se vuelve finalmente un modo de expresión para un hombre que naturalmente parece más bien indefenso, víctima de una gran miseria material y moral.

El personaje vive en efecto en un pueblo de Extremadura, una de las regiones más pobres de España, en los años 30. La vida allí es sumamente frágil y la muerte omnipresente en un mundo en el que reinan las enfermedades y epidemias, la ignorancia, la venalidad de los hombres y de las mujeres. Los individuos suelen hundirse en el fatalismo y la resignación a no ser que intenten vengarse del destino...

Se ha dicho que C.J. Cela había creado un nuevo género literario : el « tremendismo », elaborando un estetismo de la violencia y del horror, recurriendo a un efectivismo brutal para sumir al lector en un mundo algo horrendo a pesar de que no excluye algunos rasgos de humorismo negro.

En cuanto al estilo del libro, se encontrarán a lo largo del texto los refranes que constituyen el fondo del saber popular, los modismos tan frecuentes en la lengua hablada así como el empleo del laísmo, marcas todas del arte del autor que supo adaptar su estilo al mundo campesino en que se desarrolla la novela.

Pascual Duarte, de limpio

Pascual Duarte, a fuerza de llevar tiempo y tiempo sin mudarse de ropa, estaba sucio y casi desconocido. Muy limpio, lo que se dice muy limpio, no lo fuera nunca, bien cierto es, pero tan sucio como últimamente andaba tampoco era su natural. Los libros que tienen muchas ediciones acaban siempre por ensuciarse y, de cuando en cuando, conviene fregotearles la cara para volverlos a su ser. Esto de la higiene es arte capcioso pero necesario, arte que si bien debe usarse con cautela para no caer en sus garras, fieras como las del vicio, tampoco es prudente huirlo ni despreciarlo. En Orense vivía un señor que se llamaba don Romualdo Vaqueriza Duque, quien motejaba al bidet de cabeza de puente de la masonería en la vetusta civilización hispana; la gente, como no sabía bien lo que quería decir eso de vetusta, lo dejaba hablar. Don Romualdo, que era muy aparente, murió de un incordio anal que, según la ciencia, quizás hubiera podido desprendérsele con jabón. A mí no me agradaría que el recuerdo de Pascual Duarte — ¡pobre Pascual Duarte, muerto en garrote! — muriera como Don Romualdo, de resultas de su miedo al agua.

Los escritores, por lo común, corregimos las pruebas

de limpio: doble sentido, asimilación entre el personaje y la obra (es una edición renovada)

a fuerza ... tiempo: por haberse quedado mucho tiempo
mudarse de ropa: cambiar de vestidos □ **desconocido**: no le reconocían de puro **sucio** ($\neq$ limpio) ⧄ **fuera**: S. I. con valor p.c.p., no lo había sido nunca □ **andaba**: iba, estaba
tampoco era = no era tampoco su condición **natural**
acaban por...: un día u otro se ensucian (por el polvo del tiempo) □ **fregotearles...**: (imagen) lavarles... □ **volverlos...**: darles de nuevo su estado natural □ **Esto de**: lo de □ **capcioso**: artificial □ **si bien** = aunque + ind. (concesiva) □ **usarse con cautela**: emplearse con precaución □ **...garras**: caer bajo el poder de la higiene □ **fieras**: feroces □ **(tampoco es) prudente huirlo ni...**: giro impersonal + inf. = no es prudente huir ni desdeñar la higiene □ **motejaba**: calificaba □ **... puente**: vanguardia □ **masonería**: francmasonería

Don...: es alguien importante ⧄ **aparente**: de buen aspecto ⧄ **murió** $<$ morir □ **incordio**: oclusión □ **quizás**: tal vez, acaso
... desprendérsele: se le hubiera podido quitar, eliminar
agradaría: sería grato; gustaría □ **recuerdo**: memoria
muerto en garrote: « garrote vil », estrangulación de los sentenciados a muerte □ **de resultas de**: a causa de
... por lo común: en (regla) general

de nuestras primeras ediciones y a veces, ni eso. Las que siguen las dejamos al cuidado de los editores quienes, quizá por aquello de su conocida afición al noble y entretenido juego del pasabola, delcgan en el impresor, el quc se apoya en el corrector de pruebas que, como anda de cabeza, llama en su auxilio a ese primo pobre que todos tenemos quien, como es más bien haragán, manda a un vecino. El resultado es que, al final, el texto no lo reconoce ni su padre : en este caso, un servidor de ustedes. Los libros, con frecuencia, mejoran con esa gratuita y tácita colaboración, pero los autores rara vez nos avenimos a reconocerlo y solemos preferir, quizás habitados por la soberbia, aquello que con mejor o peor fortuna habíamos escrito.

A veces pienso que escribir no es más que recopilar y ordenar y que los libros se están siempre escribiendo, a veces solos, incluso desde antes de empezar materialmente a escribirlos y aun después de ponerles su punto final. La cosecha de las sensaciones se tamiza en la criba de mil agujeros de la cabeza y cuando se siente madura y en sazón, se apunta en el papel y el libro nace. Lo que sucede es que el libro, después de nacer, sigue creciendo — armónico o desordenado — y evolucionando : en la cabeza de su autor, en la imaginación o en el sentimiento de los lectores y, por descontado, en las páginas de sus ulteriores ediciones. Estos crecimientos no son de la misma substancia, bien es verdad, pero todos le hacen crecer. Un niño crece de diferente manera que un cáncer, pero el cáncer — y eso es lo malo — también crece.

Con el Pascual Duarte casi he tenido — en esta ocasión — que recurrir a la cirugía para podarle lo que

a veces = algunas veces ☐ **ni** siquiera **eso** ☐ **Las** pruebas **que ... siguen** < seguir : vienen después ☐ **al cuidado de** : se encargan de ellas los editores ☐ **por aquello de** : debido a ☐ **afición** : inclinación ☐ **entretenido** : divertido ☐ **pasabola** : en el billar cuando una bola choca en otra que, a su vez, toca una tercera
anda de cabeza : está excesivamente ocupado ☐ **auxilio** : ayuda
haragán : holgazán ; perezoso
manda a... : pide a un vecino que vaya por él
... ni su padre : ni siquiera su autor lo reconoce ☐ **servidor** giro de cortesía (yo) ☐ **mejoran** : se vuelven mejores
los autores ... (nos) = nosotros, autores...
nos avenimos a : aceptamos ☐ **solemos** : tenemos por costumbre
soberbia u orgullo ☐ **aquello que** : lo que ☐ **mejor o peor...** : buena o mala **fortuna**
no es más que : sólo es ; no es sino ☐ **recopilar** : reunir y sumar
ordenar < el orden ☐ **se están...** : no dejan nunca de escribirse
incluso : adv. ≠ mismo, a : adj. ☐ **antes de empezar** : antes de que los autores empecemos ☐ **y aun** : e incluso
la cosecha de : imagen agrícola, el conjunto de ☐ **criba** o tamiz utensilio que separa partículas de distinto grosor gracias a un fondo con **agujeros** (como el cerebro que selecciona) ☐ **en sazón** : madura, en su punto (≠ verde) ☐ **sucede** : pasa ☐ **sigue creciendo** : seguir + ger. no deja de crecer (continuidad)

por descontado : claro ; por supuesto (expresa evidencia)
crecimientos < crecer : añadiduras < añadir

crecer : desarrollarse, aumentar

el Pascual Duarte : el artículo sustantiva = la novela « Pascual Duarte » ☐ **podarle** : quitarle de encima ; suprimir

le sobraba tanto como para devolverle lo que le quitaron; al final, afortunadamente, bastó con una buena jabonadura. Aunque ahora, al releerlo al cabo de los años, me entraron tentaciones de acicalarlo con mayor esmero y pulcritud, he preferido dejar las cosas — en lo fundamental — como estaban y no andarle hurgando. No la hurgues, que es mocita y pierde — oí decir por el campo de Salamanca, algo más arriba del paisaje extremeño de Pascual Duarte. Además, mi cabeza no es la misma de hace veinte años y este libro es producto de mi cabeza aquella y no de mi cabeza de hoy. Seamos respetuosos con el calendario.

Montaigne llamaba al orden virtud triste y sombría. Probablemente, Montaigne confundió el orden con su máscara, con su mera apariencia; es actitud frecuente entre las gentes de orden, entre quienes llaman orden a lo que no es ritmo sino quietud y, a fuerza de no distinguir entre el culo y las cuatro témporas, acaban tomando el rábano por las hojas. Yo pienso que el orden es algo alegre, vivo y luminoso; lo que es triste y muerto y opaco es lo que suele darse, fraudulenta y enfáticamente, por orden, cuando en realidad no pasa de ser un vacío. El firmamento es un hermoso prodigio de orden. El orden público, por el contrario, no es más cosa, con harta frecuencia, que un caos silencioso al que se fuerza a fingir el límpido color del orden aunque, claro es, nadie acabe creyéndoselo.

Pero si a veces pienso que escribir y ordenar son una misma cosa, otras veces sospecho lo contrario y hasta llego a creer en la inspiración de que nos hablan los poetas románticos — esos grandes mixtificadores — y los críticos románticos — esos denodados paladines de

lo que le sobraba: lo que tenía en exceso; lo superfluo □ **tanto como para**: tanto para podarle como para **devolverle** (restituirle) □ **bastó**: fue suficiente □ **jabonadura** < jabón □ **al cabo de...**: después de muchos años □ **me entraron...**: tuve ganas de **acicalarlo** (pulirlo) □ **mayor** (comparativo de grande): más □ **esmero y pulcritud**: cuidado y atención

... pierde: conviene conservar a las cosas parte de su misterio

algo más arriba: un poco más al norte del...

paisaje extremeño: Pascual Duarte vive cerca de Almendralejo, pueblo de la provincia de Badajoz, en Extremadura

aquella: demostrativo que supone distancia temporal (hace veinte años) ⊠ **respetuoso con**

orden (el): disposición de las cosas ≠ la orden (se debe obedecer)

mera: simple ⊠ **apariencia**

entre quienes: entre aquellos que...; los cuales...

quietud: tranquilidad

... témporas: refrán, no distinguir lo evidente

... hojas: refrán, interpretar mal las cosas; equivocarse

algo: una cosa □ **alegre** ≠ triste

suele darse ... por: se acostumbra presentar como ⊠ **fraudulenta y enfáticamente** □ **no pasa de (ser)**: no es más que; no es sino **un vacío**: sin contenido □ **hermoso**: bello

no es más cosa que: no es otra cosa que; sólo es

con harta frecuencia: muy frecuentemente; muy a menudo

... se fuerza a < forzar a alguien a + inf. □ **fingir**: simular

claro es: evidentemente □ **(aunque) ... acabe creyéndoselo**: finalmente nadie se lo cree; al final no se lo cree nadie

y hasta: e incluso

de que = de la cual: traduce el « *dont* »

mixtificadores

denodados paladines: intrépidos defensores (intención irónica)

la confusión. Entiendo saludable — no sé si sabio — no pensar siempre en lo adjetivo y sí, en cambio, variar un poco en lo substantivo y permanente. Lo digo a cuenta de que tampoco me extrañaría poder llegar a incluir a la inspiración en la órbita del orden.

A mi novela *La familia de Pascual Duarte*, después de lo mucho que sobre ella he trabajado, voy a procurar no tocarla más. Su texto original queda fijado (quizás fuera menos pedante decir: establecido) en esta edición y a ella procuraré remitirme siempre que lo necesite. Sus traducciones habrá que admitirlas tal como están, salvo que mis futuros traductores prefieran ajustarse al texto de hoy, cosa que habría que agradecerles. Como es de sentido común, las traducciones casi siempre he tenido que darlas por buenas porque, para revisarlas y comentarlas, precisaría de unos conocimientos que estoy muy lejos de poseer. En mis tiempos de La Coruña conocí y admiré mucho a un guardia municipal que se llamaba Castelo y que llevaba bordadas en la manga siete banderitas, una por cada país cuya lengua hablaba. No es mi caso y no me duelen prendas al reconocer que no hubiera podido servir para guardia urbano o, al menos, para guardia urbano coruñés; a lo mejor, en Jaén o en Cáceres exigen menos requisitos y sabidurías.

En fin: Pascual Duarte está limpio, que es lo importante. Ahora se dispone a empezar a morir de nuevo, poco a poco.

Palma de Mallorca, 23 de agosto de 1960.

Entiendo saludable: considero... ; pienso que es provechoso

lo adjetivo o accesorio ≠ lo substantivo o esencial ⍁ **variar:** cambiar; orientarse hacia □ **a cuenta de que:** por eso de que

tampoco me extrañaría: no me sorprendería tampoco

órbita: espacio, ámbito

lo mucho: todo lo que □ **voy a procurar:** voy a intentar

queda + p. p.: semiauxiliar; está definitivamente □ **fuera** < S. I. de ser con valor condicional, sería

procuraré remitirme: trataré de referirme □ **siempre que** + subj.: si lo necesito; caso de que lo necesite □ **habrá que** + inf.: obligación impersonal □ **(salvo) que** + subj.: excepto si + ind. □ ... **habría que agradecerles:** sería necesario darles gracias por ello

darlas por buenas: considerarlas buenas □ **revisarlas:** examinarlas ⍁ **precisaría de:** necesitaría

... de La Coruña: cuando yo vivía en La Coruña (ciudad del noroeste de España, en Galicia) □ **admiré a un guardia**

llevaba bordadas...: tenía **la manga** (cubre el brazo) adornada con **banderitas** (la bandera francesa es tricolor) ⍁ **cuya:** « *dont la* » □ ... **prendas:** ne me cuesta (no me importa) reconocer su superioridad puesto que yo **« no hubiera podido servir para »** (valer; ser apto para) □ **coruñés:** de La Coruña □ **a lo mejor:** tal vez; quizá(s) □ **Jaén ... Cáceres:** ciudades de Andalucía y de Extremadura □ **requisitos:** exigencias □ **lo importante:** la cosa importante

Dedico esta edición a mis enemigos, que tanto me han ayudado en mi carrera.

Nota del transcriptor

Me parece que ha llegado la ocasión de dar a la imprenta las memorias de Pascual Duarte. Haberlas dado antes hubiera sido quizás un poco precipitado; no quise acelerarme en su preparación, porque todas las cosas quieren su tiempo, incluso la corrección de la errada ortografía de un manuscrito, y porque a nada bueno ha de conducir una labor trazada, como quien dice, a uña de caballo. Haberlas dado después, no hubiera tenido, para mí ninguna justificación: las cosas deben ser mostradas una vez acabadas.

Encontradas, las páginas que a continuación transcribo, por mí y a mediados del año 39, en una farmacia de Almendralejo — donde Dios sabe qué ignoradas manos las depositaron — me he ido entreteniendo, desde entonces acá, en irlas traduciendo y ordenando, ya que el manuscrito — en parte debido a la mala letra y en parte también a que las cuartillas me las encontré sin numerar y no muy ordenadas—, era punto menos que ilegible.

carrera: aquí, profesión, itinerario profesional

transcriptor: intención literaria, el autor de la novela se presenta como simple intermediario entre el narrador protagonista, Pascual Duarte, y el lector

imprenta: impresión de los libros
hubiera = habría ☐ **quise (yo)** < querer
acelerarme: precipitarme
quieren: aquí, exigen ☐ **incluso**: aun; hasta ☐ **errada** < error: equivocada ⧄ **a nada bueno** ☐ **ha de** + inf.: hipótesis, puede
una labor ☐ **trazada**: efectuada
... caballo: de modo grosero, rápido y aproximativo
deben ser: obligación, tienen que ser ≠ deben de ser, hipótesis
una vez acabadas: terminadas ya
a continuación: seguidamente
a principios de, **a mediados de**, a finales de
Almendralejo: en la provincia de Badajoz (p. 17, l. 9) ☐ **qué**: interrogativa indirecta señalada por el acento ☐ **... entreteniendo ... en irlas** (las páginas) **traduciendo...**: ir (o irse) + gerundio traduce una forma progresiva; me he recreado traduciéndolas y ordenándolas ☐ (debido) **a que...** ☐ **cuartillas**: folios ☐ **punto menos que ilegible**: casi no se podía leer

Quiero dejar bien patente desde el primer momento, que en la obra que hoy presento al curioso lector no me pertenece sino la transcripción; no he corregido ni añadido ni una tilde, porque he querido respetar el relato hasta en su estilo. He preferido, en algunos pasajes demasiado crudos de la obra, usar de la tijera y cortar por lo sano; el procedimiento priva, evidentemente, al lector de conocer algunos pequeños detalles — que nada pierde con ignorar—; pero presenta, en cambio, la ventaja de evitar el que recaiga la vista en intimidades incluso repugnantes, sobre las que — repito — me pareció más conveniente la poda que el pulido.

El personaje, a mi modo de ver, y quizá por lo único que lo saco a la luz, es un modelo de conductas; un modelo no para imitarlo, sino para huirlo; un modelo ante el cual toda actitud de duda sobra; un modelo ante el que no cabe sino decir:

— ¿Ves lo que hace? Pues hace lo contrario de lo que debiera.

Pero dejemos que hable Pascual Duarte, que es quien tiene cosas interesantes que contarnos.

patente: claro

(no me) pertenece sino la...: sólo es mía la... □ **ni añadido ni una tilde**: idiom., no he agregado absolutamente nada ☐ **respetar**

usar de la tijera y ... sano: dos imágenes, hacer cortes e ir a lo esencial sin utilizar paliativos □ **procedimiento**: método
nada pierde con ignorar = no pierde nada ignorando
presenta: el sujeto es « el procedimiento » □ **en cambio**: sentido adversativo □ **el que recaiga** (< recaer): el artículo sustantiva la proposición subordinada, « *le fait que* » □ **las** (intimidades) **... pulido**: me pareció más adecuado podar (cortar pasajes crudos) que pulir (dar buen aspecto) □ **a mi modo de ver**: a mi juicio ; desde mi punto de vista □ **saco a la luz**: publico su vida ☐ **no para imitarlo, sino para...**: « sino » marca la oposición a una proposición negativa □ **sobra**: es superflua
no cabe sino decir: sólo conviene decir ; no hay que decir más que : ... □ **hace** (el personaje, Pascual Duarte)
debiera: valor condicional, ... de lo que debería hacer
dejemos: imperativo, permitamos □ **es quien**: el giro enfático requiere el relativo « quien » (para las personas) ☐ **cosas ... que contarnos**

Carta anunciando el envío del original

Señor don Joaquín Barrera López.
Mérida.

Muy señor mío:

Usted me dispensará de que le envíe este largo relato en compañía de esta carta, también larga para lo que es, pero como resulta que de los amigos de don Jesús González de la Riva (que Dios haya perdonado, como a buen seguro él me perdonó a mí) es usted el único del que guardo memoria de las señas, a usted quiero dirigirlo por librarme de su compañía, que me quema sólo de pensar que haya podido escribirlo, y para evitar el que lo tire en un momento de tristeza, de los que Dios quiere darme muchos por estas fechas, y prive de esa manera a algunos de aprender lo que yo no he sabido hasta que ha sido ya demasiado tarde.

Voy a explicarme un poco. Como desgraciadamente no se me oculta que mi recuerdo más ha de tener de maldito que de cosa alguna, y como quiero descargar, en lo que pueda, mi conciencia con esta pública confesión, que no es poca penitencia, es por lo que me

Carta ≠ letra : carta de Pascual Duarte a Don Joaquín Barrera López □ **el original** : el manuscrito original a partir del cual se elabora el presente libro (que es una ficción novelesca)

Señor Don... : giro de respeto frecuente en la correspondencia

Muy señor mío : saludo neutro, seguido por los dos puntos, que introduce las cartas ; o también « Estimado (Distinguido) señor » □ **me dispensará** : me perdonará ⧄ **largo** ≠ corto □ **relato** : narración □ **esta carta** (que estoy escribiendo ahora) **resulta que** : ocurre que ; aparece que □ **don** : (l. 11), siempre con el nombre de pila y no el apellido □ espero **que Dios le haya perdonado** : el subj. supone aquí una hipótesis traducida en francés con el futuro anterior □ **... señas** : de cuya dirección me acuerdo □ **dirigirlo** : enviar el relato □ **librarme de su compañía** : para separarme (liberarme) de él □ (yo) **haya** < S. P. de haber □ **el que lo tire** (s. e. a la basura) : se sustantiva la subordinada ; que me separe del relato □ **muchos** (momentos tristes) □ **lo que** : las cosas que
(no he) sabido hasta que... : no he sabido sino cuando...

no se me oculta : tengo presente ; no ignoro □ **... ha de tener de** : mi recuerdo es más bien maldito □ **descargar... (mi conciencia)** : confesar mis faltas y crímenes □ **en lo que pueda** : en la medida de lo posible □ **poca** : aquí, pequeña □ por eso **es por lo que ...**

he inclinado a relatar algo de lo que me acuerdo de mi vida. Nunca fue la memoria mi punto fuerte, y sé que es muy probable que me haya olvidado de muchas cosas incluso interesantes, pero a pesar de ello me he metido a contar aquella parte que no quiso borrárseme de la cabeza y que la mano no se resistió a trazar sobre el papel, porque otra parte hubo que al intentar contarla sentía tan grandes arcadas en el alma que preferí callármela y ahora olvidarla. Al empezar a escribir esta especie de memorias me daba buena cuenta de que algo habría en mi vida — mi muerte, que Dios quiera abreviar — que en modo alguno podría yo contar; mucho me dio que cavilar este asuntillo y, por la poca vida que me queda, podría jurarle que en más de una ocasión pensé desfallecer cuando la inteligencia no me esclarecía dónde debía poner punto final. Pensé que lo mejor sería empezar y dejar el desenlace para cuando Dios quisiera dejarme de la mano, y así lo hice; hoy, que parece que ya estoy aburrido de todos los cientos de hojas que llené con mi palabrería, suspendo definitivamente el seguir escribiendo para dejar a su imaginación la reconstrucción de lo que me quede todavía de vida, reconstrucción que no ha de serle difícil, porque a más de ser poco seguramente, entre estas cuatro paredes no creo que grandes nuevas cosas me hayan de suceder.

Me atosigaba, al empezar a redactar lo que le envío, la idea de que por aquellas fechas ya alguien sabía si había de llegar al fin de mi relato, o dónde habría de cortar si el tiempo que he gastado hubiera ido mal medido y esa seguridad de que mis actos habían de ser, a la fuerza, trazados sobre surcos ya previstos, era algo

relatar: contar □ **me acuerdo de** < acordarse de **algo** (recordar algo) □ **Nunca fue** = no fue nunca □ (yo) **sé**
me haya olvidado de = haya olvidado
incluso (≠ mismo: adj.): aun □ **a pesar de ello** (los olvidos): no obstante ☑ **quiso** < querer □ **borrárseme de**: desaparecer de
no se resistió a: se abandonó a
hubo < hay □ **al intentar...**: cuando intentaba (o trataba de) contarla □ (yo) **sentía** □ **arcadas**: repugnancia; náuseas
callármela (la parte) □ **Al empezar**: cuando empezaba, al + inf. traduce simultaneidad con otras acciones, el verbo principal da la persona y el tiempo **(me daba...)** □ **habría**: debía de haber, hipótesis en el pasado □ **en modo alguno** = de ningún modo
me dio que cavilar: me hizo meditar
... queda: son confesiones de un sentenciado a muerte
desfallecer: aquí, perder el sentido
esclarecía < claro: no me decía claramente **dónde** (interrogación indirecta) □ **dejar el desenlace para...**: diferir la conclusión hasta cuando Dios dispusiera abandonarme **(dejarme de la mano)** □ **estoy aburrido**: cansado moralmente
palabrería: desp., abundancia de palabras □ **suspendo ... el escribiendo**: no sigo escribiendo más □ **su**: la imaginación del destinatario de la carta □ **lo que me quede...**: hipotético, lo que yo tenga por vivir □ **no ha de serle...**: no ha de ser (no será) difícil para usted □ **cuatro paredes**: está en la cárcel
no creo que (+ subj.) ... **me hayan de suceder** (= pasar)
me atosigaba: me atormentaba □ **al empezar**: (l. 9)
por aquellas fechas: cuando empecé a escribir
(si) había de llegar: traduce una perspectiva en el pasado = si llegaría yo □ **gastado**: utilizado □ **si ... hubiera ido...** = Sub. Cond. en subj. □ **seguridad**: certidumbre □ **habían de ser**: a la vez futuro y obligación (fatalidad) □ **surco**: línea

que me sacaba de quicio. Hoy, más cerca ya de la otra vida, estoy más resignado. Que Dios se haya dignado darme su perdón.

Noto cierto descanso después de haber relatado todo lo que pasé, y hay momentos en que hasta la conciencia quiere remorderme menos.

Confío en que usted sabrá entender lo que mejor no le digo, porque mejor no sabría. Pesaroso estoy ahora de haber equivocado mi camino, pero ya ni pido perdón en esta vida. ¿Para qué? Tal vez sea mejor que hagan conmigo lo que está dispuesto, porque es más que probable que si no lo hicieran volviera a las andadas. No quiero pedir el indulto, porque es demasiado lo malo que la vida me enseñó y mucha mi flaqueza para resistir al instinto. Hágase lo que está escrito en el libro de los Cielos.

Reciba, señor don Joaquín, con este paquete de papel escrito, mi disculpa por haberme dirigido a usted, y acoja este ruego de perdón que le envía, como si fuera el mismo don Jesús, su humilde servidor.

PASCUAL DUARTE

Cárcel de Badajoz, 15 de febrero de 1937.

me sacaba de quicio: me volvía loco □ **la otra (vida)**: la vida eterna □ Espero que **Dios se haya dignado**: ... haya aceptado (o condescendido a) perdonarme
Noto: observo ⧄ **cierto descanso**: cierto alivio moral □ **relatado**: contado □ **pasé**: aquí, viví ⧄ **conciencia** pero consciente □ **remorderme**: atormentarme
Confío en que: espero que □ **sabrá** < saber ⧄ **entender**: comprender □ **mejor**: más claramente □ **pesaroso**: penado, triste □ **equivocado**: errado (< error) □ **ni** siquiera **pido** (< pedir) **perdón** □ **sea** < ser □ **hagan** < hacer
conmigo, contigo, con él... □ **... dispuesto**: decidido
si no lo hicieran (indeterminado) **yo volviera a las andadas**: de no ejecutarme, yo volvería a matar □ **indulto**: gracia
mucha: aquí, grande □ **flaqueza**: debilidad
instinto □ **Hágase** = que se haga (< S. P. de hacer)

señor don Joaquín: marca de respeto, este señor es el destinatario supuesto □ **disculpa**: excusa
acoja < acoger: imperativo (usted) □ **ruego**: petición □ **como** si (usted) **fuera el mismo don Jesús** González de la Riva □ **humilde servidor**: fórmula de respeto para despedirse

Cárcel de Badajoz: prisión provincial ubicada en la ciudad de Badajoz, capital de la provincia extremeña del mismo nombre

Cláusula del testamento ológrafo otorgado por don Joaquín Barrera López, quien por morir sin descendencia legó sus bienes a las monjas del servicio doméstico

Cuarta: Ordeno que el paquete de papeles que hay en el cajón de mi mesa de escribir, atado con bramante y rotulado en lápiz rojo diciendo: *Pascual Duarte*, sea dado a las llamas sin leerlo, y sin demora alguna, por disolvente y contrario a las buenas costumbres. No obstante, y si la Providencia dispone que, sin mediar malas artes de nadie, el citado paquete se libre durante dieciocho meses de la pena que le deseo, ordeno al que lo encontrare lo libre de la destrucción, lo tome para su propiedad y disponga de él según su voluntad, si no está en desacuerdo con la mía.

. . . .

Dado en Mérida (Badajoz) y en trance de muerte, a 11 de mayo de 1937.

Cláusula: disposición; estipulación
(testamento) ológrafo: o autógrafo, escrito de su propia mano (de puño y letra) por su autor, en este caso el testador don Joaquín □ **por morir:** sentido causal, porque murió
monjas: las sores, suelen pertenecer a una orden religiosa

Cuarta: s. e. cláusula (l. 1)
cajón: caja incluída en un mueble □ **bramante:** cuerda fina
rotulado: aquí, con título □ **diciendo:** que dice
... llamas: sea quemado (tirado al fuego) □ **sin demora alguna:** en el acto, inmediatemente □ **(por) disolvente:** porque es inmoral □ **(No) obstante:** sin embargo □ **mediar:** intervenir, ponerse de por medio □ **malas artes:** astucia, engaño o superchería □ **se libre... de:** consiga librarse de (evite) □ **al que:** a aquel que **lo encontrare:** arc., subj. futuro que todavía se emplea en la lengua jurídica ☐ **propiedad** □ **disponga** < disponer (S. P.) □ **si su voluntad no ...** □ **la mía:** pro. dem., mi voluntad
Mérida: ciudad de la provincia de Badajoz □ **en trance de muerte:** últimos momentos de la vida

A la memoria del insigne patricio don Jesús González de la Riva, Conde de Torremejía, quien al irlo a rematar el autor de este escrito, le llamó Pascualillo y sonreía.

P.D.

[1]

Yo, señor, no soy malo, aunque no me faltarían motivos para serlo. Los mismos cueros tenemos todos los mortales al nacer y sin embargo, cuando vamos creciendo, el destino se complace en variarnos como si fuésemos de cera y en destinarnos por sendas diferentes al mismo fin: la muerte. Hay hombres a quienes se les ordena marchar por el camino de las flores, y hombres a quienes se les manda tirar por el camino de los cardos y de las chumberas. Aquéllos gozan de un mirar sereno y al aroma de su felicidad sonríen con la cara del inocente; estos otros sufren del sol violento de la llanura y arrugan el ceño como las alimañas por defenderse. Hay mucha diferencia entre adornarse las carnes con arrebol y colonia, y hacerlo con tatuajes que después nadie ha de borrar ya.

Nací hace ya muchos años — lo menos cincuenta y cinco — en un pueblo perdido por la provincia de Badajoz; el pueblo estaba a unas dos leguas de Almendralejo, agachado sobre una carretera lisa y larga como un día sin pan, lisa y larga como los días — de una lisura y una largura como usted para su bien, no puede ni figurarse — de un condenado a muerte.

insigne: ilustre □ **patricio**: noble en la Roma antigua; aquí, ciudadano glorioso □ **al irlo**: al + inf.: cuando iba a matarlo...
Pascualillo: diminutivo afectuoso □ **sonreía** < sonreír
P. D. = Pascual Duarte

soy malo ≠ estoy malo □ **no me faltarían**: tendría suficientes **motivos para** ser malo □ **cueros**: pop. como pellejo; piel
al nacer: cuando venimos al mundo □ **vamos creciendo**: ir + gerundio, acción progresiva □ **variarnos**: hacernos diferentes □ **como si fuésemos**: (subj. en -se) □ (se complace) **en** □ **senda**: camino □ **a quienes**: C.O.I. persona, exige la preposición « a »
camino de las flores ≠ ... **cardos** (planta espinosa): imagen que muestra los destinos opuestos □ **se les manda tirar**: les ordenan que vayan... □ **chumbera**: tiene espinas □ **Aquéllos**: pro. demos., los primeros benefician (gozan) de
llanura: en el contexto es un páramo, tierra llana y estéril
arrugan el ceño: se les pliega la piel de la frente □ **alimañas**: animal salvaje □ **adornarse las carnes**: intención sarcástica, cuidarse la piel **con arrebol** (crema colorada) y agua **de Colonia**
que nadie ... ya: que nadie podrá suprimir
yo **Nací** □ **hace** + duración traduce el tiempo pasado, « *il y a* »

unas (aproximadamente) **dos leguas**: unidad de medida antigua (5,57 kms) □ **Almendralejo**: (p. 17, l. 9) □ **agachado** ≠ derecho □ **... sin pan**: refrán, un día interminable debido al hambre
largura (o longitud) < largo ≠ corto □ **... bien**: mejor para usted □ **ni figurarse**: ni siquiera imaginarse

Era un pueblo caliente y soleado, bastante rico en olivos y guarros (con perdón), con las casas pintadas tan blancas, que aún me duele la vista al recordarlas, con una plaza toda de losas, con una hermosa fuente de tres caños en medio de la plaza. Hacía ya varios años, cuando del pueblo salí, que no manaba el agua de las bocas y sin embargo, ¡qué airosa!, ¡qué elegante!, nos parecía a todos la fuente con su remate figurando un niño desnudo, con su bañera toda rizada al borde como las conchas de los romeros. En la plaza estaba el ayuntamiento que era grande y cuadrado como un cajón de tabaco, con una torre en medio, y en la torre un reloj, blanco como una hostia, parado siempre en las nueve como si el pueblo no necesitase de su servicio, sino sólo de su adorno. En el pueblo, como es natural, había casas buenas y casas malas, que son, como pasa con todo, las que más abundan; había una de dos pisos, la de don Jesús, que daba gozo de verla con su recibidor todo lleno de azulejos y macetas. Don Jesús había sido siempre muy partidario de las plantas, y para mí que tenía ordenado al ama vigilase los geranios, y los heliotropos, y las palmas, y la yerbabuena, con el mismo cariño que si fuesen hijos, porque la vieja andaba siempre correteando con un cazo en la mano, regando los tiestos con un mimo que a no dudar agradecían los tallos, tales eran su lozanía y su verdor. La casa de don Jesús estaba también en la plaza y, cosa rara para el capital del dueño que no reparaba en gastar, se diferenciaba de las demás, además de en todo lo bueno que llevo dicho, en una cosa en la que todos le ganaban: en la fachada, que aparecía del color natural de la piedra, que tan ordinario hace, y no enjalbegada como hasta la del más pobre

caliente ≠ frío □ **soleado**: con mucho sol
olivo: da la aceituna □ **guarros**: cochinos (había muchos en Extremadura) □ **me duele** (< doler) **la vista** (< ver): tengo la vista dolorida cuando recuerdo esas casas □ **losa**: piedra grande y plana □ **caños**: por donde sale el agua □ **Hacía**: contexto en pasado □ **salí**: me fui □ **manaba**: salía, fluía
bocas: la extremidad del caño □ ¡**Qué airosa**!: ¡Qué gracia!
remate: figura central y decorativa □ **figurando**: que representaba □ **desnudo**: sin vestir □ **bañera**: recipiente, pila
concha de los romeros: la venera; concha de Santiago (de Compostela) que llevaban los peregrinos □ **ayuntamiento**: edificio municipal; alcaldía □ **reloj**: marca las horas
hostia de la Eucaristía □ **parado**: inmovilizado
como si no necesitase: ... no precisara su servicio sino... □ **sólo**: solamente

las casas **que más abundan** □ **pisos**: niveles □ **daba gozo de**: (pop.) daba gusto (era un placer) verla □ **recibidor**: entrada de la casa □ **azulejo**: cerámica que adorna los suelos o las paredes □ las plantas en las **macetas** □ **para mí que**: pienso que □ **... al ama**: había dado órdenes a la mujer que se ocupaba de la casa que + subj. □ **yerbabuena** (hierbabuena = menta) □ **andaba... correteando**: iba corriendo de un lado a otro □ **cazo** con agua □ **tiestos**: macetas (l. 19) □ **mimo**: atención □ **... tallos**: las plantas mostraban con su **lozanía** (vigor y exuberancia) y **verdor** (< verde) su reconocimiento por el cuidado recibido ☒ **rara**: extraña □ **no reparaba en**: no dudaba en gastar dinero; no miraba gastos □ **además de en..., en...**: no sólo en..., sino también en... □ **llevo dicho**: he dicho ya (hasta ahora)
le ganaban: le eran superior
☒ **el color**
don Jesús **no enjalbegaba**: no blanqueaba su fachada con cal

estaba; sus motivos tendría. Sobre el portal había unas piedras de escudo, de mucho valer, según dicen, terminadas en unas cabezas de guerreros de la antigüedad, con su cabezal y sus plumas, que miraban, una para el levante y otra para el poniente, como si quisieran representar que estaban vigilando lo que de un lado o de otro podríales venir. Detrás de la plaza, y por la parte de la casa de don Jesús, estaba la parroquial con su campanario de piedra y su esquilón que sonaba de una manera que no podría contar, pero que se me viene a la memoria como si estuviese sonando por estas esquinas. La torre del campanario era del mismo alto que la del reló y en verano, cuando venían las cigüeñas, ya sabían en qué torre habían estado el verano anterior; la cigüeña cojita, que aún aguantó dos inviernos, era del nido de la parroquial, de donde hubo de caerse, aún muy tierna, asustada por el gavilán.

Mi casa estaba fuera del pueblo, a unos doscientos pasos largos de las últimas de la piña. Era estrecha y de un solo piso, como correspondía a mi posición, pero como llegué a tomarle cariño, temporadas hubo en que hasta me sentía orgulloso de ella. En realidad lo único de la casa que se podía ver era la cocina, lo primero que se encontraba al entrar, siempre limpia y blanqueada con primor; cierto es que el suelo era de tierra, pero tan bien pisada la tenía, con sus guijarrillos haciendo dibujos, que en nada desmerecía de otras muchas en las que el dueño había echado porlan por sentirse más moderno. El hogar era amplio y despejado y alrededor de la campana teníamos un vasar con lozas de adorno, con jarras con recuerdos pintados en azul, con platos con dibujos azules o naranja; algunos platos tenían una

estaba blanqueada o encalada □ **tendría** < tener □ **portal** < puerta □ **piedras de** (en forma de) **escudo**: contiene los emblemas de la familia noble □ **terminadas en**: coronadas por
cabezal < cabeza: aquí, casco
levante, poniente: este, oeste □ **como si quisieran** < querer
estaban vigilando: forma progresiva
podríales venir: arc. y lit., podría venir hacia ellos
parroquial: iglesia principal del pueblo
campanario de piedra: lugar más alto de la iglesia donde está colocado el **esquilón** (o campana) □ **que se me viene...**: que recuerdo **como si estuviese** (S. I. en -se) **sonando** (l. 6) ... □ **estas esquinas**: donde estoy ahora □ **alto** = altura
reló = reloj □ **cigüeñas**: ave migratoria de patas finas y pico largo que suele anidar (< nido) en las torres
cojita: diminutivo cariñoso, con la pata defectuosa □ **aguantó**: resistió □ **hubo de caerse**: debió de caerse (hipótesis)
tierna: joven □ **asustada**: por miedo al **gavilán** (ave rapaz)

pasos largos: a más de doscientos pasos □ **piña**: conjunto de casas, aglomeración
llegué a...: poco a poco sentí **cariño** (afecto) por ella □ **temporadas**: períodos □ **hasta**: incluso □ **lo único**: la única cosa
al entrar: era la primera pieza de la casa
primor: esmero, cuidado □ **suelo de tierra ... tenía**: la tierra estaba tan bien allanada (aplanada) □ **guijarrillos**: piedras pequeñas y redondeadas □ **... desmerecía de**: no era nada inferior a □ **porlan**: cemento □ **por** = para
hogar: parte abierta de la chimenea □ **despejado**: espacioso
campana: parte superior de la chimenea □ **vasar**: mueble abierto donde se exponen las **lozas de adorno** —ornamento— (**jarras, platos** o vasos de cerámica)

cara pintada, otros una flor, otros un nombre, otros un pescado. En las paredes teníamos varias cosas; un calendario muy bonito que representaba una joven abanicándose sobre una barca y debajo de la cual se leía en letras que parecían de polvillo de plata, "Modesto Rodríguez. Ultramarinos finos. Mérida (Badajoz)", un retrato del Espartero con el traje de luces dado de color y tres o cuatro fotografías — unas pequeñas y otras regular — de no sé quién, porque siempre las vi en el mismo sitio y no se me ocurrió nunca preguntar. Teníamos también un reló despertador colgado de la pared, que no es por nada, pero siempre funcionó como Dios manda, y un acerico de peluche colorado, del que estaban clavados unos bonitos alfileres con sus cabecitas de vidrio de color. El mobiliario de la cocina era tan escaso como sencillo: tres sillas — una de ellas muy fina, con su respaldo y sus patas de madera curvada, y su culera de rejilla — y una mesa de pino, con su cajón correspondiente, que resultaba algo baja para las sillas, pero hacía su avío. En la cocina se estaba bien: era cómodo y en el verano, como no la encendíamos, se estaba fresco sentado sobre la piedra del hogar cuando, a la caída de la tarde, abríamos las puertas de par en par; en el invierno se estaba caliente con las brasas que, a veces, cuidándolas un poco, guardaban el rescoldo toda la noche. ¡Era gracioso mirar las sombras de nosotros por la pared, cuando había unas llamitas! Iban y venían, unas veces lentamente, otras a saltitos como jugando. Me acuerdo que de pequeño, me daba miedo, y aún ahora, de mayor, me corre un estremecimiento cuando traigo memoria de aquellos miedos.

El resto de la casa no merece la pena ni describirlo,

cara o rostro □ **una flor**: es una de las 4 excepciones
pescado (para comer) ≠ pez (animal vivo)

abanicándose < abanico: utensilio para darse aire □ **se leía**: se + 3º pers. = giro impersonal, se podía leer □ **polvillo de plata** (metal precioso): plata pulverizada □ **ultramarinos**: productos de ultramar □ **el Espartero**: torero (viste **el traje de luces,** bordado de oro y plata) muy famoso antes de la Guerra Civil
regular: de tamaño intermedio □ **no sé quién**: interrogación indirecta □ **... ocurrió**: nunca me pasó por la cabeza preguntar quién era □ **reló despertador**: despierta a la gente a una hora determinada □ **no es...**: por algo será □ **como Dios manda**: exp. lex., perfectamente □ **acerico**: *pelote à épingles* **(alfileres)**
cabecitas < cabeza: la parte más gruesa del alfiler
⧄ **de vidrio**: « de » para indicar la materia ⧄ **tan escaso como sencillo**: comp. de igualdad, tan limitado como simple
fina = elegante □ **respaldo**: para apoyar la espalda
culera de rejilla: asiento (tercera parte de la silla con el respaldo y las patas) de fibras entrecruzadas flexibles y resistentes □ **... avío**: tenía su utilidad □ **era cómodo**: se estaba a gusto
sentado: cuando nos sentábamos □ **hogar**: (p. 37, l. 29)
a la caída de la tarde: al atardecer □ **de par en par**: completamente □ **se estaba caliente...**: las brasas (del hogar) nos calentaban □ **rescoldo**: brasa residual que da calor
era gracioso mirar: era divertido observar
... de nosotros = nuestras sombras □ **... llamitas**: con la luz de las llamas se forman sombras chinescas □ **a saltitos**: de modo irregular y discontinuo □ **de pequeño**: cuando yo era niño
de mayor: siendo un adulto □ **... estremecimiento**: me sobresalto, tiemblo □ **traigo** (< traer) **memoria de**: recuerdo
no merece...: ni siquiera vale la pena describirlo

tal era su vulgaridad. Teníamos otras dos habitaciones, si habitaciones hemos de llamarlas por eso de que estaban habitadas, ya que no por otra cosa alguna, y la cuadra, que en muchas ocasiones pienso que no sé por qué la llamábamos así, de vacía y desamparada como la teníamos. En una de las habitaciones dormíamos yo y mi mujer, y en la otra mis padres hasta que Dios, o quién sabe si el diablo, quiso llevárselos; después quedó vacía casi siempre, al principio porque no había quien la ocupase, y más tarde, cuando podía haber habido alguien, porque este alguien prefirió siempre la cocina, que además de ser más clara no tenía soplos. Mi hermana, cuando venía, dormía siempre en ella, y los chiquillos, cuando los tuve, también tiraban para allí en cuanto se despegaban de la madre. La verdad es que las habitaciones no estaban muy limpias ni muy construidas, pero en realidad tampoco había para quejarse; se podía vivir, que es lo principal, a resguardo de las nubes de la navidad, y a buen recaudo — para lo que uno se merecía — de las asfixias de la Virgen de agosto. La cuadra era lo peor; era lóbrega y oscura, y en sus paredes estaba empapado el mismo olor a bestia muerta que desprendía el despeñadero cuando allá por el mes de mayo comenzaban los animales a criar la carroña que los cuervos habíanse de comer.

Es extraño pero, de mozo, si me privaban de aquel olor me entraban unas angustias como de muerto; me acuerdo de aquel viaje que hice a la capital por mor de las quintas; anduve todo el día de Dios desazonado, venteando los aires como un perro de caza. Cuando me fui a acostar, en la posada, olí mi pantalón de pana. La sangre me calentaba todo el cuerpo. Quité a un lado la

... **vulgaridad**: de puro vulgar (aquí común) □ **habitaciones**: cuartos de dormir □ **hemos de llamarlas**: idea de obligación que impone la costumbre □ ... **alguna**: no por otra razón
cuadra: lugar cerrado donde están las caballerías
de vacía (≠ llena) **y desamparada** (abandonada) **como...**: tan vacía la teníamos (sin caballos)

quién sabe si: exp. idiom., tal vez □ ... **quiso** (< querer) □ **llevárselos**: (se quedaron) hasta que murieron □ **no había quien la ocupase**: no había nadie para ocuparla □ ... **habido**: cuando alguien hubiera podido ocuparla □ **este alguien**: esta persona
además de ser...: era más clara y no... □ **soplos**: s. e. de aire
en ella: en la habitación de los padres
chiquillos: pop. niños □ **tiraban para...**: iban a dormir
se despegaban: se separaban de **la madre** (artículo con valor posesivo) □ ... **construidas**: no eran de buena construcción
... **quejarse**: no había motivos para lamentarse
a resguardo de...: sin sufrir de
... **navidad**: aquí, las lluvias del invierno □ **a buen recaudo de**: bien protegidos contra los calores **(asfixias)** del verano
lo peor: el peor sitio □ **lóbrega**: lúgubre
empapado: impregnado □ ... **el mismo olor a**: olían a...
desprendía: emitía □ **despeñadero**: lugar donde se tiran las basuras □ **a criar la carroña**: a podrir, a descomponerse
habíanse de comer: lit., se habían de comer; traduce más el futuro que la idea de obligación □ **de mozo**: cuando era joven
me entraban o me venían □ **como de muerto**: como si me fuera a morir □ **por mor de**: por motivo de **las quintas** (reclutamiento para la « mili ») □ **todo el día de Dios**: todo el santo día; el día entero □ **venteando los aires**: olfateando < olfato □ **me fui a acostar** (dormir) □ **olí** < oler < el olor
Quité a un lado: puse de lado

almohada y apoyé la cabeza para dormir sobre mi pantalón, doblado. Dormí como una piedra aquella noche.

En la cuadra teníamos un burrillo matalón y escurrido de carnes que nos ayudaba en la faena y, cuando las cosas venían bien dadas, que dicho sea pensando en la verdad no siempre ocurría, teníamos también un par de guarros (con perdón) o tres. En la parte de atrás de la casa teníamos un corral o saledizo, no muy grande, pero que nos hacía su servicio, y en él un pozo que andando el tiempo hube de cegar porque dejaba manar un agua muy enfermiza.

Por detrás del corral pasaba un regato, a veces medio seco y nunca demasiado lleno, cochino y maloliente como tropa de gitanos, y en el que podían cogerse unas anguilas hermosas, como yo algunas tardes y por matar el tiempo me entretenía en hacer. Mi mujer, que en medio de todo tenía gracia, decía que las anguilas estaban rollizas porque comían lo mismo que don Jesús, sólo que un día más tarde. Cuando me daba por pescar se me pasaban las horas tan sin sentirlas, que cuando tocaba a recoger los bártulos casi siempre era de noche; allá, a lo lejos, como una tortuga baja y gorda, como una culebra enroscada que temiese despegarse del suelo, Almendralejo comenzaba a encender sus luces eléctricas. Sus habitantes a buen seguro que ignoraban que yo había estado pescando, que estaba en aquel momento mismo mirando cómo se encendían las luces de sus casas, imaginando incluso cómo muchos de ellos decían cosas que a mí se me figuraban o hablaban de cosas que a mí me ocurrían. ¡Los habitantes de las ciudades viven vueltos de espaldas a la verdad y muchas veces ni se dan

almohada: sostiene la cabeza cuando dormimos □ **apoyé:** descansé □ **doblado:** plegado (para servir de almohada) □ **dormí como una piedra:** profundamente

cuadra: (p. 41, l. 4) □ **burrillo... (carnes):** burro pequeño, flaco y endeble (débil) □ **faena** (del campo): trabajo

bien dadas: se presentaban bien □ **dicho ... (verdad):** por decir verdad □ **ocurría:** pasaba □ **un par de:** dos

guarros: cerdos; cochinos □ **parte de atrás** o trasera

corral o saledizo: sitio cercado y descubierto con prolongación en la calle □ **... servicio:** nos servía bien □ **andando el tiempo:** con el tiempo □ **hube** (< haber) **de cegar:** idea de obligación tuve que colmar (cerrar) □ **enfermiza:** malsana

pasaba o corría □ **regato:** riachuelo

maloliente: que olía mal (p. 41, l. 31)

... gitanos: notemos este rasgo de racismo popular □ **podían cogerse:** se + 3° pers. traduce el sujeto impersonal

me entretenía en: me divertía en

en medio de todo: a pesar de todo □ **gracia:** humorismo

rollizas: gordas

me daba por pescar: se me ocurría; me pasaba por la cabeza

... sentirlas: no sentía el tiempo (las horas) pasar

tocaba a: era el momento de □ **bártulos:** instrumentos de pescar □ **tortuga:** el pueblo se parece a un caparazón

enroscada: en espiral □ **que temiese despegarse:** S. I. con valor condicional, que hubiera tenido miedo a perder contacto con el suelo □ **a buen seguro que:** seguramente, no cabe duda que (yo) **estaba... mirando cómo:** int. ind.

⊠ **luces** pero luz

... figuraban: que yo imaginaba

... a mí me ocurrían: que yo vivía, que a mí me pasaban

vueltos de espaldas: sin mirar □ **muchas veces:** a menudo

cuenta siquiera de que a dos leguas, en medio de la llanura, un hombre del campo se distrae pensando en ellos mientras dobla la caña de pescar, mientras recoge del suelo el cestillo de mimbre con seis o siete anguilas dentro!

Sin embargo, la pesca siempre me pareció pasatiempo poco de hombres, y las más de las veces dedicaba mis ocios a la caza; en el pueblo me dieron fama de no hacerlo mal del todo y, modestia aparte, he de decir con sinceridad que no iba descaminado quien me la dio. Tenía una perrilla perdiguera — la Chispa —, medio ruin, medio bravía, pero que se entendía muy bien conmigo; con ella me iba muchas mañanas hasta la Charca, a legua y media del pueblo hacia la raya de Portugal, y nunca nos volvíamos de vacío para casa. Al volver, la perra se me adelantaba y me esperaba siempre junto al cruce; había allí una piedra redonda y achatada como una silla baja, de la que guardo tan grato recuerdo como de cualquier persona; mejor, seguramente, que el que guardo de muchas de ellas. Era ancha y algo hundida y cuando me sentaba se me escurría un poco el trasero (con perdón) y quedaba tan acomodado que sentía tener que dejarla; me pasaba largos ratos sentado sobre la piedra del cruce, silbando, con la escopeta entre las piernas, mirando lo que había de verse, fumando pitillos. La perrilla, se sentaba enfrente de mí, sobre sus dos patas de atrás, y me miraba, con la cabeza ladeada, con sus dos ojillos castaños muy despiertos; yo le hablaba y ella, como si quisiese entenderme mejor, levantaba un poco las orejas; cuando me callaba aprovechaba para dar unas carreras detrás de los saltamontes, o simplemente para cambiar de postura.

... siquiera = ni siquiera se dan cuenta □ **leguas**: distancia
llanura < llano □ **un hombre del campo**: él, Pascual Duarte
mientras, temporal ≠ mientras que, oposición □ **dobla...**: la **caña de pescar** se compone de varios segmentos □ **el cestillo de mimbre** *(osier)*
pasatiempo: ocupación
poco de hombres: no era cosa de machos □ **las más de las veces**: muy a menudo □ **ocios**: tiempos libres □ **fama**: reputación □ **... del todo**: cazar bastante bien □ **he de decir**: debo decir □ **no iba descaminado**: no erraba; no se equivocaba □ **quien**: el que □ **perrilla perdiguera** (< perdiz): perra pequeña para cazar las perdices □ **ruin**: falsa □ **bravía**: rebelde

la Charca: lugar pantanoso donde había perdices □ **la raya de**: la frontera con... □ **nos volvíamos**: regresábamos □ **de vacío**: sin nada □ **se me adelantaba**: me precedía
cruce: donde se unen caminos □ **achatada** < chata; plana
baja ≠ alta □ **grato** (lat. gratus): agradable
cualquier persona □ **mejor** (s. e. recuerdo)
muchas de ellas: de muchas personas □ **ancha** ≠ estrecha
hundida: la piedra tiene un hueco como si fuera una silla
... el trasero: mi trasero se adaptaba a su forma □ **acomodado**: instalado □ **sentía** + inf.: me costaba trabajo □ **largos** ≠ cortos
silbando melodías, despreocupado
escopeta: fusil de caza □ **lo que había de verse**: lo que se podía ver □ **pitillos**: cigarillos

ladeada < lado: inclinada □ **ojillos**: diminutivo con cierto matiz afectivo □ **despiertos**: vivos □ **como si quisiese** < querer **entenderme**: comprenderme
aprovechaba (la perrilla): utilizaba la oportunidad □ **dar...** correr detrás de los **saltamontes** (insectos que saltan)

Cuando me marchaba, siempre, sin saber por qué, había de volver la cabeza hacia la piedra, como para despedirme, y hubo un día que debió parecerme tan triste por mi marcha, que no tuve más suerte que volver sobre mis pasos a sentarme de nuevo. La perra volvió a echarse frente a mí y volvió a mirarme; ahora me doy cuenta de que tenía la mirada de los confesores, escrutadora y fría, como dicen que es la de los linces... un temblor recorrió todo mi cuerpo; parecía como una corriente que forzaba por salirme por los brazos. El pitillo se me había apagado; la escopeta, de un solo caño, se dejaba acariciar, lentamente, entre mis piernas. La perra seguía mirándome fija, como si no me hubiera visto nunca, como si fuese a culparme de algo de un momento a otro, y su mirada me calentaba la sangre de las venas de tal manera que se veía llegar el momento en que tuviese que entregarme; hacía calor, un calor espantoso, y mis ojos se entornaban dominados por el mirar, como un clavo, del animal.

Cogí la escopeta y disparé; volví a cargar y volví a disparar. La perra tenía una sangre oscura y pegajosa que se extendía poco a poco por la tierra.

[2]

De mi niñez no son precisamente buenos recuerdos los que guardo. Mi padre se llamaba Esteban Duarte Diniz, y era portugués, cuarentón cuando yo niño, y alto y gordo como un monte. Tenía la color tostada y

me marchaba: abandonaba el lugar ☐ **había de volver...**: aquí, sentía necesidad de mirar hacia la piedra
despedirme: decir adiós ☐ **hubo** < hay
... mi marcha: se me hizo tan triste ☐ **no tuve más suerte que**: no tuve más remedio que (me sentí obligado a) ☐ **volvió a echarse ... a mirarme**: volver a + inf. expresa la iteración; se echó de nuevo ☐ **confesores**: curas cuya misión es confesar a la gente ☐ **dicen**: 3° pers. del plural para el indeterminado « *on* » ☐ **lince**: félido famoso por su vista: « ojos de lince »
forzaba por: hacía esfuerzos por (o para)
se me ...: giro reflexivo con valor posesivo; mi cigarrillo se había apagado ☐ **caño**: tubo ☐ **acariciar** < caricia
seguía mirándome: seguir + gerundio = continuación ☐ **fija**: a los ojos, sin moverse ☐ **como si fuese** (S. I. de ir) **a culparme de...**: ...a acusarme de ... ⧄ **la sangre**

tuviese que: sentido condicional = tendría que **entregarme** o rendirme ☐ **espantoso**: de miedo, terrible ☐ **se entornaban**: se cerraban a medias ☐ **el mirar** (verbo sustantivado) agudo **como un clavo** ☐ **disparé**: hice fuego ☐ **volví a** + inf.: (l. 6)
pegajosa: aquí viscosa
se extendía: corría

... guardo: no conservo buenos recuerdos de mi infancia
cuarentón: él tenía cuarenta años pasados (o cumplidos)
la color: popular e incorrecto, la tez **tostada** (por el sol)

un estupendo bigote negro que se echaba para abajo. Según cuentan, cuando joven le tiraban las guías para arriba, pero, desde que estuvo en la cárcel, se le arruinó la prestancia, se le ablandó la fuerza del bigote y ya para abajo hubo que llevarlo hasta el sepulcro. Yo le tenía un gran respeto y no poco miedo, y siempre que podía escurría el bulto y procuraba no tropezármelo; era áspero y brusco y no toleraba que se le contradijese en nada, manía que yo respetaba por la cuenta que me tenía. Cuando se enfurecía, cosa que le ocurría con mayor frecuencia de lo que se necesitaba, nos pegaba a mi madre y a mí las grandes palizas por cualquiera la cosa, palizas que mi madre procuraba devolverle por ver de corregirlo, pero ante las cuales a mí no me quedaba sino resignación dados mis pocos años. ¡Se tienen las carnes muy tiernas a tan corta edad!

Ni con él ni con mi madre me atreví nunca a preguntar de cuando lo tuvieron encerrado, porque pensé que mayor prudencia sería el no meter los perros en danza, que ya por sí solos danzaban más de lo conveniente; claro es que en realidad no necesitaba preguntar nada porque como nunca faltan almas caritativas, y menos en los pueblos de tan corto personal, gentes hubo a quienes faltó tiempo para venir a contármelo todo. Lo guardaron por contrabandista; por lo visto había sido su oficio durante muchos años, pero como el cántaro que mucho va a la fuente acaba por romperse, y como no hay oficio sin quiebra, ni atajo sin trabajo, un buen día, a lo mejor cuando menos lo pensaba — que la confianza es lo que pierde a los valientes —, le siguieron los carabineros, le descubrieron el alijo, y lo mandaron a presidio. De todo esto debía

estupendo bigote: magnífico mostacho (poco frecuente) □ **... abajo**: con las puntas bajadas □ **cuando** era **joven** □ **... guías para arriba**: tenía las puntas del bigote erguidas □ **se le arruinó**: se le vino abajo (perdió) **la prestancia** □ **... ablandó** < blando ≠ fuerte □ **hubo que**: obligación □ **... llevarlo**: tuvo el bigote caído hasta su muerte □ **siempre que**: cada vez que **... el bulto**: exp. idiom., me escapaba □ **... tropezármelo**: trataba de no encontrarme con él □ **se le contradijese** < contradecir: no admitía ninguna contradicción □ **por la cuenta...**: por mi bien; en mi interés □ **ocurría**: sucedía, pasaba **se necesitaba**: era necesario □ **pegaba**: golpeaba < golpe **paliza**: *raclée* □ **por cualquiera...**: por cualquier motivo **procuraba devolverle**: intentaba restituirle □ **por ver de**: para tratar de □ **no me quedaba** más remedio **(sino...)**
dados: debido a...
las carnes: aquí, el cuerpo □ **corta edad**: pocos años
me atreví a + inf.: tuve el valor de..., osé (poco frec.)
... encerrado: ... estuvo en la cárcel (p. 48, l. 3)
mayor: comparativo sintético, sería más prudente
... danza: modismo, no provocar los palos □ **por sí solos ... conveniente**: juego de palabras, ya que danzaban (los perros y los palos) sin ser provocados □ **nunca faltan ... y menos en**: siempre hay ... sobre todo en ...
personal: habitantes del pueblo; vecindario □ **... a quienes faltó...**: hubo (< hay) gente(s) que vino a contármelo todo; me lo contó todo □ **por lo visto**: según parece
el cántaro que ... (romperse): refrán conocido, « *tant va la cruche à l'eau...* » □ **no hay oficio... (trabajo)**: refranes, todo tiene su fin y no hay beneficio sin trabajo (pena)

carabineros: soldados que perseguían a los contrabandistas
alijo: contrabando □ **... a presidio**: lo metieron en la cárcel

hacer ya mucho tiempo, porque yo no me acuerdo de nada; a lo mejor ni había nacido.

Mi madre, al revés que mi padre, no era gruesa, aunque andaba muy bien de estatura; era larga y chupada y no tenía aspecto de buena salud, sino que, por el contrario, tenía la tez cetrina y las mejillas hondas y toda la presencia o de estar tísica o de no andarle muy lejos; era también desabrida y violenta, tenía un humor que se daba a todos los diablos y un lenguaje en la boca que Dios le haya perdonado, porque blasfemaba las peores cosas a cada momento y por los más débiles motivos. Vestía siempre de luto y era poco amiga del agua, tan poco que si he de decir la verdad, en todos los años de su vida que yo conocí, no la vi lavarse más que en una ocasión en que mi padre la llamó borracha y ella quiso como demostrarle que no le daba miedo el agua. El vino en cambio ya no le disgustaba tanto y siempre que apañaba algunas perras, o que le rebuscaba el chaleco al marido, me mandaba a la taberna por una frasca que escondía, porque no se la encontrase mi padre, debajo de la cama. Tenía un bigotillo cano por las esquinas de los labios, y una pelambrera enmarañada y zafia que recogía en un moño, no muy grande, encima de la cabeza. Alrededor de la boca se le notaban unas cicatrices o señales, pequeñas y rosadas como perdigonadas, que según creo le habían quedado de unas bubas malignas que tuviera de joven; a veces, por el verano, a las señales les volvía la vida, se les subía la color y acababan formando como alfileritos de pus que el otoño se ocupaba de matar y el invierno de barrer.

Se llevaban mal mis padres; a su poca educación se unía su escasez de virtudes y su falta de conformidad

(debía) hacer ... tiempo: hace + duración; seguramente hacía ya mucho tiempo □ **ni** siquiera **había nacido** yo
al revés que: incorrección voluntaria (habla Pascual Duarte), al contrario de □ **aunque andaba...**: si bien tenía buena estatura
chupada: muy flaca (≠ gorda, gruesa)
tez cetrina: de color amarillento (de mala salud)
presencia: aquí, aspecto □ **no andarle...**: no está lejos de tener esa enfermedad (tuberculosis) □ **desabrida**: era de mal temple, tenía mal **humor** (genio o carácter) □ **... diablos**: solía encolerizarse □ **que** (espero) **Dios le haya perdonado**: haber en S. P. + p. p. traduce el futuro anterior francés □ **débiles**: insignificantes □ **... de luto**: ... de negro
⧄ **tan poco** ≠ tampoco
vi < ver (yo) □ **más que**: sólo
una ocasión en que □ **borracha**: por beber demasiado alcohol
quiso < querer □ **no le daba miedo**: no le asustaba, no temía
en cambio: idea adversativa, al contrario □ **... disgustaba**: ya no sentía tanta repugnacia por el vino (= le gustaba) □ **apañaba ... perras**: conseguía un poco de dinero (la perra chica valía 5 céntimos de peseta) □ **frasca**: botella □ **porque**: valor consecutivo, para que □ **bigotillo cano**: pequeño bigote (p. 49, l. 1) de vello blanco □ **pelambrera enmarañada**: tenía cabellos muy abundantes, revueltos (enredados) y **zafios** (groseros, espesos) □ **se le notaban...**: « le » es dativo, ... a ella
señales: marcas □ **perdigonada**: plomo de caza para perdiz
... bubas: eran secuelas de bubas (> bubón es el aumentativo)
tuviera: S. I. con valor pluscuamperfecto, que había tenido □ **a las señales...**: sus marcas y cicatrices recobraban vida y color más vivo □ **acababan formando**: al fin formaban **alfileritos** (p. 39, l. 14) □ **barrer**: eliminar
Se llevaban mal: mi padre y mi madre no se entendían; no se avenían □ **su escasez de virtudes**: sus pocas virtudes

con lo que Dios les mandaba — defectos todos ellos que para mi desgracia hube de heredar — y esto hacía que se cuidaran bien poco de pensar los principios y de refrenar los instintos, lo que daba lugar a que cualquier motivo, por pequeño que fuese, bastara para desencadenar la tormenta que se prolongaba después días y días sin que se le viese el fin. Yo, por lo general, no tomaba el partido de ninguno porque si he de decir verdad tanto me daba el que cobrase el uno como el otro; unas veces me alegraba de que zurrase mi padre y otras mi madre, pero nunca hice de esto cuestión de gabinete.

Mi madre no sabía leer ni escribir; mi padre sí, y tan orgulloso estaba de ello que se lo echaba en cara cada lunes y cada martes y, con frecuencia y aunque no viniera a cuento, solía llamarla ignorante, ofensa gravísima para mi madre, que se ponía como un basilisco. Algunas tardes venía mi padre para casa con un papel en la mano y, quisiéramos que no, nos sentaba a los dos en la cocina y nos leía las noticias; venían después los comentarios y en ese momento yo me echaba a temblar porque estos comentarios eran siempre el principio de alguna bronca. Mi madre, por ofenderlo, le decía que el papel no decía nada de lo que leía y que todo lo que decía se lo sacaba mi padre de la cabeza, y a éste, el oírla esa opinión le sacaba de quicio; gritaba como si estuviera loco, la llamaba ignorante y bruja y acababa siempre diciendo a grandes voces que si él supiera decir esas cosas de los papeles a buena hora se le hubiera ocurrido casarse con ella. Ya estaba armada. Ella le llamaba desgraciado y peludo, lo tachaba de hambriento y portugués, y él, como si esperara a oír esa palabra para golpearla, se sacaba el cinturón y la corría

... **mandaba**: no respetaban al Señor □ **defectos todos ellos que...**: todos estos defectos los heredé de mis padres □ **... que se cuidaran**: c. de t., se preocuparan muy poco de...

... **fuese**: giro concesivo aunque fuera leve □ **bastara**: fuera suficiente □ **tormenta**: tempestad, imagen que traduce las relaciones entre sus padres □ **se le viese el fin**: se viera el final de ella □ **tanto...**: me daba igual, me traía sin cuidado **el que cobrase**: prop. sustantivada, el hecho que recibiera los golpes cualquiera de ellos □ **me alegraba de**: me ponía contento de que **zurrase** (golpeara) □ **cuestión de gabinete**: asunto de Estado □ **sí** (s. e. sabía)
se lo echaba en cara...: se lo reprochaba

(no) viniera a cuento: sin que hubiera motivo; de modo inoportuno □ **se ponía como un basilisco**: exp. idiom., se ponía como una fiera; se enfurecía □ **para**: a
quisiéramos que no: quisiéramos o no (s. e. a la fuerza) □ **nos sentaba**: nos obligaba a sentarnos □ **noticia**: información

(me) echaba a: semiauxiliar que marca el principio de una acción, me ponía a; empezaba a □ **bronca**: riña; discusión violenta □ **de lo que** (él, mi padre) **leía**
se lo sacaba (...) de la cabeza: se lo inventaba
el oírla: uso incorrecto del p. c. d., el oír la opinión de mi madre **le sacaba de quicio** (le exasperaba) □ **como si estuviera** (o se hubiera puesto) **loco** □ **acababa diciendo**: al final decía
si supiera (< saber): S. I. en la condicional □ **a buena hora...**: nunca le hubiera pasado por la cabeza... □ **... armada**: s. e. la de San Quintín, empezaba el escándalo □ **desgraciado**: insulto □ **tachaba**: calificaba □ **hambriento** o muerto de hambre □ **portugués**: racismo entre vecinos □ **la corría**: corría tras ella

todo alrededor de la cocina hasta que se hartaba. Yo, al principio, apañaba algún cintarazo que otro, pero cuando tuve más experiencia y aprendí que la única manera de no mojarse es no estando a la lluvia, lo que hacía, en cuanto veía que las cosas tomaban mal cariz, era dejarlos solos y marcharme. Allá ellos.

La verdad es que la vida en mi familia poco tenía de placentera, pero como no nos es dado escoger, sino que ya — y aún antes de nacer — estamos destinados unos a un lado y otros a otro, procuraba conformarme con lo que me había tocado, que era la única manera de no desesperar. De pequeño, que es cuando más manejable resulta la voluntad de los hombres, me mandaron una corta temporada a la escuela; decía mi padre que la lucha por la vida era muy dura y que había que irse preparando para hacerla frente con las únicas armas con las que podíamos dominarla, con las armas de la inteligencia. Me decía todo esto de un tirón y como aprendido, y su voz en esos momentos me parecía más velada y adquiría unos matices insospechados para mí. Después, y como arrepentido, se echaba a reír estrepitosamente y acababa siempre por decirme, casi con cariño:

— No hagas caso, muchacho. ¡Ya voy para viejo! Y se quedaba pensativo y repetía en voz baja una y otra vez:

— ¡Ya voy para viejo!... ¡Ya voy para viejo!...

Mi instrucción escolar poco tiempo duró. Mi padre, que, como digo, tenía un carácter violento y autoritario para algunas cosas, era débil y pusilánime para otras: en general tengo observado que el carácter de mi padre sólo lo ejercitaba en asuntillos triviales, porque en las

... **se hartaba**: ... se cansaba (s. e. de pegarla)
apañaba...: aquí, recibía algunos **cintarazo** (< cinto, el sufijo — azo traduce la idea de golpe violento)
... **no mojarse** ... **lluvia**: exp. de buen sentido popular con sentido obvio □ **en cuanto**: en el momento en que □ ... **cariz** o aspecto □ **(lo que** yo **hacía) era_dejarlos...** □ **Allá ellos**: expresa indiferencia ; que se las arreglen solos
... **placentera**: tenía pocos aspectos agradables □ **no nos es dado escoger**: no nos pertenece elegir nuestro destino □ **ya** = cuando nacemos □ **un lado... otro**: p. 32, l. 16 a 19 □ **procuraba conformarme con**: trataba de adaptarme a □ **tocado**: correspondido ; a unos les toca lo mejor y a los otros lo peor □ **manejable** < mano ; moldeable □ **me mandaron**: mis padres me enviaron □ **temporada**: período
había que irse preparando: era necesario empezar a prepararse
hacerla frente: uso incorrecto del p. c. d., hacer frente a la vida ; enfrentarse con ella
de un tirón: de una tirada ; de modo seguido
(como) si lo hubiera **aprendido**
velada: apagada, debilitada □ **matices insospechados**: tonos que yo no conocía □ **como arrepentido**: como si se arrepintiera □ **se echaba a reír**: p. 53, l. 21 □ **estrepitosamente**: ruidosamente < ruido □ **cariño**: afecto ; ternura
No hagas caso: prohibición con no + S. P. ; no prestes atención
una y otra vez: repetidas veces

Ya voy para viejo: me estoy haciendo viejo

débil ≠ fuerte
tengo observado: "tener" de auxiliar da más fuerza a la idea expuesta □ ... **triviales**: lo ejercía en cosas sin importancia

cosas de trascendencia, no sé si por temor o por qué, rara vez hacía hincapié. Mi madre no quería que fuese a la escuela y siempre que tenía ocasión, y aun a veces sin tenerla, solía decirme que para no salir en la vida de pobre no valía la pena aprender nada. Dio en terreno abonado, porque a mí tampoco me seducía la asistencia a las clases, y entre los dos, y con la ayuda del tiempo, acabamos convenciendo a mi padre que optó porque abandonase los estudios. Sabía ya leer y escribir, y sumar y restar, y en realidad para manejarme ya tenía bastante. Cuando dejé la escuela tenía doce años; pero no vayamos tan de prisa, que todas las cosas quieren su orden y no por mucho madrugar amanece más temprano.

Era yo de bien corta edad cuando nació mi hermana Rosario. De aquel tiempo guardo un recuerdo confuso y vago y no sé hasta qué punto relataré fielmente lo sucedido; voy a intentarlo, sin embargo, pensando que si bien mi relato pueda pecar de impreciso, siempre estará más cerca de la realidad que las figuraciones que, de imaginación y a ojo de buen cubero, pudiera usted hacerse. Me acuerdo de que hacía calor la tarde en que nació Rosario; debía ser por julio o por agosto. El campo estaba en calma y agostado y las chicharras, con sus sierras, parecían querer limarle los huesos a la tierra; las gentes y las bestias estaban recogidas y el sol, allá en lo alto, como señor de todo, iluminándolo todo, quemándolo todo... Los partos de mi madre fueron siempre muy duros y dolorosos; era medio machorra y algo seca y el dolor era en ella superior a sus fuerzas. Como la pobre nunca fue un modelo de virtudes ni de dignidades y como no sabía sufrir y callar, como yo, lo

de trascendencia: importantes; esenciales □ (el) **temor**: miedo
rara vez hacía hincapié: no insistía; no solía porfiar □ **que** (yo) **fuese** (< ir) □ **siempre que...**: cada vez que ella...
para no... (pobre): para seguir siendo pobre en la vida...
Dio en terreno (abonado): sus argumentos encontraron en mí un terreno propicio □ **asistencia** < asistir; presencia
con la ayuda del tiempo: con el tiempo
acabamos convenciendo: por fin convencimos
(yo) **abandonase...**: c. de t. □ (yo) **sabía ya ...**
sumar (+) y restar (—); operaciones aritméticas básicas □ **manejarme**: desenvolverme □ **dejé**: abandoné
no vayamos (< ir) **tan de prisa**: avancemos más lentamente
no por mucho madrugar...: refrán, no sirve de nada anticipar cosas que tienen que ocurrir en su tiempo debido
de bien corta edad: muy pequeño
De aquel tiempo: el demostrativo « **aquel** » remite a algo remoto
qué: int. ind. □ **relataré**: contaré □ **fielmente**: de modo exacto
(lo) sucedido: lo que pasó □ **voy a intentarlo**
si bien ... pueda ...: aunque mi narración sea imprecisa; por (muy) imprecisa que sea □ **figuraciones**: suposiciones
a ojo de buen cubero: modismo, de modo impreciso □ **pudiera**: valor condicional = podría □ **Me acuerdo de que** (acordarse de) = recuerdo (recordar) □ **por julio o por...**: aproximadamente
agostado (< agosto): muy seco por el calor □ **las chicharras** (o cigarras) producen con sus alas que rozan un ruido estridente característico parecido al de la **sierra** □ **recogidas**: se protegían del calor □ **iluminándolo todo**
parto < parir, para las mujeres se suele decir que dan a luz
machorra < macho: muy desp., era muy varonil (masculina)

virtudes
sufrir y callar: sufrir en silencio

resolvía todo a gritos. Llevaba ya gritando varias horas cuando nació Rosario, porque — para colmo de desdichas — era de parto lento. Ya lo dice el refrán: mujer de parto lento y con bigote... (la segunda parte no la escribo en atención a la muy alta persona a quien estas líneas van dirigidas). Asistía a mi madre una mujer del pueblo, la señora Engracia, la del Cerro, especialista en duelos y partera, medio bruja y un tanto misteriosa, que había llevado consigo unas mixturas que aplicaba en el vientre de mi madre para aplacarle la dolor, pero como ésta, con ungüento o sin él, seguía dando gritos hasta más no poder, a la señora Engracia no se le ocurrió mejor cosa que tacharla de descreída y mala cristiana, y como en aquel momento los gritos de mi madre arreciaban como el vendaval, yo llegué a pensar si no sería cierto que estaba endemoniada. Mi duda poco duró porque pronto quedó esclarecido que la causa de las desusadas voces había sido mi nueva hermana.

Mi padre llevaba ya un largo rato paseando a grandes zancadas por la cocina. Cuando Rosario nació se arrimó hasta la cama de mi madre y sin consideración ninguna de la circunstancia, la empezó a llamar bribona y zorra y a arrearle tan fuertes hebillazos que extrañado estoy todavía de que no la haya molido viva. Después se marchó y tardó dos días enteros en volver; cuando lo hizo venía borracho como una bota; se acercó a la cama de mi madre y la besó; mi madre se dejaba besar... Después se fue a dormir a la cuadra.

a gritos: gritando □ **Llevaba ya gritando varias horas**: llevar + ger. + duración, hacía varias horas que estaba gritando
desdicha: infortunio □ **de parto lento**: (p. 57, l. 28) tardaba mucho en dar a luz □ **... bigote...**: refrán que se aplica a las mujeres poco femeninas
van dirigidas: ir es semiauxiliar que aquí equivale a estar, están destinadas □ **la del Cerro** (colina): uso pop. del artículo
duelo: cuando alguien muere □ **partera**: mujer que asiste a los partos (p. 57, l. 28)
aplacarle: calmarle ⧄ **la dolor**: inc. popular, las palabras terminadas en -or son masculinas salvo 4 □ **ésta**: s. e. mi madre □ **... poder**: era imposible gritar más □ **a la señora Engracia...** la señora Engracia no tuvo otra idea mejor que **tacharla** (calificarla) de **descreída** (impía)
arreciaban: crecían □ **vendaval**: viento violento (del francés « *vent d'aval* ») □ **cierto**: verdad □ **endemoniada**: poseída por el demonio □ **pronto**: aquí es adverbio, rápidamente □ **quedó esclarecido** (<claro): se comprobó □ **desusadas voces**: inusitados gritos □ **llevaba...**: (p. 59, l. 1), hacía un buen momento que paseaba... □ **zancada**: paso largo □ **se arrimó**: se acercó (< cerca)
bribona y zorra: insultos
arrearle: pop., darle □ **hebillazo**: golpe dado con la hebilla (el hierro) del cinturón □ **molido**: destrozado (reducir en trozos)
tardó ... en volver (o regresar)
borracho como una bota: exp. idiom., con más vino que una bota (recipiente típico de cuero que contiene vino)
besar: dar besos □ **se fue a dormir** □ **cuadra**: donde se recogen los animales

[3]

A Rosario le armaron un tingladillo con un cajón no muy hondo, en cuyos fondos esparramaron una almohada entera de borra, y allí la tuvieron, orilla a la cama de mi madre, envuelta en tiras de algodón y tan tapada que muchas veces me daba por pensar que acabarían por ahogarla. No sé por qué, hasta entonces, se me había ocurrido imaginar a los niños pequeños blancos como la leche, pero de lo que sí me recuerdo es de la mala impresión que me dio mi hermanilla cuando la vi pegajosa y colorada como un cangrejo cocido; tenía una pelusa rala por la cabeza, como la de los estorninos o la de los pichones en el nido, que andando los meses hubo de perder, y las manitas agarrotadas y tan claras que mismo daba grima el verlas. Cuando a los tres o cuatro días de nacer le desenrollaron las tiras por ver de limpiarla un poco, pude fijarme bien en cómo era y casi puedo decir que no me diera tanta repugnancia como la primera vez; la color le había clareado, los ojitos — que aún no abría — parecían como querer mover los párpados, y ya las manos me daban la impresión de haber ablandado. La limpió bien limpiada con agua de romero la señora Engracia, que otra cosa pudiera ser que no, pero asistenta de los desgraciados sí lo era; la envolvió de nuevo en las tiras que libraron menos pringadas; echó a un lado, por lavarlas, aquellas otras que salieron peor tratadas, y dejó a la criatura tan satisfecha, que tantas horas seguidas hubo de dormir, que nadie — por el silencio de mi casa — hubiera dado a pensar que habíamos estado de parto. Mi padre se

... **tingladillo**: mi padres le hicieron una camita con **un cajón** (caja grande de madera) □ **hondo** = profundo □ **en cuyos fondos**: en el fondo del cual □ **borra**: sirve para rellenar **almohadas** y cojines □ **envuelta** < envolver □ **tiras**: bandas □ **tapada**: está disimulada totalmente por las tiras □ **... pensar**: se me ocurría pensar □ **ahogarla** o asfixiarla □ **hasta entonces**: hasta ese momento □ **... ocurrido**: me había pasado por la cabeza □ **la leche** □ **... sí me recuerdo**: uso incorrecto del reflexivo y de la prep., lo que recuerdo bien

pegajosa: viscosa □ **cangrejo cocido**: este crustáceo se vuelve colorado (rojo) en el agua hirviente □ **rala** ≠ abundante □ **estornino**: pájaro □ **andando los meses**: al pasar los meses

manitas: el diminutivo expresa fragilidad □ **agarrotadas**: aquí rígidas, cerradas □ **daba grima**: daba miedo **el verlas** (verbo sustantivado) □ **le desenrollaron**: le quitaron □ **por ver de**: indica finalidad, para □ **pude** (yo) < poder □ **fijarme ... en**: observar

diera: S. I. con valor pretérito, dio □ **tanta repugnancia como la color**: (p. 59, l. 10) □ **... clareado**: se le había tornado más clara la tez

párpado: membrana que cubre los ojos □ **ya**: ahora

haber ablandado: haberse vuelto más blandas (≠ rígidas) □ **la limpió bien limpiada**: giro pop., la limpió muy bien □ **romero**: planta aromática □ **(... pudiera ser) que no**: podía tener sus defectos □ **envolvió** (> envuelto, a : l. 7)

... pringadas: la envolvió en las tiras menos sucias que encontró □ **echó** (o puso) □ **por** (= para) □ **... tratadas**: las tiras más sucias □ **seguidas**: sin interrupción

por ...: al considerar el silencio ... □ **hubiera dado a pensar**: hubiera podido pensar □ **de parto**: p. 57, l. 28

sentaba en el suelo, a la vera del cajón, y mirando para la hija se le pasaban las horas, con una cara de enamorado como decía la señora Engracia, que a mí casi me hacía olvidar su verdadero sistema. Después se levantaba, se iba a dar una vuelta por el pueblo, y cuando menos lo pensábamos, a la hora a que menos costumbre teníamos de verlo venir allí lo teníamos, otra vez al lado del cajón, con la cara blanda y la mirada tan humilde que cualquiera que lo hubiera visto, de no conocerlo, se hubiera creído ante el mismísimo San Roque.

Rosario se nos crió siempre debilucha y esmirriada — ¡poca vida podía sacar de los vacíos pechos de mi madre! — y sus primeros tiempos fueron tan difíciles que en más de una ocasión estuvo a pique de marcharse. Mi padre andaba desazonado viendo que la criatura no prosperaba, y como lo resolvía todo echándose más vino por el gaznate, nos tocó pasar a mi madre y a mí por una temporada que tan mala llegó a ser que echábamos de menos el tiempo pasado, que tan duro nos parecía cuando no lo habíamos conocido peor. ¡Misterios de la manera de ser de los mortales que tanto aborrecen de lo que tienen para después echarlo de menos! Mi madre, que había quedado aún más baja de salud que antes de parir, apañaba unas tundas soberanas, y a mí, aunque no le resultaba nada fácil cogerme, me arreaba unas punteras al desgaire cuando me tropezaba, que vez hubo de levantarme la sangre del trasero (con perdón) o de dejarme el costillar tan señalado como si me lo hubieran tocado con el hierro de marcar.

Poco a poco la niña se fue reponiendo y cobrando fuerzas con unas sopas de vino tinto que a mi madre la

a la vera: cerca; al lado □ **cajón**: p. 61, l. 1 □ **para**: en dirección de **la** (= su) **hija**
enamorado < amor: estar enamorado
... **olvidar**: que yo casi olvidaba **su verdadero sistema** (su auténtica manera de ser) □ **dar una vuelta por** = pasear

(menos) costumbre teníamos de ...: menos solíamos ... □ **lo teníamos**: estaba □ **blanda**: aquí, dulce
cualquiera: cualquier persona □ **de no conocerlo**: de + inf. = si + S. I. > sub. condicional, si no lo hubiera conocido □ **ante**: más abstracto que « delante de » □ **(el mismísimo San) Roque**: San Roque en persona (simboliza la humildad) □ ... **crió**: nuestra Rosario creció **debilucha** (< débil) **y esmirriada** (raquítica) □ **pechos**: dan la leche materna
mi hermana **estuvo a pique de marcharse**: estuvo a punto de morir □ **andaba desazonado**: sentía inquietud al ver...
criatura: bebé □ **lo resolvía todo**: lo solucionaba todo
... **gaznate**: imagen, emborrachándose (< borracho)
temporada: período □ **llegó a ser**: resultó ser □ **echábamos (de menos)**: sentíamos nostalgia por

tanto aborrecen de: sienten tanta aversión por
echarlo de menos: sentir nostalgia por ello (añorarlo)
... **más baja de salud**: tenía una salud peor que...
... **soberanas**: recibía unas palizas terribles
no le resultaba fácil: no era nada fácil para él □ **me arreaba**: me daba **punteras** (o puntapiés) □ **al desgaire**: de paso □ **vez hubo de levantarme la sangre**: a veces me ensangrentó **el trasero** (las nalgas) □ ... **señalado**: me dejó **el costillar** (las costillas) con tantos golpes (tan marcado) que lo tenía al rojo vivo **(como si me lo hubieran...)** □ **se fue reponiendo...**: mejoró y recuperó fuerzas □ **tinto,** blanco o clarete

recetaron, y como era de natural despierto, y el tiempo no pasaba en balde, si bien tardó algo más de lo corriente en aprender a andar, rompió a hablar de muy tierna con tal facilidad y tal soltura que a todos nos tenía como embobados con sus gracias.

Pasó ese tiempo en que los chiquillos están siempre igual. Rosario creció, llegó a ser casi una mocita, y en cuanto reparamos en ella dimos a observar que era más avisada que un lagarto, y como en mi familia nunca nos diera a nadie por hacer uso de los sesos para el objeto con que nos fueron dados, pronto la niña se hizo la reina de la casa y nos hacía andar a todos más derechos que varas. Si el bien hubiera sido su natural instinto, grandes cosas hubiera podido hacer, pero como Dios se conoce que no quiso que ninguno de nosotros nos distinguiésemos por las buenas inclinaciones, encarriló su discurrir hacia otros menesteres y pronto nos fue dado el conocer que si bien no era tonta, más hubiera valido que lo fuese; servía para todo y para nada bueno: robaba con igual gracia y donaire que una gitana vieja, se aficionó a la bebida de bien joven, servía de alcahueta para los devaneos de la vieja, y como nadie se ocupó de enderezarla — y de aplicar al bien tan claro discurrir — fue de mal en peor hasta que un día, teniendo la muchacha catorce años, arrambló con lo poco de valor que en nuestra choza había, y se marchó a Trujillo, a casa de la Elvira. El efecto que su marcha produjo en mi casa ya se puede figurar usted cuál fue; mi padre culpaba a mi madre, mi madre culpaba a mi padre... En lo que más se notó la falta de Rosario fue en las escandaleras de mi padre, porque si antes, cuando ella estaba, procuraba armarlas fuera de su presencia, ahora,

recetaron: prescribieron □ **de natural despierto**: era viva y lista
en balde o en vano □ **si bien**: aunque
(de lo) corriente: de lo acostumbrado □ **rompió a**: romper a + inf. marca un principio brusco; empezó a □ **tierna** edad □
soltura: aptitud □ **embobados con sus gracias**: sus palabras nos dejaban boquiabiertos de admiración □ **chiquillos**: pop., niños
mocita < moza: casi tenía aspecto de mujercita
reparamos en ella: nos fijamos en ella; la vimos así □ **dimos a observar**: observamos □ **más avisada que...**: exp. idiom.; muy astuta □ **... diera a nadie por ... sesos**: a ninguno se nos había ocurrido utilizar el cerebro para pensar □ **se hizo**: se convirtió en
... varas: exp. idiom.; nos dominó a todos

se conoce que: según parece; al parecer □ **quiso** < querer
distinguiésemos: c. de t. en S. I. □ **encarriló** < carril: encaminó
discurrir: sus pasos; su camino □ **menesteres**: necesidades
... el conocer: supimos (< saber) □ **más** (o mejor) **hubiera valido**: hubiera sido mejor □ **servía**: valía, tenía facilidades
donaire: aquí, agilidad e ingenio
se aficionó: sintió afición o inclinación por □ **alcahueta**: tercera o celestina, facilitó los **devaneos** (amoríos) **de la vieja** (la madre)
enderezarla < derecho: controlar sus instintos y enseñarle el camino recto □ **fue de mal en peor** □ **teniendo**: cuando tuvo
arrambló con: se apoderó de; se llevó
choza: casa de bajo rango □ **Trujillo**: ciudad de la provincia de Cáceres en Extremadura □ **produjo** < producir
figurar o imaginar □ **usted**: Pascual Duarte se dirige a Don Joaquín Barrera López (p. 24) □ **culpaba**: echaba la culpa; acusaba □ **falta**: aquí, ausencia
escandaleras: escándalos; alborotos □ **ella** (Rosario)
procuraba armarlas: él trataba de provocar las "escandaleras"

al faltar, y al no estar ella nunca delante, cualquier hora y lugar le parecía bueno para organizarlas. Es curioso pensar que mi padre, que a bruto y cabezón ganaban muy pocos, era a ella la única persona que escuchaba; bastaba una mirada de Rosario para calmar sus iras, y en más de una ocasión buenos golpes se ahorraron con su sola presencia. ¡Quién iba a suponer que a aquel hombrón lo había de dominar una tierna criatura!

En Trujillo tiró hasta cinco meses, pasados los cuales unas fiebres la devolvieron, medio muerta, a casa, donde estuvo encamada cerca de un año porque las fiebres, que eran de orden maligna, la tuvieron tan cerca del sepulcro que por oficio de mi padre — que borracho y pendenciero sí sería, pero cristiano viejo y de la mejor ley también lo era — llegó a estar sacramentada y preparada por si había de hacer el último viaje. La enfermedad tuvo, como todas, sus alternativas, y a los días en que parecía como revivir sucedían las noches en que todos estábamos en que se nos quedaba; el humor de mis padres era como sombrío, y de aquel triste tiempo sólo guardo como recuerdo de paz el de los meses que pasaron sin que sonaran golpes entre aquellas paredes, ¡tan apurado andaba el par de viejos!... Las vecinas echaban todas su cuarto a espadas por recetarla yerbas, pero como la que mayor fe nos daba era la señora Engracia, a ella hubimos de recurrir y a sus consejos, por ver de sanarla; complicada fue, bien lo sabe Dios, la curación que la mandó, pero como se le hizo poniendo todos los cinco sentidos bien debió de probarla, porque aunque despacio, se la veía que le volvía la salud. Como ya dice el refrán, yerba mala

al faltar: como ella estaba ausente
organizarlas (s. e. las escandaleras)
a bruto y cabezón ...: había pocos tan violentos y testarudos (obstinados) como él □ **era a ella...**: a nadie escuchaba sino a ella □ **bastaba**: era suficiente
iras: cóleras; furores □ **buenos**: aquí, muchos
se ahorraron: se evitaron ☒ **¡Quién...!**: acento en el exclamativo □ **hombrón** < hombre: el sufijo -ón es aumentativo □ **lo había de dominar**: lo dominaría □ **(una tierna) criatura**: una niña frágil □ **tiró**: pop., se quedó □ **pasados los cuales**: al cabo (al final) de los cuales □ **la devolvieron ... a casa**: la obligaron a volver □ **encamada**: en la cama □ **cerca**: casi

oficio: diligencia; solicitación □ **borracho** (bebía mucho) **y pendenciero** (agresivo) **sí sería** (lo era efectivamente) □ **cristiano ... ley**: también respetaba la religión católica □ **... sacramentada**: hasta recibió los últimos Sacramentos □ **por si había de hacer...**: en caso de que hubiera muerto □ **sus alternativas**: sus más y sus menos; sus altibajos
estábamos en que: pensábamos **que se nos quedaba** (que se moría) □ **aquel**: demostrativo que refiere a un pasado remoto

sin que sonaran: c. de t.
¡tan apurado andaba...!: de lo (por lo) angustiado que estaban los dos **viejos** (mis padres) □ **echaban ... espadas**: exp. idiom. intervenían prescribiéndole **yerbas** (se ortografía hierba) □ **la que mayor fe...**: Engracia era la que mayor confianza nos inspiraba □ **por ver de...**: para curar a Rosario
curación: remedio □ **la mandó**: c.o.d. inc.; le prescribió
poniendo ... sentidos: exp. idiom.; todos pusimos el mayor cuidado posible □ **... probarla**: debió sentarle bien (producirle buen efecto) □ **(le) volvía** o recobraba **la salud**

nunca muere, y sin que yo quiera decir con esto que Rosario fuera mala (si bien tampoco pondría una mano en el fuego por sostener que fuera buena), lo cierto es que después de tomados los cocimientos que la señora Engracia dijera, sólo hubo que esperar a que pasase el tiempo para que recobrase la salud, y con ella su prestancia y lozanía.

No bien se puso buena, y cuando la alegría volvía otra vez a casa de mis padres, que en lo único que estaban acordes era en su preocupación por la hija, volvió a hacer el pirata la muy zorra, a llenarse la talega con los ahorros del pobre y sin más reverencias, y como a la francesa, volvió a levantar el vuelo y a marcharse, esta vez camino de Almendralejo, donde paró en casa de Nieves la Madrileña, cierto es, o por tal lo tengo, que aun al más ruin alguna fibra de bueno siempre le queda, porque Rosario no nos echó del todo en el olvido y alguna vez — por nuestro santo o por las navidades — nos tiraba con algún chaleco, que aunque nos venía justo y recibido como faja por vientre satisfecho, su mérito tenía porque ella, aunque con más relumbrón por aquello de que había que vestir el oficio, tampoco debía nadar en la abundancia. En Almendralejo hubo de conocer al hombre que había de labrarle la ruina; no la de la honra, que bien arruinada debía andar ya por entonces, sino la del bolsillo, que una vez perdida aquélla, era por la única que tenía que mirar. Llamábase el tal sujeto Paco López, por mal nombre el Estirao, y de él me es forzoso reconocer que era guapo mozo, aunque no con un mirar muy decidido, porque por tener un ojo de vidrio en el sitio donde Dios sabrá en qué hazaña perdiera el de carne, su mirada tenía una

con esto: con el refrán (≠ estribillo)
fuera: c. de t. □ **si bien** = aunque □ **tampoco pondría** < poner: no pondría tampoco □ **por** + inf.: expresa la finalidad
... tomados: después de que hubiera tomado los **cocimientos** (infusiones) ... □ **dijera**: S. I. con valor pluscuamperfecto, había dicho, recomendado □ **recobrase ...**: c. de t., le volviera la salud □ **lozanía**: vigor
No bien: apenas □ **se puso** (< ponerse) **buena**: recobró la salud

estaban acordes: estaban de acuerdo □ **la hija** = su hija
zorra: astuta; despabilada □ **... talega**: exp. idiom., forrarse (pop.); llenarse los bolsillos □ **ahorros**: economías (gal.)
a la francesa: bruscamente y sin avisar levantó **el vuelo** (se fue de casa) □ **camino de**: en dirección de □ **paró**: desp., fue a parar o caer; se alojó □ **cierto es**: no cabe duda □ **por tal lo tengo**: eso creo yo □ **al más ruin**: a la persona más vil
... olvido: no nos olvidó (no se olvidó de nosotros) completamente □ **navidades**: fiestas que incluyen Navidad, Año Nuevo y los Reyes □ **nos tiraba con**: nos enviaba □ **algún chaleco** (prenda de vestir sin mangas) □ **... satisfecho**: imagen, el chaleco resultaba muy estrecho □ **relumbrón**: lujo ostentoso □ **por aquello de que**: debido a que □ **vestir el oficio**: tenía que vestir como correspondía (era prostituta) □ **hubo de conocer**: conoció □ **labrarle la ruina**: exp. lex., hacer su ruina
honra...: su honor en aquella época ya estaba bien arruinado
la del bolsillo: la ruina material (él era proxeneta)
aquélla: la honra □ la ruina era lo único **que tenía que** evitar
el Estirao: apodo derivado de una característica física (< estirado: era alto) y moral (toma aires de superioridad); síncopa del « d » intervocálico frecuente en Extremadura □ **aunque...**: tenía una mirada poco asegurada por el **ojo de vidrio** que llevaba en el lugar del de origen **(de carne)** □ **hazaña**: aventura

desorientación que perdía al más plantado; era alto, medio rubiales, juncal y andaba tan derechito que no se equivocó por cierto quien le llamó por vez primera el Estirao; no tenía mejor oficio que su cara porque, como las mujeres tan memas son que lo mantenían, el hombre prefería no trabajar, cosa que si me parece mal, no sé si será porque yo nunca tuve ocasión de hacer. Según cuentan, en tiempos anduviera de novillero por las plazas andaluzas; yo no sé si creerlo porque no me parecía hombre valiente más que con las mujeres, pero como éstas, y mi hermana entre ellas, se lo creían a pies juntillas, él se daba la gran vida, porque ya sabe usted lo mucho que dan en valorar las mujeres a los toreros. En una ocasión, andando yo a la perdiz bordeando la finca de Los Jarales — de don Jesús — me tropecé con él, que por tomar el aire se había ido de Almendralejo medio millar de pasos por el monte; iba muy bien vestidito con su terno café, con su visera y con un mimbre en la mano. Nos saludamos y el muy ladino, como viera que no le preguntaba por mi hermana, quería tirarme de la lengua por ver de colocarme las frasecitas; yo resistía y él debió de notar que me achicaba porque sin más ni más y como quien no quiere la cosa, cuando ya teníamos mano sobre mano para marcharnos, me soltó:

— ¿Y la Rosario?

— Tú sabrás...

— ¿Yo?

— ¡Hombre! ¡Si no lo sabes tú!

— ¿Y por qué he de saberlo?

Lo decía tan serio que cualquiera diría que no había mentido en su vida; me molestaba hablar con él de la

perdía: aquí, desconcertaba □ **plantado**: seguro de sí
rubiales: su pelo tiraba a rubio □ **juncal**: esbelto □ ...
derechito: se mantenía muy erguido al andar □ **no se equivocó**: no erró; estaba en lo cierto □ ... **cara**: su aspecto era lo que hacía vivir □ **memas**: tontas; bobas □ **lo mantenían**: vivía como un parásito
... **de hacer**: tal vez **porque yo nunca tuve ocasión de hacer** lo mismo □ **en tiempos** (remotos) □ **anduviera...**: había estado de **novillero** (toreaba novillos —toros de dos o tres años—) **por las plazas** de toros de Andalucía □ ... **más que con**: sólo era valiente con las mujeres □ **se lo creían**: creían todo lo que él decía □ **(a pies) juntillas**: exp. lex., firmemente □ **ya** = bien
dan en valorar...: se obstinan en estimar a los toreros
a la caza de **la perdiz** □ **bordeando la finca**: a lo largo de la propiedad... □ **me tropecé con él**: me encontré (topé) con él

monte: terreno inculto, a menudo elevado, fuera de los pueblos
... **vestidito**: el diminutivo recalca la elegancia □ **terno** de color **café**: traje □ con una varilla de **mimbre** □ **ladino**: astuto
como viera: al ver; como veía que yo no le ...
tirarme de la lengua: exp. idiom., sonsacarme palabras; hacerme hablar □ **las frasecitas** (s. e. pérfidas)
me achicaba: yo no contestaba; no le seguía en este tema □ **como quien no quiere la cosa**: con apariencia despreocupada
me soltó: me lanzó
¿Y la Rosario?: ¿Qué sabes de la Rosario?; ¿Qué tal la Rosario?

¡Hombre!: exclamación que aquí expresa evidencia, s. e. ¿Quién más (o mejor) que tú puede saberlo?
diría: hubiera dicho
en toda su vida □ **me molestaba**: no me gustaba

Rosario, ya ve usted lo que son las cosas.

El hombre daba golpecitos con la vara sobre las matas de tomillo.

— Pues sí, ¡para que lo sepas!, ¡está bien! ¿No lo querías saber?

— ¡Mira, Estirao! ¡Mira, Estirao! ¡Que soy muy hombre y que no me ando por las palabras! ¡No me tientes!... ¡No me tientes!...

— ¿Pero qué te he de tentar, si no tienes dónde? ¿Pero qué quieres saber de la Rosario? ¿Qué tiene que ver contigo la Rosario? ¿Que es tu hermana? Bueno ¿y qué? También es mi novia, si vamos a eso.

A mí me ganaba por la palabra, pero si hubiéramos acabado por llegar a las manos le juro a usted por mis muertos que lo mataba antes de que me tocase un pelo. Yo me quise enfriar porque me conocía la carácter y porque de hombre a hombre no está bien reñir con una escopeta en la mano cuando el otro no la tiene.

— Mira, Estirao, ¡más vale que nos callemos! ¿Que es tu novia? Bueno, ¡pues que lo sea! ¿Y a mí qué?

El Estirao se reía; parecía como si quisiera pelea.

— ¿Sabes lo que te digo?

— ¡Qué!

— Que si tú fueses el novio de mi hermana, te hubiera matado.

Bien sabe Dios que el callarme aquel día me costó la salud; pero no quería darle, no sé por qué habrá sido. Me resultaba extraño que me hablaran así; en el pueblo nadie se hubiera atrevido a decirme la mitad.

— Y que si te tropiezo otro día rondándome, te mato en la plaza por la feria.

... lo que son las cosas: ... cómo son las cosas
golpecitos: señales de nerviosismo □ **la vara de** mimbre
... tomillo: planta silvestre muy arómatica que crece en **matas** pequeñas de color verde grisáceo □ **sepas** < saber

¡Mira...!: imperativo que expresa amenaza □ **soy muy (hombre)**: no te tengo miedo □ **no me ando ...**: yo hago y no hablo □ **¡No me tientes** (< tentar)!: ¡No me provoques!
qué te he de tentar...: juego de palabras muy verde (obsceno) acerca de los sentidos de « tentar » (provocar pero también palpar, tocar) □ **... contigo**: ¿en qué te concierne...?
novia: supone relaciones amorosas formales □ **si vamos a eso**: si lo tomas en ese plan □ **me ganaba ...**: hablaba mejor que yo
llegar a las manos: pegarnos
... lo mataba: valor condicional, lo hubiera matado □ **antes de que me tocase** (subj. y c. de t.) □ **me quise** (querer) **enfriar** (calmar) □ **reñir**: discutir
escopeta: tipo de fusil para la caza
¡más vale que...!: ¡mejor será que + subj.! □ dices **que es tu novia** □ **sea** < ser □ **¿Y a mí qué** me importa (qué más me da)? □ **como si quisiera** (< querer) **pelea** (lucha)

fueses o fueras

el callarme: el imponerme silencio
darle (s. e. golpes): pegarle □ **... habrá sido**: no sé por qué razón □ **me resultaba extraño**: me parecía insólito
se hubiera atrevido a: hubiera tenido valor para; se hubiera aventurado □ **te tropiezo...**: te encuentro rondando alrededor de mí = siguiéndome □ **feria**: fiesta anual del pueblo

— ¡ Mucha chulería es esa !

— ¡ A pinchazos !

— ¡ Mira, Estirao !... ¡ Mira, Estirao !...

. . . .

Aquel día se me clavó una espina en un costado que todavía la tengo clavada.

Por qué no la arranqué en aquel momento es cosa que aún hoy no sé. Andando el tiempo, de otra temporada que, por reparar otras fiebres, vino a pasar mi hermana con nosotros, me contó el fin de aquellas palabras : cuando el Estirao llegó aquella noche a casa de la Nieves a ver a la Rosario, la llamó aparte.

— ¿ Sabes que tienes un hermano que ni es hombre ni es nada ?

— ...

—¿ Y que se achanta como los conejos en cuanto oyen voces ?

Mi hermana salió por defenderme, pero de poco le valió ; el hombre había ganado. Me había ganado a mí que fue la única pelea que perdí por no irme a mi terreno.

— Mira, paloma ; vamos a hablar de otra cosa, ¿ Qué hay ?

— Ocho pesetas.

— ¿ Nada más ?

— Nada más. ¿ Qué quieres ? ¡ Los tiempos están malos !...

El Estirao le cruzó la cara con la varita de mimbre hasta que se hartó.

Después...

— ¿ Sabes que tienes un hermano que ni es hombre ni es nada ?

¡**... esa !** : ¡ Qué fanfarronada ! (se burla Pascual)
(te mato) ¡ **A pinchazos !** < pinchar : te clavo la navaja
¡ **Mira, Estirao !** : ¡ (Ten) Cuidado... !

Aquel día : el de la discusión con el Estirao □ **... costado** : notemos el reflexivo con valor posesivo, se clavó una espina en mi **costado** (flanco), es una herida de amor propio □ **arranqué** : saqué □ **aún** : todavía □ **Andando el tiempo** : al cabo de cierto tiempo □ **por reparar** : para curar ⧄ **vino** < venir
mi hermana ... me contó □ **aquellas** (palabras) : las del Estirao

(a casa) de la Nieves : en Almendralejo, donde vivía la Rosario

se achanta : se queda callado y quieto □ **en cuanto oyen** (< oir) **voces** : cuando oyen hablar alto
salió por... : quiso (< querer) □ **de poco le (valió)** : le fue inútil

pelea : altercación ; reyerta □ **no irme a mi (terreno)** : no entrar en mi elemento (s. e. las manos y no la lengua)
Mira : aquí, bueno (para cambiar de tema) □ **paloma** : palabra afectuosa, cariño □ **(¿ Qué) hay ?** = ¿ Cuánto has ganado ? (ella es prostituta y él proxeneta)

¿ Qué quieres ? : ¡ Qué le vamos a hacer !

le cruzó la cara : le pegó en la cara, la azotó
... se hartó : hasta que se cansó ; hasta más no poder

¿ ... nada ? : provocación gratuita del Estirao

Mi hermana me pidió por su salud que me quedase en el pueblo.

La espina del costado estaba como removida. Por qué no la arranqué en aquel momento es cosa que aún hoy no sé...

[4]

Usted sabrá disculpar el poco orden que llevo en el relato, que por eso de seguir por la persona y no por el tiempo me hace andar saltando del principio al fin y del fin a los principios como langosta vareada, pero resulta que de manera alguna, que ésta no sea, podría llevarlo, ya que lo suelto como me sale y a las mientes me viene, sin pararme a construirlo como una novela, ya que, a más de que probablemente no me saldría, siempre estaría a pique del peligro que me daría el empezar a hablar y a hablar para quedarme de pronto tan ahogado y tan parado que no supiera por dónde salir.

Los años pasaban sobre nosotros como sobre todo el mundo, la vida en mi casa discurría por las mismas sendas de siempre, y si no he de querer inventar, pocas noticias que usted no se figure puedo darle de entonces.

A los quince años de haber nacido la niña, y cuando por lo muy chupada que mi madre andaba y por el tiempo pasado cualquier cosa podía pensarse menos que nos había de dar un nuevo hermano, quedó la vieja con el vientre lleno, vaya usted a saber de quién, porque sospecho que, ya por la época, liada había de andar con

me pidió (< pedir) **por su salud** (≠ enfermedad) : me suplicó **que** yo **me quedase** o quedara (c. de t.) sino él la pegaría
la espina : p. 74, l. 5 □ **estaba como removida** : se movía ; le dolía más aún (el honor)

Usted sabrá disculpar : le ruego disculpe ☒ **el poco orden...** : lo poco ordenado que está mi relato □ **por eso de** : por querer
... fin : siempre estoy **saltando** (pasando) de una extremidad a otra **como langosta** (insecto) **vareada**, excitada por una vara
... llevarlo : no podría conducir mi relato de otra manera **que ésta no sea** □ **lo suelto** : escribo □ **como me sale...** : con mi estilo e inspiración □ **sin pararme a ...** : sin pensar en
a más de que : pop., aparte de **que no me saldría** (sería incapaz de hacerlo) □ **estaría a pique del peligro...** : correría riesgo de empezar a hablar sin parar □ **de pronto** : de súbito □ **... ahogado y tan parado** : sin respiración ni inspiración □ **supiera** : valor condicional, sabría
discurría por : transcurría por ; seguía
senda : camino □ **... inventar** : a no ser que invente ; de no inventar □ **noticias** : informaciones □ **se figure** : imagine □ **entonces** : de aquella época □ **A los quince años ...** : quince años después de nacer Rosario □ **chupada** : delgada □ **andaba** : estaba □ **cualquier cosa** □ **menos que** : salvo que ; excepto que
nos había de dar : nos daría
(... con) el vientre lleno : quedó embarazada □ **... de quién** : quién era el padre □ **liada ...** : era la amante de

el señor Rafael, de forma que no hubo más que esperar los días de ley para acabar recibiendo a uno más en la familia. El nacer del pobre Mario — que así hubimos de llamar al nuevo hermano — más tuvo de accidentado y de molesto que de otra cosa, porque, para colmo y por si fuera poca la escandalera de mi madre al parir, fue todo a coincidir con la muerte de mi padre, que si no hubiera sido tan trágica, a buen seguro movería a risa así pensada en frío. Dos días hacía que a mi padre lo teníamos encerrado en la alacena cuando Mario vino al mundo; le había mordido un perro rabioso, y aunque al principio parecía que libraba de rabiar, más tarde hubieron de acometerle unos tembleques que nos pusieron a todos sobre aviso. La señora Engracia nos enteró de que la mirada iba a hacer abortar a mi madre y, como el pobre no tenía arreglo, nos industriamos para encerrarlo con la ayuda de algunos vecinos y de tantas precauciones como pudimos, porque tiraba unos mordiscos que a más de uno hubiera arrancado un brazo de habérselo cogido; todavía me acuerdo con pena y con temor de aquellas horas... ¡Dios, y qué fuerza hubimos de hacer todos para reducirlo! Pateaba como un león, juraba que nos había de matar a todos, y tal fuego había en su mirar, que por seguro lo tengo que lo hubiera hecho si Dios lo hubiera permitido. Dos días hacía, digo, que encerrado lo teníamos, y tales voces daba y tales patadas arreaba sobre la puerta, que hubimos de apuntalar con unos maderos, que no me extraña que Mario, animado también por los gritos de la madre, viniera al mundo asustado y como lelo; mi padre acabó por callarse a la noche siguiente — que era la del día de Reyes —, y cuando fuimos a sacarlo

de forma que: de manera que □ **no hubo más que...**: sólo hubo que, bastó esperar □ **días de ley**: los nueve meses □ **a uno más**: a una persona_más □ **el nacer**: sustantivación del verbo con el artículo □ **más tuvo de ...**: fue muy **accidentado** (agitado) y **molesto** (importuno) □ **para colmo** o por remate

por si fuera poca...: como si el parto de mi madre fuera poco escandaloso de por sí coincidió **con la muerte de mi padre ...**

si no hubiera sido: de no haber sido □ **... a risa**: no cabe duda que hubiera provocado la risa □ **en frío**: con distancia

encerrado: recluso □ **la alacena**: el armario

libraba de rabiar: se libraba de la rabia; la evitaba

... acometerle: le entraron; le vinieron **unos tembleques** (temblores) □ **(nos) pusieron** (< poner) **sobre aviso**: nos pusieron en guardia; nos alertaron □ **(nos) enteró de que**: nos informó □ **no tenía arreglo**: estaba perdido □ **nos industriamos para**: nos las arreglamos para □ **con la ayuda de**: asistidos por

tantas ... como pudimos (< poder): tomamos cuantas precauciones pudimos □ **(tiraba unos) mordiscos**: mordía tanto que ... □ **arrancado**: sacado □ **de habérselo cogido**: sub. cond., si se lo hubiera cogido (mordido) □ **Qué fuerza...**: ¡Cuánto nos esforzamos por someterlo! □ **Pateaba** < pata: aquí, luchaba

nos había de matar: haber de + inf. > futuro, nos mataría a todos □ **su mirar** = su mirada □ **... tengo**: estoy seguro de que lo **hubiera** (o habría) **hecho** (< hacer)

voces: gritos (dar voces: gritar)

tales patadas arreaba: daba golpes tan violentos con el pie; con tanta furia pateaba □ **... apuntalar**: tuvimos que consolidarla con **maderos** (pedazos gruesos de madera, tableros) □ **animado**: estimulado □ **viniera** < venir □ **asustado**: con miedo □ **lelo**: bobo; tonto □ **acabó por callarse**: por fin se calló

día de Reyes: Epifanía (el día 6 de enero)

pensando que había muerto, allí nos lo encontramos, arrimado contra el suelo y con un miedo en la cara que mismo parecía haber entrado en los infiernos. A mí me asustó un tanto que mi madre en vez de llorar, como esperaba, se riese, y no tuve más remedio que ahogar las lágrimas que quisieron asomarme cuando vi el cadáver, que tenía los ojos abiertos y llenos de sangre y la boca entreabierta con la lengua morada medio fuera. Cuando tocó a enterrarlo, don Manuel, el cura, me echó un sermoncete en cuanto me vio. Yo no me acuerdo mucho de lo que me dijo; me habló de la otra vida, del cielo y del infierno, de la Virgen María, de la memoria de mi padre, y cuando a mí se me ocurrió decir que en lo tocante al recuerdo de mi padre lo mejor sería ni recordarlo, don Manuel, pasándome una mano por la cabeza me dijo que la muerte llevaba a los hombres de un reino para otro y que era muy celosa de que odiásemos lo que ella se había llevado para que Dios lo juzgase. Bueno, no me lo dijo así; me lo dijo con unas palabras muy justas y cabales, pero lo que me quiso decir no andaría, sobre poco más o menos, muy alejado de lo que dejo escrito. Desde aquel día siempre que veía a don Manuel lo saludaba y le besaba la mano, pero cuando me casé hubo de decirme mi mujer que parecía marica haciendo tales cosas y, claro es, ya no pude saludarlo más; después me enteré que don Manuel había dicho de mí que era talmente como una rosa en un estercolero y bien sabe Dios qué ganas me entraron de ahogarlo en aquel momento; después se me fue pasando y, como soy de natural violento, pero pronto, acabé por olvidarlo, porque además, y pensándolo bien, nunca estuve muy seguro de haber entendido a derechas; a lo

... **encontramos**: lo descubrimos
arrimado contra el suelo: tumbado □ **miedo**: aquí, terror

a mí me asustó un tanto: me estremeció algo (me hizo temblar) yo **esperaba** □ **se riese** < reírse □ ... **ahogar ...**: tuve que reprimir **las lágrimas** que **quisieron** (< querer) **asomarme** (brotarme —saltárseme— de los ojos); procuré_no llorar □ **abierto** < abrir □ **morada** o violeta □ **medio fuera**: a medio sacar □ **tocó a ...**: fue hora (o tiempo) de ... □ **me echó** o me soltó **sermoncete**: diminutivo burlón □ **en cuanto**: cuando □ **vio** < ver (él) □ **dijo** < decir (él)

se me ocurrió decir: me dio por decir □ **en lo (tocante al)**: en lo que se refería a; en lo que concernía □ **ni** siquiera **recordarlo**: ni evocarlo

reino (espacio) ≠ reinado (tiempo) □ **era muy celosa**: a la muerte no le gustaba **que odiásemos** (c. de t.)...
... **juzgase** < juzgar: c. de t.; el juicio de Dios
cabales: exactas; apropiadas □ **quiso** < querer
no andaría ... muy alejado: debía de estar muy cerca de lo que **dejo escrito** (lo que acabo de escribir) □ **siempre que**: cada vez que ⧄ **lo saludaba y le besaba la mano**
me casé: tuve mujer □ **hubo de decirme**: me dijo mi mujer
marica: homosexual □ **pude** < poder (yo)
me enteré: supe (< saber)
era talmente como...: yo era como (tal) una rosa...
estercolero: lugar donde se amontona estiércol (excrementos animales) □ **ganas**: deseos □ **ahogarlo**: estrangularlo □ **se me fue pasando**: las ganas se me pasaron □ **pronto**: aquí, impulsivo □ **olvidarlo** (lo que Don Manuel había dicho me mí)
estuve < estar ⧄ **entendido a derechas**: comprendido bien

mejor don Manuel no había dicho nada — a la gente no hay que creerla todo lo que cuenta — y aunque lo hubiera dicho... ¡Quién sabe lo que hubiera querido decir! ¡Quién sabe si no había querido decir lo que yo entendí!

Si Mario hubiera tenido sentido cuando dejó este valle de lágrimas, a buen seguro que no se hubiera marchado muy satisfecho de él. Poco vivió entre nosotros; parecía como que hubiera olido el parentesco que le esperaba y hubiera preferido sacrificarlo a la compañía de los inocentes en el limbo. ¡Bien sabe Dios que acertó con el camino, y cuántos fueron los sufrimientos que se ahorró al ahorrarse años! Cuando nos abandonó no había cumplido todavía los diez años, que si pocos fueron para lo demasiado que había de sufrir, suficientes debieran de haber sido para llegar a hablar y a andar, cosas ambas que no llegó a conocer; el pobre no pasó de arrastrarse por el suelo como si fuese una culebra y de hacer unos ruiditos con la garganta y con la nariz como si fuese una rata: fue lo único que aprendió. En los primeros años de su vida ya a todos nosotros nos fue dado el conocer que el infeliz, que tonto había nacido, tonto había de morir; tardó año y medio en echar el primer hueso de la boca y cuando lo hizo, tan fuera de su sitio le fue a nacer, que la señora Engracia, que tantas veces fuera nuestra providencia, hubo de tirárselo con un cordel para ver de que no se clavara en la lengua. Hacia los mismos días, y vaya usted a saber si como resultas de la mucha sangre que tragó por lo del diente, la salió un sarampión o sarpullido por el trasero (con perdón) que llegó a ponerle las nalguitas como desolladas y en la carne viva por habérsele mezclado la orina con la pus de

(a lo) mejor: tal vez; quizá(s)
aunque (lo hubiera dicho): *même si*

entendí: comprendí
... sentido: razón, discernimiento □ **dejó**: abandonó este **valle de lágrimas** (el mundo terrenal) □ **a buen seguro**: seguramente
satisfecho: contento
olido: intuido; sentido □ **el parentesco**: la familia
sacrificarlo: s. e. el parentesco
limbo: allí van las almas de los inocentes □ **acertó con**: dio con; encontró el buen camino, el del limbo □ **ahorró**: evitó
al ahorrarse años: por vivir poco
cumplido ... años: no había llegado a los diez años □ **pocos** años **que había de sufrir**: que iba a sufrir □ **suficientes** (años)
llegar a hablar...: poder o lograr hablar
cosas ambas: dos cosas □ **no llegó a...**: no pudo □ **no pasó de**: no fue más allá de **arrastrarse** (reptar) ... □ **culebra**: serpiente
no pasó **de hacer ruiditos** □ **garganta**: donde están las cuerdas vocales □ **rata**: mamífero roedor

(nos fue) dado el conocer: supimos □ **infeliz** ≠ feliz
había de morir: moriría □ **tardó ... en echar** (sacar) □ **el primer hueso**: el primer diente □ **hizo** < hacer
... sitio: el diente le nació (salió) fuera de la encía
fuera = había sido □ **hubo de tirárselo**: tuvo que quitárselo
cordel: hilo □ **para ver de que**: para que no se **clavara** (c. de t.)
como resultas de: a consecuencia de
la mucha sangre: de toda la sangre □ **tragó**: ingirió □ **por lo del...**: a causa del problema del... □ **sarampión o sarpullido**: erupción cutánea □ **las nalguitas**: el trasero □ **desolladas**: sin piel

las bubas; cuando hubo que curarle lo dolido con vinagre y con sal, la criatura tales lloros se dejaba arrancar que hasta al más duro de corazón hubiera enternecido. Pasó algún tiempo que otro de cierto sosiego, jugando con una botella, que era lo que más le llamaba la atención, o echadito al sol, para que reviviese, en el corral o en la puerta de la calle, y así fue tirando el inocente, unas veces mejor y otras peor, pero ya más tranquilo, hasta que un día — teniendo la criatura cuatro años — la suerte se volvió tan de su contra que, sin haberlo buscado ni deseado, sin a nadie haber molestado y sin haber tentado a Dios, un guarro (con perdón) le comió las dos orejas. Don Raimundo, el boticario, le puso unos polvos amarillitos, de seroformo, y tanta dolor daba el verlo amarillado y sin orejas que todas las vecinas, por llevarle consuelo, le llevaban, las más, un tejeringo los domingos; otras, unas almendras; otras, unas aceitunas en aceite o un poco de chorizo... ¡Pobre Mario, y cómo agradecía, con sus ojos negrillos, los consuelos! Si mal había estado hasta entonces, mucho más mal le aguardaba después de lo del guarro (con perdón); pasábase los días y las noches llorando y aullando como un abandonado, y como la poca paciencia de la madre la agotó cuando más falta le hacía, se pasaba los meses tirado por los suelos, comiendo lo que le echaban, y tan sucio que aun a mí que, ¿para qué mentir?, nunca me lavé demasiado, llegaba a darme repugnancia. Cuando un guarro (con perdón) se le ponía a la vista, cosa que en la provincia pasaba tantas veces al día como no se quisiese, le entraban al hermano unos corajes que se ponía como loco: gritaba con más fuerzas aún que la costumbre, se

bubas: infección cutánea (sarampión) □ **lo dolido**: lo que le dolía □ **vinagre y (la) sal** para desinfectar □ **tales lloros...**: lloraba tanto que... □ **al más duro ...**: hubiera conmovido (movido a compasión) al hombre más insensible □ **algún tiempo que otro**: un corto período □ **sosiego**: tranquilidad

(le) llamaba la atención: le atraía □ **echadito**: el diminutivo expresa aquí compasión y ternura; acostado □ **reviviese** < revivir: c. de t., para que recobrara fuerzas □ **fue tirando**: progresividad, siguió viviendo como podía

suerte: destino □ **se volvío tan de su contra**: se hizo tan desfavorable para él □ **... buscado ni deseado**: sin que él tuviera la culpa □ **molestado**: importunado □ **tentado a Dios**: provocado □ **guarro**: cochino

boticario o farmacéutico □ **puso** < poner □ **amarillito**: diminutivo para todo lo que refiere al niño □ **tanta dolor**: inc. pop. « dolor » es masculino, tanta pena daba □ **por llevarle consuelo**: para consolarlo □ **las más**: la mayoría □ **tejeringo**: dulce casero parecido al churro

¡ cómo agradecía !: cuánta gratitud mostraba... por □ **negrillo** < negro □ **consuelos**: los detalles de las vecinas □ **... entonces**: hasta ese momento □ **mucho más mal...**: peor tormento le esperaba a raíz del episodio del cochino □ **pasábase**: enclisis lit., se pasaba □ **aullando**: gritando

... agotó: su madre consumió la poca paciencia que tenía cuando él más la necesitaba (... **hacía**) □ **tirado por los suelos**: tumbado en el suelo □ **lo que le echaban**: lo que le tiraban como si fuera un animal

... repugnancia: incluso me repugnaba de lo sucio que iba

se le ponía a la vista: cuando llegaba a ver

tantas veces ... como ...: muy a menudo

... corajes: le entraba una rabia (o cólera) que lo **ponía como loco** □ **que la costumbre**: que de ordinario; que acostumbraba

atosigaba por esconderse detrás de algo, y en la cara y en los ojos un temor se le acusaba que dudo que no lograse parar al mismo Lucifer que a la Tierra subiese.

Me acuerdo que un día — era un domingo — en una de esas temblequeras tanto espanto llevaba y tanta rabia dentro, que en su huida le dio por atacar — Dios sabría por qué — al señor Rafael que en casa estaba porque, desde la muerte de mi padre, por ella entraba y salía como por terreno conquistado; no se le ocurriera peor cosa al pobre que morderle en una pierna al viejo, y nunca lo hubiera hecho, porque éste con la otra pierna le arreó tal patada en una de las cicatrices que lo dejó como muerto y sin sentido, manándole una agüilla que me dio por pensar que agotara la sangre. El vejete se reía como si hubiera hecho una hazaña y tal odio le tomé desde aquel día que, por mi gloria le juro, que de no habérselo llevado Dios de mis alcances, me lo hubiera endiñado en cuanto hubiera tenido ocasión para ello.

La criatura se quedó tirada todo lo larga que era, y mi madre — le aseguro que me asusté en aquel momento que la vi tan ruin — no lo cogía y se reía haciéndole el coro al señor Rafael; a mí, bien lo sabe Dios, no me faltaron voluntades para levantarlo, pero preferí no hacerlo... ¡Si el señor Rafael, en el momento, me hubiera llamado blando, por Dios que lo machaco delante de mi madre!

Me marché hasta las casas por tratar de olvidar; en el camino me encontré a mi hermana — que por entonces andaba por el pueblo —, le conté lo que pasó y tal odio hube de ver en sus ojos que me dio por cavilar en que había de ser mal enemigo; me acordé, no sé por qué

(se) atosigaba por: se precipitaba por esconderse...
un temor...: se le notaba tal espanto (miedo extremo) que hubiera logrado (podido) **parar** (detener) **a Lucifer** (el Demonio) si éste hubiera subido **a la Tierra** desde el Infierno
temblequera: temblor intenso □ **espanto**: l. 2
dentro: interiormente □ **huida** < huir □ **le dio por...**: se le ocurrió ; se puso a ...
la muerte (concepto) ≠ el/la muerto/a (persona) □ **por ella**: por mi casa □ **no se le ocurriera...**: esto (el morderle a Don Rafael) fue lo peor que hubiera podido hacer el pobre Mario
éste: Don Rafael
le arreó tal patada: le pegó con tal fuerza
sentido: conocimiento □ ... **agüilla** (< agua): le manaba de la cicatriz un hilo de líquido □ **me dio por...**: hasta pensé que se desangraría (perdería toda la sangre) □ **como si** el vejete (< viejo) **hubiera hecho** (< hacer) **una hazaña** (proeza) □ **gloria**: Cielo ; Paraíso □ **(de) no habérselo...**: si Dios no se lo hubiera llevado lejos de mí □ ... **endiñado**: pop., cargado (lo hubiera matado)
se quedó tirada en el suelo
me asusté: me sorprendí ; tuve miedo
ruin: vil ; despreciable □ **no lo cogía** (s. e. en brazos) a mi hermano □ **haciéndole el coro al señor Rafael**: se reía con él
... **voluntades**: tuve ganas (deseos) de ...

... **blando**: flojo ; si se hubiera burlado de mi emoción □ **machaco**: pop., aplasto
... **casas**: la suya está un poco apartada del pueblo □ **tratar de**: intentar □ **por entonces**: a la sazón ; en aquel momento
andaba por...: estaba □ **odio** ≠ amor
hube de ver: vi □ **me dio por cavilar en**: se me ocurrió pensar
había de ser: ella sería □ **me acordé...** = recordé...

sería, del Estirao, y me reía de pensar que alguna vez mi hermana pudiera ponerle aquellos ojos.

Cuando volvimos hasta la casa, pasadas dos horas largas del suceso, el señor Rafael se despedía; Mario seguía tirado en el mismo sitio donde lo dejé, gimiendo por lo bajo, con la boca en la tierra y con la cicatriz más morada y miserable que cómico en cuaresma; mi hermana, que creí que iba a armar el zafarrancho, lo levantó del suelo por ponerlo recostado en la artesa. Aquel día me pareció más hermosa que nunca, con su traje de color azul como el del cielo, y sus aires de madre montaraz ella, que ni lo fuera, ni lo había de ser...

Cuando el señor Rafael acabó por marcharse, mi madre recogió a Mario, lo acunó en el regazo y le estuvo lamiendo la herida toda la noche, como una perra parida a los cachorros; el chiquillo se dejaba querer y sonreía... Se quedó dormidito y en sus labios quedaba aún la señal de que había sonreído. Fue aquella noche, seguramente, la única vez en su vida que le vi sonreír...

[5]

Pasó después algún tiempo sin que se desgraciara de nuevo, pero, como al que el destino persigue no se libra aunque se esconda debajo de las piedras, día llegó en que, no encontrándolo por lado alguno, fue a aparecer, ahogado, en una tinaja de aceite. Lo encontró mi

sería: podía ser □ **alguna vez**: de vez en cuando
... ojos: pudiera (< poder) mirarlo con **aquellos ojos** de odio que yo observé □ **pasadas dos horas (largas)**: más de dos horas después □ **se despedía**: le decía adiós a mi madre
seguía: todavía estaba □ **gimiendo** < gemir
por lo bajo: dulcemente; en voz baja □ **... tierra**: boca abajo
morada: violeta □ **cuaresma**: período de abstinencia de 46 días poco procipio a las gracias del cómico □ **armar el zafarrancho**: armar un escándalo □ **... recostado**: y lo acostó en la **artesa** (recipiente de madera donde se amasa el pan)

montaraz (< monte): salvaje □ **ni lo fuera ni...**: ni lo había sido ni lo sería
acabó por marcharse: se fue por fin
recogió a Mario: lo levantó de la artesa y **lo acunó en el regazo** (lo estuvo meciendo sobre sus rodillas) □ **... lamiendo**: pasándole la lengua □ **... cachorros**: como una perra que acaba dc **parir cachorros** (perritos) □ **... dormidito**
quedaba...: sus labios conservaban aún la sonrisa

algún: cierto □ **se desgraciara**: c. de t.; tuviera otras desgracias (desventuras) □ **... libra**: nadie escapa a su destino
se esconda: se disimule □ **debajo de** o bajo □ **día llegó en que**: un día en que nadie lo encontraba **por lado alguno** (o por ningún lado) □ **ahogado**: asfixiado □ **tinaja**: recipiente de barro

hermana Rosario. Estaba en la misma postura que una lechuza ladrona a quien hubiera cogido un viento; volcado sobre el borde de la tinaja, con la nariz apoyada sobre el barro del fondo. Cuando lo levantamos, un hilillo de aceite le caía de la boca como una hebra de oro que estuviera devanando con el vientre; el pelo que en vida lo tuviera siempre de la apagada color de la ceniza, le brillaba con unos brillos tan lozanos que daba por pensar que hubiera resucitado al él morir. Tal es todo lo extraño que la muerte de Mario me recuerda...

Mi madre tampoco lloró la muerte de su hijo; secas debiera tener las entrañas una mujer con corazón tan duro que unas lágrimas no le quedaran siquiera para señalar la desgracia de la criatura... De mí puedo decir, y no me avergüenzo de ello, que sí lloré, así como mi hermana Rosario, y que tal odio llegué a cobrar a mi madre, y tan deprisa había de crecerme, que llegué a tener miedo de mí mismo. ¡La mujer que no llora es como la fuente que no mana, que para nada sirve, o como el ave del cielo que no canta, a quien, si Dios quisiera, le caerían las alas, porque a las alimañas falta alguna les hacen!

Mucho me dio que pensar, en muchas veces y aún ahora mismo si he de decir la verdad, el motivo de que a mi madre llegase a perderle la respeto, primero, y el cariño y las formas al andar de los años; mucho me dio que pensar, porque quería hacer un claro en la memoria que me dejase ver hacia qué tiempo dejó de ser una madre en mi corazón y hacia qué tiempo llegó después a convertírseme en un enemigo. En un enemigo rabioso, que no hay peor odio que el de la misma sangre; en un enemigo que me gastó toda la bilis, porque a nada se

postura: posición
lechuza ladrona: ave nocturna que se aventura a robar ⧄ **viento** aquí cepo o lazo (sirve para cazar animales) □ **volcado**: inclinado □ **... fondo**: con medio cuerpo dentro de la tinaja
hilillo < hilo fino como una **hebra** (filamento) **de oro** (color del aceite) que **estuviera** (estaría) **devanando** como una bobina o carrete □ **lo tuviera**: lo había tenido □ **apagada** ≠ brillante
ceniza: residuo gris de algo quemado □ **lozano**: vivo
... pensar: se hubiera podido pensar que su pelo había resucitado □ **me recuerda**: me evoca

debiera: S. I. con valor condicional, debería □ **(secas) ... entrañas**: vientre; estéril debería de ser una mujer que ni siquiera tuvo unas lágrimas (... **quedaran**) para su hijo muerto
no me avergüenzo < avergonzarse: no siento vergüenza □ **sí**: en efecto □ **... llegué a cobrar**: ... le tuve a...; tanto odié a...
deprisa: rápidamente □ **... crecerme**: subía el odio en mí
... mismo: hasta me di miedo
no mana: no da agua □ **para nada sirve** (< servir)
el ave (pájaro): artículo masculino delante de la « a » tónica □ **(a quien)... le caerían las alas**: cuyas alas caerían □ **alimañas**: animales dañinos (o nocivos) □ **... les hacen**: no las necesitan (las alas) para nada

... a mi madre ... respeto: a menudo me pregunté cómo y por qué le perdí el respeto y las formas a mi madre (con los años dejé de respetarla y de portarme bien con ella) □ **claro...**: pensé en ello para tener la memoria clara (despejada) □ **dejase** c. de t.; permitiera □ **hacia qué tiempo**: aproximadamente cuándo □ **... convertírseme en**: se convirtió para mí en □ **rabioso** < rabia ⧄ **de la misma sangre**: en la misma familia □ se transformó **en un enemigo** □ **... bilis**: concentró todo mi odio

odia con más intensos bríos que a aquello a que uno se parece y uno llega a aborrecer el parecido. Después de mucho pensar, y de nada esclarecer del todo, sólo me es dado el afirmar que la respeto habíasela ya perdido tiempo atrás, cuando en ella no encontraba virtud alguna que imitar, ni don de Dios que copiar, y que de mi corazón hubo de marcharse cuando tanto mal vi en ella que junto no cupiera dentro de mi pecho. Odiarla, lo que se dice llegar a odiarla, tardé algún tiempo — que ni el amor ni el odio fueran cosa de un día — y si apuntara hacia los días de la muerte de Mario pudiera ser que no errara en muchas fechas sobre su aparición.

A la criatura hubimos de secarle las carnes con unas hilas de lino por evitar que fuera demasiado grasiento al Juicio, y de prepararlo bien vestido con unos percales que por la casa había, con unas alpargatas que me acerqué hasta el pueblo para buscar, con su corbatita de la color de la malva hecha una lazada sobre la garganta como una mariposa que en su inocencia le diera por posarse sobre un muerto. El señor Rafael, que hubo de sentirse caritativo con el muerto a quien de vivo tratara tan sin piedad, nos ayudó a preparar el ataúd; el hombre iba y venía de un lado para otro diligente y ufano como una novia, ora con unos clavos, ora con alguna tabla, tal vez con el bote del albayalde, y en su diligencia y ufanía hube de concentrar todo mi discurrir, porque, sin saber ni entonces ni ahora por qué ni por qué no, me daba la corazonada de que por dentro se estaba bañando en agua de rosas. Cuando decía, con un gesto como distraído:

— ¡Dios lo ha querido! ¡Angelitos al cielo!... — me dejaba tan pensativo que ahora me cuesta un trabajo

(se) odia: se + 3º pers. = « *on* » □ **brío**: energía □ **a aquello...**: lo que más odiamos es nuestra imagen, **el parecido** (la semejanza) □ **esclarecer** < claro: aclarar ☐ **del todo**: completamente □ **... afirmar**: sólo me es posible afirmar □ **habíasela...**: enclisis lit. □ **tiempo atrás**: desde hacía tiempo (desde hace + duración) □ **(virtud) alguna que imitar**: ninguna virtud □ **... marcharse**: el respeto fue desapareciendo **... cupiera** < caber: mi **pecho** (corazón) no hubiera podido contener todo el mal que yo vi (< ver) en ella □ **lo que se dice** (o llama): realmente □ **... cosa de un día**: no aparecen en un día □ **si apuntara**: S. I. en la sub. cond. si yo indicara **... errara** < error: posiblemente no me confundiría mucho sobre la época de su aparición (el odio) □ **las carnes**: el cuerpo **hilas**: trozos de tela □ **fuera** < ir □ **grasiento**: con demasiada grasa (el aceite) □ **Juicio** de Dios □ **percal**: tela de algodón **... había**: que encontramos en casa □ **alpargatas**: calzado corriente en el campo □ **(me) acerqué**: yo fui □ **corbatita**: *petite cravate* □ **... malva**: de color malva (como la flor) □ **lazada**: la corbata forma un lazo alrededor del cuello como **una mariposa** con sus dos grandes alas que se hubiera posado inocentemente □ **caritativo**: compasivo □ **... tratara**: a quien había tratado cuando vivía **tan sin piedad** (con tan poca piedad) □ **ataúd**: caja de muerto □ **el hombre**: don Rafael
ufano: se sentía importante □ **ora ... ora**: conjunción distributiva; ya ... ya □ **albayalde**: sirve para pintar de blanco el ataúd □ **ufanía**: satisfacción □ **mi discurrir**: mis reflexiones

me daba la corazonada: yo tenía la intuición de que **por dentro** (interiormente) □ **... rosas**: se alegraba
gesto como distraído: expresión absorta, ausente

pensativo < pensar □ **me cuesta** (< costar)...: me ocasiona

desusado el reconstruir lo que por mí pasó. Después repetía como un estribillo, mientras clavaba las tablas o mientras daba la pintura:

— ¡ Angelitos al cielo ! ¡ Angelitos al cielo !... — y sus palabras me golpeaban el corazón como si tuviera un reló dentro... Un reló que acabase por romperme los pechos... Un reló que obedecía a sus palabras, soltadas poco a poco y como con cuidado, y a sus ojillos húmedos y azules como los de las víboras, que me miraban con todo el intento de simpatizar, cuando el odio más ahogado era lo único que por mi sangre corría para él. Me acuerdo con disgusto de aquellas horas:

— ¡ Angelitos al cielo ! ¡ Angelitos al cielo !

¡ El hijo de su madre, y cómo fingía el muy zorro ! Hablemos de otra cosa.

Yo no supe nunca, la verdad, porque tampoco nunca me diera por pensar en ello en serio, en cómo serían los ángeles; tiempo hubo en que me los imaginaba rubios y vestidos con unas largas faldas azules o rosa; tiempo hubo también en que los creía de la color de las nubes y tan delgados como ni siquiera fueran los tallos de los trigos. Sin embargo, lo que sí puedo afirmar es que siempre me los figuré muy distintos de mi hermano Mario, motivo que a buen seguro fue lo que ocasionó que pensara que detrás de las palabras del señor Rafael había gato escondido y una intención tan maligna y tan de segundo rebote como de su mucha ruindad podía esperarse.

Su entierro, como años atrás el de mi padre, fue pobre y aburrido, y detrás de la caja no se hubieron de juntar, sin exageración, más arriba de cinco o seis personas: don Manuel, Santiago el monaguillo, Lola,

... **pasó**: ahora me es difícil determinar mis sentimientos de aquel momento □ **estribillo** ≠ refrán □ **mientras**: cuando □ **clavaba...**: fijaba (don Rafael) las **tablas** del ataúd

me golpeaban (< golpe) el corazón como si tuviera un **reló** (con su mecanismo) **dentro** de mí □ **que acabase** (c. de t.) **por romperme los pechos**: que acabara destruyéndome por dentro
cuidado: precaución □ obedecía **a sus ojillos**
víbora: serpiente venenosa
con todo el intento de: con la intención de □ **cuando**: valor adversativo; mientras que □ **ahogado**: aquí, profundo; intenso
disgusto ≠ placer

¡El hijo de su madre!: el hijo de p... □ **fingía**: simulaba □ **el muy zorro**: el hipócrita
no supe (< saber), ..., **en cómo serían los ángeles porque, la verdad** (lo confieso), **tampoco me diera por** (tuve tiempo de) **pensar en ello** seriamente □ **tiempo hubo**: hubo una época en que □ **falda**: vestido femenino
... nubes: blancos o grises como las nubes del cielo
delgado: fino □ **como ni siquiera fueran**: como si fueran más delgados que los **tallos** *(tiges)* del **trigo** (*blé*)
me los figuré: me imaginé a los ángeles ⧄ **distintos**
motivo que... ocasionó: eso fue lo que motivó □ **a buen seguro**: seguramente □ **que** yo **pensara**: c. de t.
había gato escondido: refrán, había una intención oculta; **de segundo rebote y tan maligna** (mala)... □ **mucha ruindad**: gran vileza (> vil)
Su entierro: los funerales de Mario □ **años atrás**: diez años antes □ **aburrido**: sin interés ni emoción □ **caja**: ataúd
más arriba de: más que
monaguillo: niño que asiste al cura □ **Lola**: su futura esposa

tres o cuatro viejas y yo. Delante iba Santiago, con la cruz, silbandillo y dando patadas a los guijarros; detrás, la caja: detrás, don Manuel con su vestidura blanca sobre la sotana, que parecía como un peinador, y detrás las viejas con sus lloros y sus lamentos, que mismo parecía a quienes las viese que todas juntas eran las madres de lo que iba encerrado camino de la tierra.

Lola era ya por entonces medio novia mía, y digo medio novia nada más porque, en realidad, aunque nos mirábamos con alguna inclinación, yo nunca me había atrevido a decirle ni una palabra de amores; me daba cierto miedo que me despreciase, y si bien ella se me ponía a tiro las más de las veces porque yo me decidiese, siempre podía más en mí la timidez que me hacía dar largas y más largas al asunto que iba prolongándose ya más de lo debido. Yo debía de andar por los veintiocho o treinta años, y ella, que era algo más joven que mi hermana Rosario, por los veintiuno o veintidós; era alta, morena de color, negra de pelo, y tenía unos ojos tan profundos y tan negros que herían al mirar; tenía las carnes prietas y como endurecidas de saludable como estaba, y por el mucho desarrollo que mostraba cualquiera daría en pensar que se encontraba delante de una madre. Sin embargo, y antes de pasar adelante y arriesgarme a echarlo en el olvido, quiero decirle a usted, para atenerme en todo a la verdad, que por aquellas fechas tan entera estaba como al nacer y tan desconocedora de varón como una novicia; es esto una cosa sobre la que quiero hacer hincapié para evitar que puedan formarse torcidas ideas sobre ella; lo que hiciera más tarde — sólo Dios lo sabe hasta el final — allá ella con su conciencia, pero de lo que hiciera por aquel

silbandillo < silbando en actitud despreocupada □ **guijarros**: piedras del camino □ **don Manuel**: el cura □ **vestidura**: vestido sacerdotal que lleva por encima de la sotana □ **peinador** o peluquero < pelo □ **viejas** lloronas con sus **lloros** (llantos y gemidos) □ **a quienes las viese**: a los que las hubieran visto

de lo que: del cuerpo que

por entonces: en aquel momento □ **medio novia mía**: casi mi novia □ **nada más**: sólo

me había atrevido a: había sido capaz de decirle

... miedo: temía □ **me despreciase**: c. de t., me desdeñara; me rechazara □ **... a tiro**: lo hacía todo □ **... veces**: casi siempre

podía más: era más fuerte □ **me hacía dar (largas...)**: me obligaba a alargar (o hacer durar) **el asunto** (la cuestión)

más de lo debido: más de lo conveniente

... años: yo tendría unos veintiocho o... □ **algo**: un poco ella tendría unos **veintiuno o veintidós** años

morena de color: de tez morena □ **pelo**: cabello

herían < herir: hacían daño

prieta: firme; con consistencia □ **de saludable...**: de la buena salud que tenía □ **por el mucho desarrollo que...**: mostraba tales formas que **cualquiera daría en pensar** (hubiera pensado) que...

pasar adelante: seguir con mi relato

arriesgarme a: tomar el riesgo de; exponerme a □ **... olvido**: olvidarlo todo □ **a usted** don Joaquín Barrera López **atenerme en todo**: respetar totalmente □ **entera**: íntegra (s. e. virgen) □ **desconocedora de varón...**: como las novicias de los conventos no había conocido (en sentido bíblico) a ningún hombre □ **hacer hincapié**: insistir □ **torcidas**: erradas; falsas □ **hiciera**: haría □ **allá ella**: es cosa suya; que se las arregle **con su conciencia** □ **hiciera por...**: había hecho por...

tiempo tan seguro estoy que alejada de toda idea de lujuria andaba que no dudaría ni un solo instante en dar mi alma al diablo si me demostrase lo contrario. Andaba con mucho poder y seguridad y con tanto desparpajo y arrogancia que cualquiera cosa pudiera parecer menos una pobre campesina, y su mata de pelo, cogida en una gruesa trenza bajo la cabeza, tal sensación daba de poderío que, al pasar de los meses y cuando llegué a mandar en ella como marido, gustaba de azotarme con ella por las mejillas, tal era su suavidad y su aroma: como a sol, y a tomillo, y a las frías gotitas de sudor que por el bozo le aparecían al sofocarse...

El entierro, volviendo a lo que íbamos, salió con facilidad; como la fosa ya estaba hecha, no hubo sino que meter a mi hermano dentro de ella y acabar de taparlo con tierra. Don Manuel rezó unos latines y las mujeres se arrodillaron; a Lola, al arrodillarse, se le veían las piernas, blancas y apretadas como morcillas, sobre la media negra. Me avergüenzo de lo que voy a decir, pero que Dios lo aplique a la salvación de mi alma por el mucho trabajo que me cuesta: en aquel momento me alegré de la muerte de mi hermano... Las piernas de Lola brillaban como la plata, la sangre me golpeaba por la frente y el corazón parecía como querer salírseme del pecho.

No vi marcharse ni a don Manuel ni a las mujeres. Estaba como atontado, cuando empecé a volver a percatarme de la vida, sentado en la tierra recién removida sobre el cadáver de Mario; por qué me quedé allí y el tiempo que pasó, son dos cosas que no averigüé jamás. Me acuerdo que la sangre seguía golpeándome las sienes, que el corazón seguía queriéndose echar a

tan seguro estoy que ella andaba **alejada** (< lejos) de ... que
ni un solo instante: ni siquiera un instante
si me demostrase: sub. cond. en S. I.
Andaba con: al andar mostraba...
desparpajo: soltura y gracia □ **arrogancia**: aquí no tiene sentido peyorativo, altivez □ **mata de pelo**: pelo espeso y denso
cogida...: trenzada
poderío: poder; potencia □ **... meses**: meses después (más tarde) □ **llegué a mandar...**: ya fue mía □ **gustaba de**: me gustaba □ **azotarme con ella**: darme golpecillos con la trenza
aroma: perfume □ olían como **a tomillo** (planta silvestre muy aromática) □ **bozo**: vello del labio superior □ **al sofocarse**: cuando tenía mucho calor □ **... íbamos**: ... a nuestro próposito **... facilidad**: no tuvimos problemas □ **no hubo sino que...**: sólo hubo que... ; no hubo más que...
taparlo: cubrirlo □ **rezó unos latines**: pronunció unas oraciones en latín □ **se arrodillaron**: se pusieron de rodillas (en actitud orante) □ **apretadas**: prietas (p. 97, l. 21)
media: *bas* □ **me avergüenzo de...**: me da vergüenza; me siento confuso por... □ **lo aplique...**: que Dios utilice estas palabras para la salvación de mi alma por la dificultad **(el trabajo)** que **me cuesta** el confesarlas □ **me alegré de**: estuve contento de
☐ **la sangre**
la frente ≠ el frente (militar) □ **parecía como querer**: latía como si quisiera salírseme del pecho (salir de mi pecho)

atontado (< tonto): pasmado; aturdido □ yo **empecé** < empezar □ **percatarme de**: percibir □ **recién removida**: que acababa de ser movida □ **por qué**: int. ind. □ **me quedé**: permanecí □ **no averigüé (jamás)**: nunca llegué a saber
seguía golpeándome: seguir + ger. = continuación, no dejaba de golpearme **las sienes** (las dos partes laterales de la frente)

volar. El sol estaba cayendo; sus últimos rayos se iban a clavar sobre el triste ciprés, mi única compañía. Hacía calor; unos tiemblos me recorrieron todo el cuerpo; no podía moverme, estaba clavado como por el mirar del lobo.

De pie, a mi lado, estaba Lola, sus pechos subían y bajaban al respirar...

— ¿Y tú?

— ¡Ya ves!

— ¿Qué haces aquí?

— ¡Pues..., nada! Por aquí...

Me levanté y la sujeté por un brazo.

— ¿Qué haces aquí?

— ¡Pues nada! ¿No lo ves? ¡Nada!

Lola me miraba con un mirar que espantaba. Su voz era como una voz del más allá, grave y subterránea como la de un aparecido.

— ¡Eres como tu hermano!

— ¿Yo?

— ¡Tú! ¡Sí!

. . . .

Fue una lucha feroz. Derribada en tierra, sujeta, estaba más hermosa que nunca... Sus pechos subían y bajaban al respirar cada vez más deprisa. Yo la agarré del pelo y la tenía bien sujeta a la tierra. Ella forcejeaba, se escurría...

La mordí hasta la sangre, hasta que estuvo rendida y dócil como una yegua joven.

. . . .

— ¿Es eso lo que quieres?

— ¡Sí!

Lola me sonreía con su dentadura toda igual...

(echar a) volar: empezar a volar □ **... cayendo**: iba a ponerse
ciprés: árbol característico de los cementerios
tiemblos: temblores □ **me recorrieron**: me pasaron por...
clavado: inmovilizado □ **el mirar**: verbo sustantivado, la mirada □ **lobo**: animal salvaje semejante al perro
De pie ≠ sentado o acostado □ **sus pechos**: aquí, sus senos
al respirar: cuando respiraba
¿y tú?: ¿Qué tal?

no hago **nada** □ **Por aquí**: aquí he venido
Me levanté: antes estaba sentado, p. 98, l. 28 □ **la sujeté**: la cogí; la agarré

un mirar: l. 4 □ **espantaba**: daba miedo
del más allá: de ultratumba
aparecido: fantasma

lucha: combate □ **Derribada en tierra**: caída en el suelo □ **sujeta**: presa □ **más hermosa que nunca**: bella como nunca
deprisa: rápidamente □ **la agarré del**: la retuve (< retener)
la tenía bien sujeta a: la mantenía contra □ **forcejeaba**: hacía esfuerzos por liberarse □ **se escurría** como la anguila
mordí < morder □ **estuvo rendida**: quedó sin fuerzas y sometida □ **yegua**: hembra del caballo

me sonreía < sonreír < reír □ **dentadura**: los dientes

Después me alisaba el cabello.

— ¡No eres como tu hermano!... ¡Eres un hombre!...

En sus labios quedaban las palabras un poco retumbantes.

— ¡Eres un hombre!... ¡Eres un hombre!...

La tierra estaba blanda, bien me acuerdo. Y en la tierra, media docena de amapolas para mi hermano muerto: seis gotas de sangre...

— ¡No eres como tu hermano!... ¡Eres un hombre!...

— ¿Me quieres?

— ¡Sí!

[6]

Quince días ha querido la Providencia que pasaran desde que dejé escrito lo que atrás queda, y en ellos, entretenido como estuve con interrogatorios y visitas del defensor por un lado, y con el traslado hasta este nuevo sitio, por otro, no tuve ni un instante libre para coger la pluma. Ahora, después de releer este fajo, todavía no muy grande, de cuartillas, se mezclan en mi cabeza las ideas más diferentes con tal precipitación y tal marea que, por más que pienso, no consigo acertar a qué carta quedarme. Mucha desgracia, como usted habrá podido ver, es la que llevo contada, y pienso que las fuerzas han de decaerme cuando me enfrente con lo que aún me queda, que más desgraciado es todavía; me espanta

alisaba: acariciaba (< caricia) □ **cabello**: pelo

quedaban... (retumbantes): retumbaban; resonaban un poco

blanda ≠ dura □ **bien me acuerdo** de ello = lo recuerdo bien
amapola: flor del campo de color rojo vivo

¿Me quieres?: ¿Me amas?

la Providencia ha querido que pasaran (c. de t.)...
dejé escrito: terminé de escribir □ **atrás**: más arriba □ **en ellos**: en estos quince días ... no tuve ni ... (l. 24) □ **entretenido**: ocupado □ **defensor**: abogado □ **traslado...**: ha cambiado de cárcel
fajo: paquete
cuartillas: hoja de papel de un cuarto (cuarta parte de un pliego) □ **marea**: flujo
por más que pienso: «*avoir beau*»; con pensar mucho **no consigo acertar**: no soy capaz de saber dónde me he de parar
llevo contada: llevar + p. p. traduce lo realizado de algo aún por terminar, que he contado hasta ahora □ ... **decaerme**: me van a faltar fuerzas cuando... □ **me espanta**: me da miedo

pensar con qué puntualidad me es fiel la memoria, en estos momentos en que todos los hechos de mi vida — sobre los que no hay maldita la forma de volverme atrás — van quedando escritos en estos papeles con la misma claridad que en un encerado; es gracioso — y triste también, ¡bien lo sabe Dios! — pararse a considerar que si el esfuerzo de memoria que por estos días estoy haciendo se me hubiera ocurrido años atrás, a estas horas, en lugar de estar escribiendo en una celda, estaría tomando el sol en el corral, o pescando anguilas en el regato, o persiguiendo conejos por el monte. Estaría haciendo otra cosa cualquiera de esas que hacen — sin fijarse — la mayor parte de los hombres; estaría libre, como libres están — sin fijarse tampoco — la mayor parte de los hombres; tendría por delante Dios sabe cuántos años de vida, como tienen — sin darse cuenta de que pueden gastarlos lentamente — la mayor parte de los hombres...

El sitio donde me trajeron es mejor; por la ventana se ve un jardincillo, cuidadoso y lamido como una salita, y más allá del jardincillo, hasta la serranía, se extiende la llanada, castaña como la piel de los hombres, por donde pasan — a veces — las reatas de mulas que van a Portugal, los asnillos troteros que van hasta las chozas, las mujeres y los niños que van sólo hasta el pozo.

Yo respiro mi aire, que entra y sale de la celda porque con él no va nada, ese mismo aire que a lo mejor respira mañana o cualquier día el mulero que pasa... Yo veo la mariposa toda de colores que revolea torpe sobre los girasoles, que entra por la celda, da dos vueltas y sale, porque con ella no va nada, y que acabará posándose tal vez sobre la almohada del director... Yo cojo con la

me es fiel: es fiel mi memoria (me asiste con puntualidad, precisión) □ **hechos**: actos
... **maldita la forma**: en giros negativos, no hay posibilidad **de volverme atrás** (empezar de nuevo mi vida) □ **van...**: poco a poco mis actos quedan escritos... □ **encerado** o pizarra □ **gracioso**: divertido □ **pararse a considerar**: considerándolo bien
por estos días: actualmente
... **ocurrido**: si me hubiera dado por hacer este esfuerzo **años atrás** (hace unos años) □ **en lugar de**: en vez de □ **celda** de prisión
regato: riachuelo □ **persiguiendo conejos** (o liebres)
... **cualquiera** = cualquier otra cosa □ **de esas que**: como las que □ **fijarse**: prestar atención □ **la mayor parte**: la mayoría

tendría por delante: todavía tendría yo ... por vivir
darse cuenta: percatarse; pensar
gastarlos: aquí, vivirlos

me trajeron < traer: la 3º pers. del plural traduce el sujeto indeterminado ⧄ **jardincillo** □ **cuidadoso y lamido**: cuidado minuciosamente como si fuera una **salita** (< sala) □ **serranía**: monte ≠ **llanada** o llanura < llano □ **castaña**: color que mezcla negro, rojo y amarillo (se suele aplicar al pelo) □ **reatas**: filas ⧄ **a Portugal**: sin artículo □ **asnillos troteros**: burritos con trote característico ⧄ **sólo**: abverbio, únicamente

con él (s. e. el aire) □ **a lo mejor respira** = quizá respire (hipótesis) ⧄ **cualquier día** □ **mulero**: se ocupa de las mulas
revolea: vuela dando vueltas □ **torpe** ≠ hábil
girasol: planta de flor amarilla □ **entra por**: penetra en
... **nada**: es libre □ ... **posándose**: por fin se posará sobre **la almohada** (de la cama) ⧄ **cojo** < coger: capturo

gorra el ratón que comía lo que yo ya dejara, lo miro, lo dejo — porque con él no va nada — y veo cómo escapa con su pasito suave a guarecerse en su agujero, ese agujero desde el que sale para comer el rancho del forastero, del que está tan sólo una temporada en la celda de la que ha de salir para el infierno las más de las veces...

Tal vez no me creyera si le dijera que en estos momentos tal tristeza me puebla y tal congoja, que por asegurarle estoy que mi arrepentimiento no menor debe ser que el de un santo; tal vez no me creyera, porque demasiado malos han de ser los informes que de mí conozca y el juicio que de mí se haya formado a estas alturas, pero sin embargo... Yo se lo digo, quizás nada más que por eso de decírselo, quizás nada más que por eso de no quitarme la idea de las mientes de que usted sabrá comprender lo que le digo, y creer lo que por mi gloria no le juro porque poco ha de valer jurar ya sobre ella... El amargor que me sube a la garganta es talmente como si el corazón me fabricara acíbar en vez de sangre; me sube y me baja por el pecho, dejándome un regusto ácido en el paladar; mojándome la lengua con su aroma, secándome los dentros con su aire pesaroso y maligno como el aire de un nicho.

He parado algún tiempo de escribir; quizás hayan sido veinte minutos, quizás una hora, quizás dos... Por el sendero — ¡qué bien se veían desde mi ventana! — cruzaban unas personas. Probablemente ni pensaban en que yo les miraba, de naturales como iban. Eran dos hombres, una mujer y un niño; parecían contentos andando por el sendero. Los hombres tendrían treinta años cada uno; la mujer algo menos; el niño no pasaría

gorra: la usan los campesinos para protegerse la cabeza □ **dejara**: había dejado = mis sobras □ **dejo**: libero, suelto el ratón □ **pasito** **suave,** ligero □ **guarecerse**: refugiarse □ **agujero**: orificio que sirve de refugio a ratones o ratas □ **rancho**: aquí comida mala □ **forastero** (desconocido) ≠ extranjero □ **tan sólo**: solamente; apenas □ **... infierno**: la celda de los condenados a muerte □ **... veces**: casi siempre **creyera usted**: valor condicional, creería □ **si** yo **le dijera** (< decir) a usted □ **me puebla**: me habita □ **congoja**: angustia **(por) asegurarle estoy**: estoy dispuesto a ... □ **arrepentimiento** (< arrepentirse)...: mi remordimiento debe ser igual al (tan grande como el) de un santo □ **informes**: datos; informaciones ⧄ **conozca** < conocer □ **... haya formado**: el subj. es hipotético, la opinión que probablemente tiene usted de mí ahora **... por eso**: no por otra razón sino la de decírselo a usted □ **por eso de**: para □ **... mientes**: por seguir pensando

sabrá < saber

gloria: salvación □ **... valer**: tiene poco valor □ **ya**: a estas alturas, ahora □ **amargor** ≠ dulzura (< dulce) □ **... talmente**: siento mal_sabor (sabor amargo) como si + S. I. □ **acíbar**: substancia amarga del áloc □ **me sube y me baja ...**: reflexivo por posesivo, va y viene por mi pecho □ **regusto**: sabor □ **paladar**: parte de la boca □ **los dentros**: los interiores □ **pesaroso**: aquí, fúnebre □ **maligno**: malo □ **nicho**: cavidades donde se depositan los cadáveres □ **parado**: dejado

sendero: camino natural en el campo □ **se veían** (las personas) **cruzaban**: pasaban □ ni siquiera **pensaban en que ...**

les miraba (a los dos hombres, la mujer ...) □ **... iban**: de lo natural que iban; tan naturales iban

tendrían: futuro de hipótesis, debían de tener

algo: un poco □ **no pasaría**: no tendría más

de los seis. Iba descalzo, triscando como las cabras alrededor de las matas, vestido con una camisolina que le dejaba el vientre al aire. Trotaba unos pasitos adelante, se paraba, tiraba alguna piedra al pájaro que pasaba... No se parecía en nada, y sin embargo, ¡cómo me recordaba a mi hermano Mario!

La mujer debía ser la madre, tenía la color morena, como todas, y una alegría en todo el cuerpo que mismo uno se sentía feliz al mirar para ella. Bien distinta era de mi madre y sin embargo, ¿por qué sería que tanto me la recordaba?

Usted me perdonará, pero no puedo seguir. Muy poco me falta para llorar... Usted sabe, tan bien como yo, que un hombre que se precie no debe dejarse acometer por los lloros como una mujer cualquiera.

Voy a continuar con mi relato; triste es, bien lo sé, pero más triste todavía me parecen estas filosofías, para las que no está hecho mi corazón: esa máquina que fabrica la sangre que alguna puñalada ha de verter...

[7]

Mis relaciones con Lola siguieron por los derroteros que a usted no se le ocultarán, y al andar de los tiempos y aún no muy pasados los cinco meses del entierro del hermano muerto me vi sorprendido — ya ve lo que son las cosas — con la noticia que menos debiera haberme sorprendido.

Fue el día de San Carlos, en el mes de noviembre. Yo

seis años □ **iba descalzo**: sin calzado □ **triscando**: saltando de un sitio a otro a modo de juego □ **mata**: arbusto □ **camisolina** < camiseta < camisa

... adelante: avanzaba un poco □ **se paraba**: se detenía □ **tiraba**: arrojaba; lanzaba □ **... en nada**: no tenía ninguna semejanza pero **me recordaba a mi hermano** (me hacía pensar en él) □ **debía** (de) **ser**: sería ⧄ **la color**: inc. popular, es sustantivo masculino □ **todas** las mujeres □ **alegría** ≠ tristeza

uno: aquí equivale a yo □ **al mirar para ella**: mirándola

sin embargo: adversativo, a pesar de ello □ **¿por qué sería que...?**: ¿por qué razón...?

seguir: continuar □ **muy poco (me falta para...)**: estoy a punto de... □ **llorar** ≠ reír □ **tan bien como**: igual que ...

... se precie: se estime; se considere como tal □ **acometer**: sorprender □ **lloros** > llorar (l. 13) □ **... mujer cualquiera**: simple mujer; como si fuera mujer □ **relato**: narración; historia □ **filosofías**: reflexiones

hecho < hacer □ **máquina**

la sangre □ **que alguna puñalada** (< puñal) ...: sangre que un día u otro una puñalada verterá

siguieron por: continuaron por □ **derroteros**: rumbos; caminos **... ocultarán**: que usted imagina probablemente □ **... tiempos**: al cabo de cierto tiempo □ **... meses**: apenas cinco meses después del ... □ **me vi sorprendido ... con la noticia**: me sorprendió la información □ **debiera haberme** (sorprendido): hubiera debido sorprenderme

había ido a casa de Lola, como todos los días desde meses atrás; su madre, como siempre se levantó y se marchó. A mi novia la encontré un poco pálida y como rara, después me di cuenta; parecía como si hubiera llorado, como si la agobiase una pena profunda. La conversación — que nunca entre los dos había sido demasiado corrida — se espantaba aquel día a nuestra voz, como los grillos a las pisadas, o como las perdices al canto del caminante; cada intento que hacía para hablar tropezaba al salirme en la garganta, que se quedaba tan seca como un muro.

— Pues no hables si no quieres.

— ¡ Sí, quiero !

— Pues habla. ¿ Yo te lo impido ?

— ¡ Pascual !

— ¡ Qué !

— ¿ Sabes una cosa ?

— No.

— ¿ Y no te la figuras ?

— No.

Ahora me da risa de pensar que tardara tanto tiempo en caer.

— ¡ Pascual !

— ¡ Qué !

— ¡ Estoy preñada !

Al principio no me enteré. Me quedé como aplastado, tan ajeno estaba a la novedad; jamás había pensado que aquello que me decían, que aquello que era tan natural, pudiera suceder. No sé en qué estaría pensando.

La sangre me calentaba las orejas, que se me pusieron rojas como brasas; los ojos me escocían como si tuvieran jabón...

a casa de Lola: estaba de visita en casa de su novia
meses atrás: hacía (contexto en pasado) unos meses □ **se levantó**: para irse (estaba sentada)
rara: extraña □ **me di cuenta**: yo supe (< saber)
... llorado: parecía haber llorado □ **agobiase** (como si + S. I.): oprimiera (<oprimir); angustiara
demasiado corrida: muy extensa □ **se espantaba**: se asustaba; la conversación era muy difícil □ **las pisadas** (pasos) o el **canto del caminante** (< caminar) ahuyentan (hacen huir) los **grillos** (insectos) □ **o las perdices** □ **tropezaba**: encontraba obstáculo
tan seca como
no hables: imperativo negativo, no + subj.
quiero hablar
impido < impedir

figuras: imaginas

me da risa: me río (< reírse) □ yo **tardara**: c. de t. (tardara ...)
en caer: en adivinar

preñada: embarazada, encinta
no me enteré: yo no comprendí □ **aplastado**: abatido
tan ajeno ... de: tan alejado (< lejos) ... de □ **novedad**: noticia
aquello que...: lo que estaban diciendo
suceder: pasar
calentaba (< el calor) ≠ enfriaba (< el frío) □ **orejas**: órgano externo de la audición □ **me escocían...**: mis ojos me dolían (quemaban) **como si tuvieran** (< tener) **jabón** (para lavarse)

Quizás llegaran a pasar lo menos diez minutos de un silencio de muerte. El corazón se me notaba por las sienes, con sus golpes cortados como los de un reló; tardé algún tiempo en notarlo.

La respiración de Lola parecía como que pasara por una flauta.

— ¿ Que estás preñada ?

— ¡ Sí !

Lola se echó a llorar. A mí no se me ocurría nada para consolarla.

— No seas tonta. Unos se mueren..., otros nacen...

Quizás quiera Dios librarme de alguna pena en los infiernos por lo tierno que aquella tarde me sentí.

— ¡ Pues qué tiene de particular ? También tu madre lo estuvo antes de parirte..., y la mía también...

Hacía unos esfuerzos inauditos por decir algo. Había notado un cambio en Lola; parecía como que la hubieran vuelto del revés.

— Es lo que pasa siempre, ya se sabe. ¡ No tienes por qué apurarte !

Yo miraba para el vientre de Lola; no se le notaba nada. Estaba hermosa como pocas veces, con la color perdida y la madeja de pelo revuelta.

Me acerqué hasta ella y la besé en la mejilla; estaba fría como una muerta. Lola se dejaba besar con una sonrisa en la boca que mismo parecía la sonrisa de una mártir de los tiempos antiguos.

— ¿ Estás contenta ?

— ¡ Sí ! ¡ Muy contenta !

Lola me habló sin sonreír.

— ¿ Me quieres..., así ?

— Sí, Lola..., así.

... **a pasar**: pasarían; debieron de pasar □ (por) **lo menos**
el corazón se me notaba: se podían observar los latidos de mi corazón por las **sienes** (en ambas partes de la frente) donde afluía la sangre ⧄ **tardé ... en**
parecía como que pasara: parecía pasar
flauta: instrumento músico de viento muy estrecho
¿dices **que estás preñada?** (p. 111, l. 25)

se echó a ...: empezó a ... □ ... **no se me ocurría nada para**: no sabía cómo
No seas (< ser): no + subj. = imperativo negativo
quiera: tenga a bien; acepte □ **librarme de**: evitarme
por lo tierno...: por la ternura (el cariño) que **aquella tarde sentí**
de particular: de extraordinario
lo estuvo (s. e. preñada) □ **parirte**: darte a luz; antes de que nacieras □ yo **hacía** □ **inauditos**: singulares; extraordinarios
cambio: transformación
... **vuelto** (< volver) **del revés**: ... dado la vuelta;... transformado por completo □ **¡No tienes por qué...!**: no tienes motivos para **apurarte** (angustiarte)
para el: en dirección del □ **no se le notaba nada**: no se veía su embarazo (que estaba encinta) □ **hermosa**: bella □ **la color perdida**: pálida □ **madeja** o mata **de pelo revuelta**: los cabellos sin peinar ⧄ **me acerqué** < cerca □ **la besé ...**: le di un beso en la cara □ **fría** (≠ caliente) como si estuviera muerta
sonrisa < sonreír < reír

así: como estoy

Era verdad. En aquellos momentos era así como la quería: joven y con hijo en el vientre; con un hijo mío, a quien — por entonces — me hacía la ilusión de educar y de hacer de él un hombre de provecho.

— Nos vamos a casar, Lola; hay que arreglar los papeles. Esto no puede quedar así...

— No.

La voz de Lola parecía como un suspiro.

— Y le quiero demostrar a tu madre que sé cumplir como un hombre.

— Ya lo sabe...

— ¡No lo sabe!

Cuando se me ocurrió marcharme era ya noche cerrada.

— Llama a tu madre.

— ¿A mi madre?

— Sí.

— ¿Para qué?

— Para decírselo.

— Ya lo sabe.

— Lo sabrá... ¡Pero quiero decírselo yo!

Lola se puso de pie — ¡qué alta era! — y salió. Al pasar el quicio de la cocina me gustó más que nunca.

La madre entró al poco rato:

— ¿Qué quieres?

— Ya lo ve usted.

— ¿Has visto cómo la has dejado?

— Bien la dejé.

— ¿Bien?

— Sí. ¡Bien! ¿O es que no tiene edad?

La madre callaba; yo nunca creí verla tan mansa.

— Quería hablarla a usted.

verdad: cierto ⧄ **era así como...**: la amaba como estaba **con mi hijo** ☐ **un hijo mío**: acuerdo con el pronombre posesivo **por entonces**: en aquel momento ⧄ **me hacía la ilusión**: yo tenía la esperanza de educarlo ☐ **hombre de provecho**: de bien; honrado ☐ **Nos vamos a casar**: vamos a unirnos oficialmente **... así**: tiene que arreglarse, solucionarse

suspiro < suspirar
le quiero demostrar o quiero demostrarle ☐ **cumplir...**: portarme como un hombre honrado, correcto
Ya lo sabe mi madre

se me ocurrió marcharme: me decidí a irme de casa de Lola
cerrada: oscura
Llama a tu madre

decírselo

Lo sabrá: es posible que lo sepa (< saber)
se puso (< ponerse) de pie: se levantó ☐ **al (pasar)**: cuando pasó ☐ **quicio...**: aquí, por la puerta de la cocina ☐ **más que nunca** o como nunca ☐ **al poco rato**: unos instantes después

ya lo ve: bien lo ve
cómo: en qué estado

¿O es que no tiene edad?: ¿acaso no es mayor ya?
callaba: no decía nada ☐ **mansa**: tranquila
hablarla: laísmo, uso dativo incorrecto del p. c. d. « la »

— ¿ De qué ?

— De su hija. Me voy a casar con ella.

— Es lo menos. ¿ Estás decidido del todo ?

— Sí que lo estoy.

— ¿ Y lo has pensado bien ?

— Sí ; muy bien.

— ¿ En tan poco tiempo ?

— Tiempo hubo sobrado.

— Pues espera ; la voy a llamar.

La vieja salió y tardó mucho tiempo en venir ; estarían forcejeando. Cuando volvió traía a Lola de la mano.

— Mira ; que se quiere casar. ¿Te quieres casar tú ?

— Sí.

— Bueno, bueno... Pascual es un buen muchacho ; ya sabía yo lo que había de hacer... Andar, ¡ daros un beso !

— Ya nos lo hemos dado.

— Pues daros otro. Andar, que yo os vea.

Me acerqué a la muchacha y la besé ; la besé intensamente, con todas mis fuerzas, muy apretada contra mis hombros, sin importarme para nada la presencia de la madre. Sin embargo, aquel primer beso con permiso me supo a poco, a mucho menos que aquellos primeros del cementerio que tan lejanos parecían.

— ¿ Me puedo quedar ?

— Sí, quédate.

— No, Pascual, no te quedes ; todavía no te quedes.

— Sí, hija, sí, que se quede. ¿ No va a ser tu marido ?

Me quedé y pasé la noche con ella.

Al día siguiente, muy de mañana, me acerqué hasta la parroquial ; entré en la sacristía. Allí estaba don Manuel

Me voy a casar con ella: p. 115, l. 5
Es lo menos (s. e. que podías hacer): es lo mínimo ☒ **del todo**: completamente ☐ **Sí que...**: claro que

¿En tan poco tiempo?: ¿Tan rápidamente?
Tiempo hubo sobrado: yo tuve más tiempo de lo necesario
la voy a llamar: voy a llamarla
estarían: estaban seguramente
forcejeando: oponiéndose ☐ **volvió**: regresó ☒ **traía a Lola de la mano** ☐ **Mira**: aquí, escucha ☐ **se quiere casar** contigo. **¿Te quieres casar tú** con él?
buen_muchacho: apocope
(ya) sabía yo...: bien sabía yo lo que haría Pascual ☐ **Andar,** (giro de concesión) **¡daros...!**: el infinitivo puede tener valor imperativo en lenguaje informal
daros (daos) **otro** beso ☐ **Andar, que...**: idea de insistencia
Me acerqué < acercarse ☐ **muchacha**: chica (Lola) ☐ **la besé**: le di un beso ☐ **muy apretada**: estrechándola bien entre mis brazos **(contra mis hombros)** ☐ **sin importarme para nada la...**: sin preocuparme en absoluto por la ... ☐ **la** = su ☐ **primer_beso con permiso**: con la permisión de su madre☒ **me supo a poco**: tuvo para mí poco sabor ☐ **aquellos primeros** besos

¿Me puedo quedar?: ¿puedo quedarme con Lola (toda la noche)? ☐ **Sí, quédate** (habla la madre)
todavía: por ahora
¿Acaso **no va a ser tu marido?**

muy de mañana: muy temprano ☐ **me acerqué hasta**: fui a
parroquial: iglesia principal del pueblo ☐ **don Manuel**: el cura

preparándose para decir la misa, esa misa que decía para don Jesús, para el ama y para dos o tres viejas más. Al verme llegar se quedó como sorprendido.

— ¿ Y tú por aquí?

— Pues ya ve usted, don Manuel, a hablar con usted venía.

— ¿ Muy largo?

— Sí, señor.

— ¿ Puedes esperar a que diga la misa?

— Sí, señor. Prisa no tengo.

— Pues espérame, entonces.

Don Manuel abrió la puerta de la sacristía y me señaló un banco de la iglesia, un banco como el de todas las iglesias, de madera sin pintar, duro y frío como la piedra, pero en los que tan hermosos ratos se pasan algunas veces.

— Siéntate allí. Cuando veas que don Jesús se arrodilla, te arrodillas tú; cuando veas que don Jesús se levanta, te levantas tú; cuando veas que don Jesús se sienta, te sientas tú también...

— Sí, señor.

La misa duró, como todas, sobre la media hora, pero aquella media hora se me pasó en un vuelo.

Cuando acabó, me volví a la sacristía. Allí estaba don Manuel desvistiéndose.

— Tú dirás.

— Pues ya ve usted... Me querría casar.

— Me parece muy bien, hijo, me parece muy bien; para eso ha creado Dios a los hombres y a las mujeres, para la perpetuación de la especie humana.

— Sí, señor.

— Bien, bien. ¿ Y con quién? ¿ Con la Lola?

decir la misa, ir a misa, oir misa (en la iglesia)
don Jesús: hombre importante del pueblo (p. 34, l. 18) □ **ama:** p. 34, l. 21 □ **... tres viejas más** □ **Al verme:** cuando me vio
¿Y tú por aquí?: ¿Qué sorpresa?; ¿Qué haces por aquí?
Pues ya ve: como lo ve
yo **venía** a hablar...
¿Muy largo?: ¿Tienes que decirme mucho?

esperar a que yo **diga** (< decir) **la misa**
Prisa no tengo: no vengo con prisa; no es urgente
Pues: si es así

señaló: indicó; enseñó
un banco **de madera sin pintar:** en bruto; que no estaba pintado
en los que: donde □ **hermosos ratos:** agradables momentos
algunas veces: a veces
Siéntate < sentarse, imperativo □ **cuando veas:** subordinada temporal en subj. □ **se arrodilla:** se pone de rodillas en posición orante □ **te levantas tú:** te pones de pie tú también
te sientas < sentarse

sobre la media hora: aproximadamente; más o menos media hora □ **... en un vuelo:** volando; no la vi pasar
acabó: terminó la misa
desvistiéndose: quitándose los hábitos sacerdotales
Tú dirás: te escucho
ya ve: mire □ **Me querría casar:** quisiera casarme (contraer matrimonio)
para eso: con ese fin

— Sí, señor.

— ¿Y lo llevas pensando mucho tiempo?

— No, señor; ayer...

— ¿Ayer, nada más?

— Nada más. Ayer me dijo ella lo que había.

— ¿Había algo?

— Sí

— ¿Embarazada?

— Sí, señor. Embarazada.

— Pues sí, hijo; lo mejor es que os caséis. Dios os lo perdonará todo y, ante la vista de los hombres, incluso, ganáis en consideración. Un hijo habido fuera del matrimonio es un pecado y un baldón. Un hijo nacido de padres cristianamente casados es una bendición de Dios. Yo te arreglaré los papeles. ¿Sois primos?

— No, señor.

— Mejor. Vuelve dentro de quince días por aquí: yo te lo tendré ya todo preparado.

— Sí, señor.

— ¿A dónde vas ahora?

— Pues ya ve usted. ¡A trabajar!

— ¿Y no te querrías confesar antes?

— Sí...

Me confesé, y me quedé suave y aplanado como si me hubieran dado un baño de agua caliente.

[8]

Al cabo de poco más de un mes, el 12 de diciembre, día de la Virgen de Guadalupe, que aquel año cuadró en

¿Y lo llevas pensando mucho tiempo?: ¿lo tienes pensado desde hace mucho tiempo?; ¿hace mucho tiempo que piensas en ello?
nada más: sólo; solamente □ **dijo** < decir □ **lo que había**: lo que sucedía; lo que pasaba

¿está **embarazada?** o preñada

sí: en efecto □ ... ella y tú **os caséis** (< casarse)
lo perdonará todo: « lo » redundante con todo c. o. d. □ **ante la vista...**: frente a la sociedad □ **habido**: obtenido, nacido
matrimonio: aquí, unión religiosa □ **baldón**: deshonra; oprobio
cristianamente: según las leyes de la santa iglesia
... papeles: yo te prepararé los documentos oficiales □ **primos**: por extensión, de la misma familia (a un segundo nivel)
Mejor: es preferible □ **dentro de quince días**: expresa un plazo (tiempo) por cumplir □ **tendré** < tener: ya estará todo listo para la boda
¿A dónde vas...?: para indicar un movimiento

¿... antes?: ¿Y no quisieras confesarte antes de ir a trabajar?

aplanado: sin preocupación; tranquilo

Al cabo de: después de; cumplido poco más de un mes
cuadró en: cayó en (< caer)

miércoles, y después de haber cumplido con todos los requisitos de la ley de la Iglesia, Lola y yo nos casamos.

Yo andaba preocupado y como pensativo, como temeroso del paso que iba a dar — ¡ casarse es una cosa muy seria, qué caramba ! — y momentos de flaqueza y desfallecimiento tuve, en los que le aseguro que no me faltó nada para volverme atrás y mandarlo todo a tomar vientos, cosa que si no llegué a hacer fue por pensar que como la campanada iba a ser muy gorda y, en realidad, no me había de quitar más miedo, lo mejor sería estarme quieto y dejar que los acontecimientos salieran por donde quisieran : los corderos quizás piensen lo mismo al verse llevados al degolladero... De mí puedo decir que lo que se avecinaba momento hubo en que pensé que me había de hacer loquear. No sé si sería el olfato que me avisaba de la desgracia que me esperaba. Lo peor es que ese mismo olfato no me aseguraba mayor dicha si es que quedaba soltero.

Como en la boda me gasté los ahorrillos que tenía — que una cosa fuera casarse a contrapelo de la voluntad y otra el tratar de quedar como me correspondía —, nos resultó, si no lucida, sí al menos tan rumbosa, en lo que cabe, como la de cualquiera. En la iglesia mandé colocar unas amapolas y unas matas de romero florecido, y el aspecto de ella era agradable y acogedor quizás por eso de no sentir tan frío al pino de los bancos y a las losas del suelo. Ella iba de negro, con un bien ajustado traje de lino del mejor, con un velo todo de encaje que le regaló la madrina, con unas varas de azahar en la mano y tan gallarda y tan poseída de su papel, que mismamente parecía una reina ; yo iba con un vistoso traje azul con raya roja que me llegué hasta Badajoz

después de haber cumplido con... : tras haber observado (o respetado □ **requisitos... :** obligaciones religiosas **andaba :** estaba preocupado en aquellos momentos **temeroso** < el temor □ **... dar :** lo que iba a hacer □ **¡... qué caramba ! :** exclamación que refuerza lo anterior □ **flaqueza y desfallecimiento :** irresolución y postración □ **en los que :** durante los cuales □ **no me faltó nada para :** yo estuve a punto de □ **... vientos :** abandonarlo todo □ **no llegué a hacer :** no hice por fin porque pensé que... □ **... gorda :** modismo, provocaría un escándalo que no quitaría el miedo □ **... sería :** por eso me convenía **estarme quieto** (tranquilo) □ **... los acontecimientos ... quisieran :** dejar que todo siguiera su rumbo (camino) □ **cordero :** animal muy dócil □ **... degolladero :** cuando los llevan al matadero □ **avecinaba :** aproximaba □ **en que :** durante los cuales □ **que** (lo que se avecinaba) **me había de... :** ... me enloquecería < loco □ **olfato :** aquí instinto, □ **avisaba :** prevenía □ **lo peor** ≠ lo mejor □ **aseguraba :** garantizaba **mayor dicha :** más felicidad □ **si es que... :** en caso de quedarme **soltero** (no casarme) □ **boda :** ceremonia □ **los ahorillos :** el poco dinero □ **fuera :** aquí, es □ **... voluntad :** de mala voluntad □ **... correspondía :** de cumplir dignamente ; de hacer las cosas como Dios manda (como conviene) □ **... rumbosa :** sin ser espléndida tuvo su pompa **en lo que cabe** (a su nivel) **amapola :** flor roja del campo □ **... romero :** planta aromática de flor azul □ **de ella** (la iglesia) □ **acogedor** (< acoger) : se estaba a gusto □ **(por eso) de :** por □ **pino :** tipo de madera □ **losas :** piedras pulidas □ **iba de :** vestía de □ **traje** de novia **... mejor :** lino de la mejor calidad □ **encaje :** tejido bordado formando dibujos que sirve de adorno □ **... azahar :** flor del naranjo que solían llevar las novias □ **poseída :** convencida □ **mismamente :** verdaderamente □ **iba con :** vestía □ **vistoso :** elegante □ **traje :** chaqueta y pantalón

para comprar, con una visera de raso negro que aquel día estrené, con pañuelo de seda y con leontina. ¡Hacíamos una hermosa pareja, se lo aseguro, con nuestra juventud y nuestro empaque! ¡Ay, tiempos aquéllos en que aún quedaban instantes en que uno parecía como sospechar la felicidad, y qué lejanos me parecéis ahora!

Nos apadrinaron el señorito Sebastián, el de don Raimundo el boticario, y la señora Aurora, la hermana de don Manuel, el cura que nos echó la bendición y un sermoncete al acabar, que duró así como tres veces la ceremonia, y que si aguanté no por otra cosa fuera — ¡bien lo sabe Dios! — que por creerlo de obligación; tan aburrido me llegó a tener. Nos habló otra vez de la perpetuación de la especie, nos habló también del Papa León XIII, nos dijo no sé qué de San Pablo y los esclavos... ¡A fe que el hombre se traía bien preparado el discurso!

Cuando acabó la función de iglesia — cosa que nunca creí que llegara a suceder — nos llegamos todos, y como en comisión, hasta mi casa, donde, sin grandes comodidades, pero con la mejor voluntad del mundo, habíamos preparado de comer y de beber hasta hartarse para todos los que fueron y para el doble que hubieran ido. Para las mujeres había chocolate con tejeringos, y tortas de almendra, y bizcochada, y pan de higo, y para los hombres había manzanilla y tapitas de chorizo, de morcón, de aceitunas, de sardinas en lata... Sé que hubo en el pueblo quien me criticó por no haber dado de comer; allá ellos. Lo que sí le puedo asegurar es que no más duros me hubiera costado el darles gusto, lo que, sin embargo, preferí no hacer, porque me resultaba

gorra de **visera** (da sombra a los ojos) **de raso** (tipo de satén) **estrené**: me puse por primera vez □ **leontina**: gal., cadena de reloj □ **pareja**: hombre y mujer □ **aseguro**: afirmo
empaque: distinción; elegancia □ **¡Ay...!**: interjección que expresa nostalgia □ **aún**: todavía
sospechar: entrever □ **¡qué** (o cuán) + adj.**!**: exclamación

nos apadrinaron: nuestros padrinos fueron **el señorito Sebastián** (el tratamiento supone cierto nivel social), **el** hijo **de**
echó (o dio) **la bendición**: que nos bendijo < bendecir
sermoncete: diminutivo burlón □ **así como**: más o menos
aguanté: soporté; resistí □ **... fuera**: sólo fue porque creí que era una obligación
tan aburrido...: de lo fastidioso que fue □ don Manuel **nos habló**

A fe que...!: poco frec., realmente □ **se traía**: tenía

función: ceremonia
llegara a suceder: c. de t., abacaría por producirse □ **nos llegamos**: vinimos □ **... comisión**: como si fuera una delegación
... comodidades: por la escasez de muebles
de comer y de beber hasta hartarse: hasta la saciedad; hasta más no poder □ **... ido**: e incluso el doble de personas
tejeringos y tortas: dulces y pasteles
bizcochada: sopa con bizcochos en leche
manzanilla: vino blanco y seco □ **tapita**: raciones de cualquier clase que suelen acompañar las bebidas □ **hubo ...**: alguna que otra persona... **me criticó** □ **por no...**: porque yo no había dado de comer □ **allá ellos**: es cosa suya; no me interesa □ **sí**: refuerza la afirmación □ **... duros**: no me hubiera costado más caro el dar comida para complacerles □ **resultaba**: parecía

demasiado atado para las ganas que tenía de irme con mi mujer. La conciencia tranquila la tengo de haber cumplido — y bien — y eso me basta; en cuanto a las murmuraciones... ¡más vale ni hacerles caso!

Después de haber hecho el honor a los huéspedes, y en cuanto que tuve ocasión para ello, cogí a mi mujer, la senté a la grupa de la yegua, que enjaecé con los arreos del señor Vicente, que para eso me los había prestado, y pasito a pasito, y como temeroso de verla darse contra el suelo, cogí la carretera y me acerqué hasta Mérida, donde hubimos de pasar tres días, quizás los tres días más felices de mi vida. Por el camino hicimos alto tal vez hasta media docena de veces, por ver de refrescarnos un poco, y ahora me acuerdo con extrañeza y mucho me da que vacilar el pararme a pensar en aquel rapto que nos diera a los dos de liarnos a cosechar margaritas para ponérnoslas, uno al otro, en la cabeza. A los recién casados parece como si les volviera de repente todo el candor de la infancia.

Cuando entrábamos, con un trotillo acompasado y regular, en la ciudad, por el puente romano, tuvimos la negra sombra de que a la yegua le diera por espantarse — quién sabe si a la vista del río — y a una pobre vieja que por allí pasaba tal manotada le dio que la dejó medio descalabrada y en un tris de irse al Guadiana de cabeza. Yo descabalgué rápido por socorrerla, que no fuera de bien nacidos pasar de largo, pero como la vieja me dio la sensación de que lo único que tenía era mucho resabio, la di un real — porque no dijese — y dos palmaditas en los hombros y me marché a reunirme con la Lola. Ésta se reía y su risa, créame usted, me hizo mucho daño; no sé si sería un presentimiento, algo así

... **atado**: suponía demasiadas obligaciones □ **ganas**: deseos tengo **la conciencia** ... por **haber cumplido** (respetado las conveniencias) □ **me basta**: es suficiente para mí □ **en cuanto a**: en lo tocante a ☑ **murmuración**: crítica □ **¡... caso!** mejor vale no prestar atención □ **huéspedes**: invitados

en cuanto que: inc., en cuanto; tan pronto como

yegua: hembra del caballo □ **enjaecé**: aparejé; le puse los **arreos** (guarniciones y adornos) □ **para eso**: con ese fin (para la boda) □ **pasito a pasito**: despacito

... **suelo**: caerse de la yegua □ **me acerqué**: me fui

Mérida: ciudad de la provincia de Badajoz □ ... **pasar**: pasamos □ **días más felices** (< feliz < felicidad)

hicimos alto: nos paramos □ **tal vez hasta**: como, cosa de

por ver de: para □ **refrescarnos**: aquí, descansar a la sombra

extrañeza < extraño □ ... **vacilar**: me hace dudar □ **el pararme a...**: el pensar con atención □ **rapto**: impulso □ **liarnos**: meternos □ **cosechar**: recoger □ **ponérnoslas**: con orden p. c. i. — p. c. d. □ **recién casados**: o «novios» si la boda es muy reciente □ **(les) volviera...**: recuperaran de repente (súbitamente) **el candor** (inocencia) □ **trotillo acompasado**: trote corto y tranquilo, pausado □ ... **romano**: los Romanos fundaron Mérida □ **negra sombra**: mala suerte □ ... **espantarse**: tuvo miedo (la yegua) □ **quién sabe si**: posiblemente a □ **vista** < ver

manotada: patada < pata ☑ **dio** < dar

medio descalabrada: casi le rompe la cabeza □ **en un tris de**: a punto de caer **al Guadiana** (río) □ **descabalgué**: me apeé de la yegua □ ... **nacidos**: que hubiera sido mala educación □ ... **largo**: seguir su camino □ **lo único que**: el único daño

resabio: miedo □ **la di**: laísmo inc. □ **real**: ¼ de pta □ ... **dijese**: para que se callara □ **palmaditas...**: en muestra de consuelo (para tranquilizarla) □ **la Lola**: pop. □ **créame**: se lo aseguro ☑ **hizo** < hacer □ ... **daño**: me dolió mucho

como una corazonada de lo que habría de ocurrirle. No está bien reírse de la desgracia del prójimo, se lo dice un hombre que fue muy desgraciado a lo largo de su vida; Dios castiga sin palo y sin piedra y, ya se sabe, quien a hierro mata... Por otra parte, y aunque no fuera por eso, nunca está de más el ser humanitario.

Nos alojamos en la posada del Mirlo, en un cuarto grande que había al entrar, a la derecha, y los dos primeros días, amartelados como andábamos, no hubimos de pisar la calle ni una sola vez. En el cuarto se estaba bien; era amplio, de techos altos, sostenidos por sólidas traviesas de castaño, de limpio pavimento de baldosa, y con un mobiliario cómodo y numeroso que daba verdadero gusto usar. El recuerdo de aquella alcoba me acompañó a lo largo de toda mi vida como un amigo fiel; la cama era la cama más señora que pude ver en mis días, con su cabecera toda de nogal labrado, con sus cuatro colchones de lana lavada... ¡ Qué bien se descansaba en ella ! ¡ Parecía mismamente la cama de un rey ! Había también una cómoda, alta y ventruda como una matrona, con sus cuatro hondos cajones con tiradores dorados, y un armario que llegaba hasta el techo, con una amplia luna de espejo del mejor, con dos esbeltos candelabros — de la misma madera — uno a cada lado para alumbrar bien la figura. Hasta el aguamanil — que siempre suele ser lo peor — era vistoso en aquella habitación; sus curvadas y livianas patas de bambú y su aljofaina de loza blanca, que tenía unos pajarillos pintados en el borde, le daban una gracia que lo hacía simpático. En las paredes había un cromo, grande y en cuatro colores, sobre la cama, representando un Cristo en el martirio; una pandereta con un dibujo

corazonada: intuición □ ... **ocurrirle**: de lo que iba a sobrevenir
No está bien_reírse □ **desgracia**: infortunio □ **prójimo**: semejante (los demás) □ **desgraciado** ≠ feliz □ **a lo largo de**: durante toda su vida □ **castiga**: sanciona □ ... **piedra**: sin violencia □ ... **mata**: refrán □ **por eso**: el miedo a Dios
está de más: es superfluo □ **humanitario**: caritativo (< caridad)
alojamos: hospedamos □ **posada**: tiene menos categoría que un hotel □ **al entrar**: a la entrada
amartelados...: tan enamorados (< amor) estábamos que ...
... **pisar la calle**: salir a la calle □ **cuarto** o habitación para dormir □ **de techos altos**: con gran altura interior
traviesas: maderos que sostienen el techo □ **castaño**: árbol (da la castaña) empleado para la construcción □ **baldosa**: piedra grande y pulida que sirve de pavimento interior □ ... **usar**: era un real placer utilizarlo □ **alcoba**: habitación, l. 10
fiel < fidelidad □ **la cama más_señora**: más hermosa
en mis días: en mi vida □ **cabecera** < cabeza □ **nogal** (< nueces) □ **labrado**: trabajado; esculpido (< escultura) □ **colchón**: elemento de la cama compuesto de lana, plumas o muelles □ **mismamente**: pop., propiamente □ **ventruda** < vientre □ **hondos**: profundos □ **cajón** (< caja) incluído en ciertos muebles que se puede abrir o sacar con **tiradores**
luna de espejo: superficie de vidrio de ciertos armarios
esbelto: fino □ **la misma madera** que el armario
cada lado del espejo □ **alumbrar**: iluminar
aguamanil: palabra compuesta (agua + mano)
vistoso: bonito; elegante □ **livianas**: ligeras
aljofaina: raiz árabe, recipiente que suele ser **de loza** (cerámica) blanca o con adornos que sirve para lavarse (palangana)
lo hacía: le daba un aspecto □ **cromo**: estampa

en el martirio: durante la Pasión □ **pandereta**: *tambourin*

en colores de la Giralda de Sevilla, con su madroñera encarnada y amarilla; dos pares de castañuelas a ambos lados, y una pintura del Circo Romano, que yo reputé siempre como de mucho mérito, dado el gran parecido que le encontraba. Había también un reló sobre la cómoda, con una pequeña esfera figurando la bola del mundo y sostenida con los hombros por un hombre desnudo, y dos jarrones de Talavera, con sus dibujos en azul, algo viejos ya, pero conservando todavía ese brillar que tan agradables los hace. Las sillas, que eran seis, dos de ellas con brazos, eran altas de respaldo con un mullido peluche colorado por culera (con perdón), recias de patas y tan cómodas que mucho hube de echarlas de menos al volver para la casa, y no digamos ahora al estar aquí metido. ¡Aún me acuerdo de ellas, a pesar de los años pasados!

Mi mujer y yo nos pasábamos las horas disfrutando de la comodidad que se nos brindaba y, como ya le dije, en un principio, para nada salíamos a la calle. ¿Qué nos interesaba a nosotros lo que en ella ocurría si allí dentro teníamos lo que en todo el resto de la ciudad no nos podían ofrecer?

Mala cosa es la desgracia, créame. La felicidad de aquellos dos días llegaba ya a extrañarme por lo completa que parecía.

Al tercer día, el sábado, se conoce que señalados por los familiares de la atropellada, nos fuimos a encontrar de manos a bruces con la pareja. Una turbamulta de chiquillos se agolpó a la puerta al saber que por allí andaba la guardia civil, y nos dio una cencerrada que hubimos de tener un mes entero clavada en los oídos. ¿Qué maligna crueldad despertará en los niños el olor

Giralda: torre emblemática de Sevilla ☐ **madroñera**: borla de adorno de la pandereta ☐ **encarnada**: roja

...lados: de los dos lados ☐ **Circo Romano**: p. 126, l. 21 ☐

reputé: consideré ☐ **dado**: por ☐ **parecido** < parecerse a; semejanza

figurando: que representaba ☐ **bola...**: globo terráqueo

sostenida...: mitología, representación de Atlas

jarrón: jarra grande ☐ **Talavera**: ciudad de la provincia de Toledo famosa por sus cerámicas ☐ **... ya**: un poco pasados ☐

brillar: brillo ⧄ **eran seis**: siempre « ser » con los numerales

respaldo: para apoyar las espaldas

mullido: suave ☐ **culera**: asiento ☐ **recias de patas**: de patas sólidas ⧄ **cómodas**: las sillas eran confortables

... menos: sentí mucha nostalgia por ellas ☐ **no digamos ...**: sin hablar de ... ☐ **metido**: encerrado (está en la cárcel) ☐ **a pesar de ...**: aunque han pasado años

disfrutando: gozando

comodidad: aquí, bienestar ☐ **... brindaba**: se ofrecía a nosotros

en un principio: al principio ≠ al final

en ella: en la calle ☐ **ocurría**: sucedía; pasaba ☐ **allí dentro**: en la alcoba

créame < creer (imp.) ☐ **desgracia** ≠ felicidad

... extrañarme: incluso (hasta) me sorprendía ☐ **por ...**: tan completa parecía

tercer_día ☐ **se conoce que**: seguramente ☐ **señalado**: denunciado ☐ **familiares** < familia ☐ **la** vieja **atropellada**: descalabrada (p. 126, l. 25) ☐ **... bruces**: cara a cara ⧄ **pareja**: los guardias civiles (iban por 2, en pareja) ☐ **chiquillo**: niño ☐

se agolpó: se juntó; se aglomeró ☐ **andaba**: se encontraba ☐

cencerrada...: cacofonía que tuvimos durante un **mes clavada** como un eco **en los oídos** ☐ **despertará**: suscitará ⧄ **el olor**

de los presos?; nos miran como bichos raros con los ojos todos encendidos, con una sonrisilla viciosa por la boca, como miran a la oveja que apuñalan en el matadero — esa oveja en cuya sangre caliente mojan las alpargatas —, o al perro que dejó quebrado el carro que pasó — ese perro que tocan con la varita por ver si está vivo todavía —, o a los cinco gatitos recién nacidos que se ahogan en el pilón, esos cinco gatitos a los que apedrean, esos cinco gatitos a los que sacan de vez en cuando por jugar, por prolongarles un poco la vida — ¡tan mal los quieren! —, por evitar que dejen de sufrir demasiado pronto... En un principio me atosigó bastante la llegada de los civiles, y aunque hacía esfuerzos por aparentar serenidad, mucho me temo que mi turbación no permitiera mostrarla. Con la guardia civil venía un mozo de unos veinticinco años, nieto de la vieja, espigado y presumido como a esa edad corresponde, y esa fue mi providencia, porque como con los hombres, ya lo sabe usted, no hay mejor cosa que usar de la palabra y hacer sonar la bolsa, en cuanto le llamé galán y le metí seis pesetas en la mano se marchó más veloz que una centella y más alegre que unas castañuelas, y pidiéndole a Dios — por seguro lo tengo — ver en su vida muchas veces a la abuela entre las patas de los caballos. La guardia civil, quién sabe si por eso de que la parte ofendida tan presto entrara en razón, se atusó los mostachos, carraspeó, me habló del peligro de la espuela pronta pero, lo que es más principal, se marchó sin incordiarme más.

Lola estaba como transida por el temor que le produjera la visita, pero como en realidad no era mujer cobarde, aunque sí asustadiza, se repuso del sofocón no

preso: prisionero ☐ **bicho raro**: animal extraño
encendido: iluminado ☐ **sonrisilla** < sonrisa < sonreír
oveja < ovino ☐ **apuñalan**: con el puñal la matan
en cuya sangre...: en la sangre de la cual **mojan** (bañan) sus **alpargatas** (calzado rústico) ☐ **dejó quebrado ....**: que el carro aplastó ☐ **que** los niños **tocan** ☐ **varita**: palo fino
... vivo: si vive ☐ **gatitos recién nacidos** (que acaban de nacer)
... pilón: sumergiéndolos en el agua del **pilón** (recipiente que recibe el agua de la fuente) ☐ **apedrean**: les tiran piedras
por = para
¡... quieren!: ¡Tal es su crueldad con ellos! ☐ **... sufrir**: para que mueran lentamente ☐ **me atosigó**: me perturbó
de los guardias **civiles** ☐ **aunque** + ind.: *bien que*
aparentar: simular ☐ **... temo**: bien creo ☐ **turbación**: confusión ☐ **no permitiera ...**: no me permitía mostrar serenidad ☐ **unos**: más o menos ☐ **nieto**: hijo del hijo
espigado: alto y delgado ☐ **presumido**: presuntuoso ≠ humilde
providencia: aquí, suerte
ya lo sabe = bien lo sabe ☐ **usar de...**: utilizar el arte del discurso ☐ **... bolsa** con el dinero ☐ **galán**: joven hermoso y de agradable aspecto ☐ **más veloz que...**: modismo, más raudo (rápido) que la **centella** (el rayo) ☐ **... castañuelas**: modismo, las castañuelas acompañan los cantos y bailes populares ☐ **por seguro...**: estoy seguro de ello ☐ **la** = su
quién sabe si por eso de que: posiblemente porque
presto: pronto ⧄ **entrara en razón**: c. de t.; desistiera ☐ **atusó**: se pasó la mano por ☐ **carraspeó**: tosió (< tos) ligeramente
... pronta: estimular demasiado el caballo con la **espuela** ☐ **lo más principal**: la cosa más importante ☐ **incordiarme**: molestarme ☐ **transida**: muy angustiada ⧄ **el temor**: el miedo ☐ **le produjera** < producir; le había producido
cobarde: miedosa ☐ **asustadiza** < susto ☐ **... sofocón**: respiró

más pasados los primeros momentos, la volvió la color a las mejillas, el brillo a la mirada y la sonrisa a los labios, para quedar en seguida tan guapota y bien plantada como siempre.

En aquel momento — bien me acuerdo — fue cuando la noté por vez primera algo raro en el vientre y un tósigo de verla así me entró en el corazón, que vino — en el mismo medio del apuro — a tranquilizar mi conciencia, que preocupadillo me tenía ya por entonces con eso de no sentirla latir ante la idea del primer hijo. Era muy poco lo que se la notaba, y bien posible hubiera sido que, de no saberlo, jamás me hubiera percatado de ello.

Compramos en Mérida algunas chucherías para la casa, pero como el dinero que llevábamos no era mucho, y además había sido mermado con las seis pesetas que le di al nieto de la atropellada, decidí retornar al pueblo por no parecerme cosa de hombres prudentes el agotar el monedero hasta el último ochavo. Volví a ensillar la yegua, a enjaezarla con la sobremontura y las riendas de feria del señor Vicente y a enrollarme la manta en el arzón, para con ella — y con mi mujer a la grupa como a la ida — volverme para Torremejía. Como mi casa estaba, como usted sabe, en el camino de Almendralejo, y como nosotros de donde veníamos era de Mérida, hubimos de cruzar, para arrimarnos a ella, la línea entera de casas, de forma que todos los vecinos, por ser ya la caída de la tarde, pudieron vernos llegar — tan marciales — y mostrarnos su cariño, que por entonces lo había, con el buen recibir que nos hicieron. Yo me apeé, volteándome por la cabeza para no herir a Lola de una patada, requerido

(no) más pasados: apenas pasados □ **la** (laísmo) **volvió la color** (género inc.): antes se había puesto pálida
guapota: informal, bien guapa (hermosa) □ **tan bien plantada como siempre**: con la buena presencia de siempre
En aquel momento ... fue cuando: giro enfático: *c'est alors que*
la noté: laísmo, observé □ **por vez primera**: sin artículo ⧄ **raro**: extraño □ **un tósigo** (< tóxico)...: al verla así sentí una profunda turbación (o emoción) □ **apuro**: situación comprometida (con los guardias civiles) □ **... preocupadillo**: mi conciencia me preocupaba algo □ **con eso de ...**: porque no la sentía **latir** (vibrar) **ante la idea** (con la perspectiva) □ **notaba**: veía □ **de no saberlo** = si no lo hubiera sabido yo
... percatado: nunca me hubiera dado cuenta; lo hubiera ignorado □ **chuchería**: objeto de poco valor; baratija (< barato ≠ caro)
además: encima □ **mermado**: reducido
di < dar □ **la atropellada**: p. 131, l. 27
retornar: regresar □ **por no parecerme**: porque no me parecía
agotar: gastar □ **monedero** < moneda □ **ochavo**: una octava parte (⅛) de peseta □ **ensillar** < silla □ **enjaezarla** o aparejarla
sobremontura y riendas: piezas del recado de montar (arreos y guarniciones) □ **... arzón**: poner la **manta** (cobertor < cubrir) en forma de rollo en **el arzón** (pieza de madera de la silla de montar)
... de Almendralejo: viniendo de Mérida, a la otra extremidad del pueblo □ **... cruzar**: tuvimos que atravesar
arrimarnos: acercarnos □ **... casas**: están todas a lo largo de la carretera ⧄ **vecinos**: habitantes del pueblo □ **por ser...**: como ya era el atardecer ⧄ **pudieron** < poder □ **tan marciales**: aquí, con muy buen porte □ **buen recibir**: buena acogida
apeé: bajé □ **volteándome**: dándome la vuelta **por la cabeza** del caballo □ **... patada**: con el pie □ **requerido**: solicitado

por mis compañeros de soltería y de labranza, y con ellos me fui, casi llevado en volandas, hasta la taberna de Martinete el Gallo, adonde entramos en avalancha y cantando, y en donde el dueño me dio un abrazo contra su vientre, que a poco me marea entre las fuerzas que hizo y el olor a vino blanco que despedía. A Lola la besé en la mejilla y la mandé para casa a saludar a las amigas y a esperarme, y allá se marchó, jineta sobre la hermosa yegua, espigada y orgullosa como una infanta, y bien ajena — como siempre pasa — a que el animal había de ser la causa del primer disgusto.

En la taberna, como había una guitarra, mucho vino y suficiente buen humor, estábamos todos como radiantes y alborozados, dedicados a lo nuestro y tan ajenos al mundo que, entre el cantar y el beber, se nos iban pasando los tiempos como sin sentirlos. Zacarías, el del señor Julián, se arrancó por seguidillas. ¡Daba gusto oírlo con su voz tan suave como la de un jilguero! Cuando él cantaba, los demás — mientras anduvimos serenos — nos callábamos a escuchar como embobados, pero cuando tuvimos más arranque, por el vino y la conversación, nos liamos a cantar en rueda y, aunque nuestras voces no eran demasiado templadas, como llegaron a decirse cosas divertidas, todo se nos era perdonado.

Es una pena que las alegrías de los hombres nunca se sepa dónde nos han de llevar, porque de saberlo no hay duda que algún disgusto que otros nos habríamos de ahorrar; lo digo porque la velada en casa del Gallo acabó como el rosario de la aurora por eso de no sabernos ninguno parar a tiempo. La cosa fue bien sencilla, tan sencilla como siempre resultan ser las cosas

soltería: estado de soltero ≠ casado □ **labranza**: aquí, trabajo del campo □ ... **en volandas** < volar: casi triunfalmente **Martinete el Gallo**: apodo (sobrenombre) sacado de una característica suya □ **el dueño** de la taverna □ **...abrazo** < brazo: me apretó contra él □ **a poco ...**: casi me asfixia
... **hizo** < hacer: de tanto apretarme ☑ **el olor a** □ **despedía**: exhalaba □ **la besé**: le di un beso □ **mandé ... a** + inf.: envié **jineta ...**: estilo de montar a caballo, con las dos piernas del mismo lado □ **espigada**: derecha □ **infanta** o princesa
bien ajena ... a: muy lejos de pensar ... que
había de ser: sería □ **primer disgusto**: primera desgracia

buen humor □ **radiantes** (< rayo): resplandecientes de alegría **alborozados**: alegres □ ... **nuestro**: sin pensar en lo demás □ **tan ajenos al**: tan lejos del □ ... **beber**: cantando y bebiendo
... **sentirlos**: no sentíamos pasar el tiempo □ **el hijo del**
se arrancó por ...: se lanzó a cantar **seguidillas** (canciones populares) ☑ **tan suave como** □ **jilguero**: pájaro cantor de voz muy armoniosa □ **los demás**: todos nosotros ☑ **mientras anduvimos** < andar: cuando aún estábamos lúcidos □ **a** = para □ **embobado**: cautivado □ ... **arranque**: cuando nos animamos < animación □ **nos liamos**: nos pusimos (< ponerse); empezamos □ **en rueda**: a coro □ ... **templadas**: música, eran desacordes (poco armoniosas) □ ... **decirse**: también decíamos □ **divertidas**: graciosas ≠ tristes □ ... **perdonado**: ... permitido **alegrías** ≠ tristezas
se sepa (< saber): se + 3º pers. = generalidad □ **de saberlo**: si lo supiéramos □ ... **otros**: ciertos disgutos (l. 11)
... **ahorrar**: podríamos evitarnos □ **velada**: reunión nocturna
... **aurora**: modismo, terminó mal □ **por eso de...**: porque
sabernos...: ninguno entre nosotros supo ... □ **cosa** o asunto
sencilla: simple □ **resultan ser**: vienen a ser; son

que más vienen a complicarnos la vida.

El pez muere por la boca, dicen, y dicen también que quien mucho habla mucho yerra, y que en boca cerrada no entran moscas, y a fe que algo de cierto para mí tengo que debe de haber en todo ello, porque si Zacarías se hubiera estado callado como Dios manda y no se hubiese metido en camisas de once varas, entonces se hubiera ahorrado un disgustillo y ahora el servir para anunciar la lluvia a los vecinos con sus tres cicatrices. El vino no es buen consejero.

Zacarías, en medio de la juerga, y por hacerse el chistoso, nos contó no sé qué sucedido, o discurrido, de un palomo ladrón, que yo me atrevería a haber jurado en el momento — y a seguir jurando aún ahora mismo — que lo había dicho pensando en mí; nunca fui susceptible, bien es verdad, pero cosas tan directas hay — o tan directas uno se las cree — que no hay forma ni de no darse por aludido ni de mantenerse uno en sus casillas y no saltar.

Yo le llamé la atención.

— ¡ Pues no le veo la gracia, la verdad !

— Pues todos se la han visto, Pascual.

— Así será, no lo niego ; pero lo que digo es que no me parece de bien nacidos el hacer reír a los más metiéndose con los menos.

— No te piques, Pascual ; ya sabes, el que se pica...

— Y que tampoco me parece de hombres el salir con bromas a los insultos.

— No lo dirás por mí...

— No ; lo digo por el gobernador.

— Poco hombre me pareces tú para lo mucho que amenazas.

vienen a: acaban por

... boca: refrán, el mucho hablar es malo □ **dicen** o se dice: indeterminación □ **... yerra** (< errar; equivocarse): refrán **... moscas**: mismo sentido □ **a fe que**: seguramente □ **algo de cierto...**: alguna verdad creo yo ... □ **todo ello**: en todos estos refranes □ **como Dios manda**: como convenía; como era lo suyo □ **... varas**: modismo, si no se hubiera metido en lo que no le importaba (concernía) □ **ahorrado**: evitado □ **disgustillo**: desagrado ☑ **cicatrices**

... consejero: es de mal consejo

juerga: fiesta □ **hacerse el...**: presumir de; mostrarse

chistoso: gracioso □ **... discurrido**: ... no sé qué historia o invención suya acerca **de un palomo ladrón** (imagen que alude al amante que rapta a su querida) □ **(me atrevería) a seguir jurando...**: no dudaría en jurar incluso ahora que lo había dicho por mí

uno se las cree: uno, a + 3° pers. implica al yo en lo enunciado

... aludido: es imposible no sentirse concernido ni conservar su calma **(mantenerse ... casillas)** □ **saltar**: manifestar su ira (cólera) □ **le llamé la atención**: lo interpelé

¡..., verdad!: francamente, a mí no me parece muy gracioso

se la han visto: han visto la gracia de la historia (les ha divertido a todos) □ **Así será**: es posible

de bien nacidos: de buena educación □ **a los más**: a los unos **metiéndose con los menos**: provocando (atacando) a los otros

No te piques: no te ofendas; no seas susceptible □ **el que se ...** el que se cree aludido sus motivos tendrá □ **de hombres**: valiente □ **salir con bromas a...**: contestar con la risa a ...

No lo dirás por mí...: ¿lo dices por mí?; espero que no lo digas por mí ... □ **... gobernador**: ironía, el francés se refiere al Papa **hombre**: macho; valiente □ **para ...**: en proporción de tus amenazas

— Y que cumplo.

— ¿Que cumples?

— ¡Sí!

Yo me puse de pie.

— ¿Quieres que salgamos al campo?

— ¡No hace falta!

— ¡Muy bravo te sientes!

Los amigos se echaron a un lado, que nunca fuera cosa de hombres meterse a evitar las puñaladas.

Yo abrí la navaja con parsimonia; en esos momentos una precipitación, un fallo, puede sernos de unas consecuencias funestas. Se hubiera podido oír el vuelo de una mosca, tal era el silencio.

Me fui hacia él y antes de darle tiempo a ponerse en facha, le arreé tres navajazos que lo dejé como temblando. Cuando se lo llevaban, camino de la botica de don Raimundo, le iba manando la sangre como de un manantial...

[9]

Yo tiré para casa acompañado de tres o cuatro de los íntimos, algo fastidiado por lo que acababa de ocurrir.

— También fue mala pata..., a los tres días de casado.

Ibamos callados, con la cabeza gacha, como pesarosos.

— Él se lo buscó; la conciencia bien tranquila la tengo. ¡Si no hubiera hablado!

— No le des más vueltas, Pascual.

cumplo: ejecuto
¿Que cumples?: expresa duda

me puse (< ponerse) **de pie**: me levanté (de la mesa)
... que salgamos < salir (subj. presente) □ **al campo**: fuera del pueblo □ **¡No hace falta!**: ¡No es necesario!
bravo: macho; valiente
Los = mis □ **se echaron a un lado**: se apartaron ≠ se acercaron
meterse a: intervenir para □ **puñalada**: el sufijo -ada = «*un coup de*» □ **navaja**: cuchillo largo cuyo filo se esconde □ **parsimonia**: aquí, calma □ **fallo**: un error □ **sernos de ...**: tener para nosotros (o para uno) □ **vuelo** < volar

Me fui: me dirigí □ **ponerse en (facha)**: colocarse en posición adecuada □ **arreé**: di □ **navajazo**: el sufijo -azo supone un golpe con violencia □ **camino de**: en dirección de □ **botica**: farmacia □ **... la sangre**: reflexivo por posesivo, su sangre fluía (< flujo) □ **manantial**: fuente

tiré para casa: fam.; me dirigí hacia mi casa
algo fastidiado: bastante incomodado □ **ocurrir**: pasar
... pata: hay que decir que fue mala suerte □ **... casado**: tres días después de haberse casado □ **callado**: silencioso □ **gacha**: íbamos cabizbajos (o cabizgachos); mirando el suelo □ **pesaroso** < pesar: afligido □ **... él se lo buscó**: es culpa suya

No le des más vueltas: no pienses más en ello; olvídalo

— ¡Hombre, es que lo siento, ya ves! ¡Después de que todo pasó!

Era ya la madrugada y los gallos cantores lanzaban a los aires su pregón. El campo olía a jaras y a tomillo.

— ¿Dónde le di?

— En un hombro.

— ¿Muchas?

— Tres.

— ¿Sale?

— ¡Hombre, sí! ¡Yo creo que saldrá!

— Más vale.

Nunca me pareció mi casa tan lejos como aquella noche.

— Hace frío...

— No sé, yo no tengo.

— ¡Será el cuerpo!

— Puede...

Pasábamos por el cementerio.

— ¡Qué mal se debe estar ahí dentro!

— ¡Hombre! ¿Por qué dices eso? ¡Qué pensamientos más raros se te ocurren!

— ¡Ya ves!

El ciprés parecía un fantasma alto y seco, un centinela de los muertos.

— Feo está el ciprés...

— Feo.

En el ciprés una lechuza, un pájaro de mal agüero, dejaba oír su silbo misterioso.

— Mal pájaro ese.

— Malo...

— Y que todas las noches está ahí.

— Todas...

¡**Hombre** ...!: exclamación corriente, aquí expresa pesar (**lo siento** = lo deploro) ☐ **pasó** (s. e. la desgracia)
... **madrugada**: ya amanecía < mañana ☐ ... **cantores** < canto
... **pregón**: anunciaban el nuevo día ☐ **olía a jaras y a tomillo** (plantas del monte muy arómaticas < « thimus vulgaris ») ☐ **le di** s. e. las puñaladas ☐ **hombro**: parte superior del tronco
¿**Muchas** (s. e. puñaladas)?

¿**Sale**?: ¿Va a vivir?
saldrá < salir (del paso): vivirá
Más vale: es preferible
tan lejos como

yo no tengo (s. e. frío)
¡**Será el cuerpo**!: seguramente la emoción que me hace temblar
Puede: es posible

ahí dentro: en el cementerio
¡**Hombre**!: exclamación de sorpresa
raros: extraños ☐ **se te ocurren**: te pasan por la cabeza
¡**Ya ves**!: ¡Qué le vamos a hacer! no lo puedo evitar
ciprés: árbol frecuente en los cementerios ⧄ **un centinela**

Feo ≠ bello; hermoso

lechuza: ave nocturna de cara redonda y plana ☐ **mal agüero** o presagio
⧄ **mal pájaro**

— Parece como si gustase de acompañar a los muertos.

— Parece...

— ¿ Qué tienes ?

— ¡ Nada ! ¡ No tengo nada ! Ya ves, manías...

Miré para Domingo ; estaba pálido como un agonizante.

— ¿ Estás enfermo ?

— No...

— ¿ Tienes miedo ?

— ¿ Miedo yo ? ¿ De quién he de tener miedo ?

— De nadie, hombre, de nadie ; era por decir algo.

El señorito Sebastián intervino :

— Venga, callaros ; a ver si ahora la vais a emprender vosotros.

— No...

— ¿ Falta mucho, Pascual ?

— Poco ; ¿ por qué ?

— Por nada...

La casa parecía como si la cogieran con una mano misteriosa y se la fuesen llevando cada vez más lejos.

— ¿ Nos pasaremos ?

— ¡ Hombre, no ! Alguna luz ya habrá encendida.

Volvimos a callarnos. Ya poco podía faltar.

— ¿ Es aquello ?

— Sí.

— ¿ Y por qué no lo decías ?

— ¿ Para qué ? ¿ No lo sabías ?

A mí me extrañó el silencio que había en mi casa. Las mujeres estarían aún allí según la costumbre, y las mujeres ya sabe usted lo mucho que alzan la voz para hablar.

como si gustase de: como si le gustara

¿Qué tienes?: ¿Qué te pasa?
manías: aquí, ideas fijas
para: en dirección de

... **enfermo** o estar malo (salud) ≠ ser malo (comportamiento)

he de tener: debo tener
hombre: expresa muchos matices psicológicos (aquí, calma)
señorito Sebastián: hijo del boticario ☒ **intervino** < intervenir
venga: exclamación con que se pide algo ☒ **callaros**: imperativo informal frecuente, callaos; silencio ☐ ... **vosotros**: a ver si (expresa temor) si también reñís (os pegáis) los dos
¿Falta mucho (camino)?: ¿Está todavía lejos tu casa?
Falta **poco**

... **cogieran**: se diría que cogían (3° pers. plural = indeterminado) la casa... ☐ ... **fuesen llevando**: y que se la iban llevando (ir + ger. = progresivamente) cada vez ... ☐ **¿Nos pasaremos** sin verla? ☐ ... **encendida**: : seguramente ya estará encendida una luz ☐ **volvimos...**: nos callamos de nuevo ☐ **Ya poco** camino faltaba (quedaba) ☐ **¿Es aquello** que vemos a lo lejos?

me extraño: me sorprendió
las mujeres: las vecinas
lo mucho que alzan la voz: cómo alzan la voz; lo alto que hablan (sabe que las mujeres están y sin embargo no las oye)

— Parece que duermen.

— ¡ No creo ! ¡ Ahí tienen una luz !

Nos acercamos a la casa ; efectivamente, había una luz.

La señora Engracia estaba a la puerta ; hablaba con la *s*, como la lechuza del ciprés ; a lo mejor tenía hasta la misma cara.

— ¿ Y usted por aquí ?

— Pues ya ves, hijo, esperándote estaba.

— ¿ Esperándome ?

— Sí.

El misterio que usaba conmigo la señora Engracia no me podía agradar.

— ¡ Déjeme pasar !

— ¡ No pases !

— ¿ Por qué ?

— ¡ Porque no !

— ¡ Esta es mi casa !

— Ya lo sé, hijo ; por muchos años... Pero no puedes pasar.

— ¿ Pero por qué no puedo pasar ?

— Porque no puede ser, hijo. ¡ Tu mujer está mala !

— ¿ Mala ?

— Sí.

— ¿ Qué le pasa ?

— Nada ; que abortó.

— ¿ Que abortó ?

— Sí ; la descabalgó la yegua...

La rabia que llevaba dentro no me dejó ver claro ; tan obcecado estaba que ni me percaté de lo que oía.

— ¿ Dónde está la yegua ?

— En la cuadra.

duermen < dormir

Nos acercamos < acercarse < cerca

hablaba con la ***s*****:** susurraba ; hablaba en voz muy baja
la lechuza del ciprés : p. 142, l. 27
la misma cara que la lechuza
¿ Y usted... ? : traduce sorpresa

que usaba : que mantenía
agradar > agradable : gustar
Déjeme < dejar (usted, imperativo)
¡ No pases ! : no + S. P. = imperativo negativo

y que lo sea (y que sea tuya) **por** (durante) **muchos años**

no puede ser : no es posible □ **está mala** (enferma) : p. 145, l. 8

descabalgó : desmontó (≠ montó) ; derribó ; hizo caer
... dentro : me entró tal rabia que
obcecado : cegado < ciego (el que no ve) □ **ni** siquiera **me percaté de :** me enteré de ; tomé conciencia de

La puerta de la cuadra que daba al corral era baja de quicio. Me agaché para entrar; no se veía nada.

— ¡To, yegua!

La yegua se arrimó contra el pesebre; yo abrí la navaja con cuidado; en esos momentos, el poner un pie en falso puede sernos de unas consecuencias funestas.

— ¡To, yegua!

Volvió a cantar el gallo en la mañana.

— ¡To, yegua!

La yegua se movía hacia el rincón. Me arrimé; llegué hasta poder darle una palmada en las ancas. El animal estaba despierto, como impaciente.

— ¡To, yegua!

Fue cosa de un momento. Me eché sobre ella y la clavé; la clavé lo menos veinte veces...

Tenía la piel dura; mucho más dura que la de Zacarías... Cuando de allí salí saqué el brazo dolido; la sangre me llegaba hasta el codo. El animalito no dijo ni pío; se limitaba a respirar más hondo y más de prisa, como cuando la echaban al macho.

[10]

Por seguro se lo digo que — aunque después, al enfriarme, pensara lo contrario — en aquel momento no otra cosa me pasó por el magín que la idea de que el aborto de Lola pudiera habérsele ocurrido tenerlo de soltera. ¡Cuánta bilis y cuánto resquemor y veneno me hubiera ahorrado!

que daba al: que abría hacia el
quicio: marco (armadura en donde se encaja la puerta) □ **me agaché** < gacho: me incliné □ **¡To!**: interjección usada para llamar a un animal □ **se arrimó**: se acercó □ **pesebre**: en donde se deposita la comida del animal □ **cuidado**: precaución
en falso: mal

volvió a cantar: iteración, otra vez cantó

se movía hacia: se iba hacia □ **rincón**: ángulo formado por las paredes □ ... **palmada** < palma (de la mano) □ **ancas** = grupa de la yegua □ **despierto** < despertar ≠ dormido □ **impaciente**: inquieto
me eché sobre: me lanzé contra ella
clavé la navaja

Zacarías: p. 136, l. 16 □ **de allí**: de la cuadra □ **saqué** (< sacar) □ **...dolido**: me dolía el brazo □ **animalito** □ **no dijo** (< decir) □ **ni pío**: no dijo absolutamente nada □ **de prisa**: rápidamente □ ... **al macho**: cuando la cubría el macho para fecundarla

Por seguro: con toda seguridad
al enfriarme: cuando me calmé □ **(aunque ...) pensara**: *même si*
... que: sólo me pasó por el **magín** (abreviación de imaginación) la idea □ **... tenerlo**: que Lola hubiera podido tener la idea de abortar **de soltera** (cuando todavía no estábamos casados)
... ahorrado: me hubiera evitado mucho **resquemor** (disgusto)

A consecuencia de aquel desgraciado accidente me quedé como anonadado y hundido en las más negras imaginaciones y hasta que reaccioné hubieron de pasar no menos de doce largos meses en los cuales, como evadido del espíritu, andaba por el pueblo. Al año, o poco menos, de haberse malogrado lo que hubiera de venir, quedó Lola de nuevo encinta y pude ver con alegría que idénticas ansias y los mismos desasosiegos que la vez primera me acometían: el tiempo pasaba demasiado despacio para lo de prisa que quisiera yo verlo pasar, y un humor endiablado me acompañaba como una sombra dondequiera que fuese.

Me torné huraño y montaraz, aprensivo y hosco, y como ni mi mujer ni mi madre entendieran gran cosa de caracteres, estábamos todos en un constante vilo por ver dónde saltaba la bronca. Era una tensión que nos destrozaba, pero que parecía como si la cultivásemos gozosos; todo nos parecía alusivo, todo malintencionado, todo de segunda intención. ¡Fueron unos meses de un agobio como no puede usted ni figurarse!

La idea de que mi mujer pudiera volver a abortar era algo que me sacaba de quicio; los amigos me notaban extraño, y la Chispa — que por entonces viva andaba todavía — parecía que me miraba menos cariñosa.

Yo la hablaba, como siempre.

— ¿Qué tienes?

Y ella me miraba como suplicante, moviendo el rabillo muy de prisa, casi gimiendo y poniéndome unos ojos que destrozaban el corazón. A ella también se le habían ahogado las crías en el vientre. En su inocencia, ¡quién sabe si no conocería la mucha pena que su desgracia me produjera! Eran tres los perrillos que vivos

desgraciado accidente: el aborto de Lola

anonadado < nada: abatido moralmente □ **hundido**: sumido; sumergido ⧄ **imaginaciones**: ideas □ **hubieron de pasar**: bien pasarían □ **en**: durante

... **espíritu**: como inconsciente □ **andaba** como alma en pena □ al cabo de **un año** □ **malogrado...**: perdido (s. e. el hijo)

pude < poder

ansia o ansiedad: angustia □ **desasosiego**: inquietud

me acometían: me venían; me entraban

... **de prisa**: rápido □ **quisiera**: yo hubiera querido que el tiempo pasara más rápidamente □ **endiablado** < diablo; execrable □ **dondequiera...**: por todas partes adonde yo **fuese** (< ir) □ **me torné**: me volví □ ... **montaraz, ... y hosco**: salvaje e insociable, desconfiado (≠ confiado) y taciturno □ ... **entendieran ... de**: sabían mucho acerca de ... □ **estábamos en... vilo**: estábamos constantemente intranquilos □ **ver**: aquí, esperar □ **saltaba la bronca**: empezaba la polémica □ **destrozaba**: destruía □ ... **gozosos**: como si mantuviéramos la tensión con placer □ **de segunda intención**: implícito

agobio: angustia; cansancio moral □ **figurarse**: imaginarse

pudiera < poder: c. de t. □ **volver a abortar**: abortar otra vez

... **sacaba de quicio**: era una idea que me exasperaba □ **notaban**: veían □ **la Chispa**: la perra que mató después □ **viva** < vivir □ **menos cariñosa**: con menos cariño (afección)

la hablaba: laísmo (incorrecto)

¿Qué tienes?: ¿Qué te pasa?

suplicante < súplica: implorante

rabillo < rabo o cola ⧄ **gimiendo** > gemir □ **poniéndome unos ojos**: mirándome con unos ojos (de una manera) □ **destrozaban**: rompían □ **ahogado**: asfixiado □ **crías**: cachorros (perrillos) □ **la mucha pena**: la pena muy grande

me produjera: me había producido □ **vivo** < vivir

no llegaron a nacer; los tres igualitos, los tres pegajosos como la almíbar, los tres grises y medio sarnosos como ratas. Abrió un hoyo entre los cantuesos y allí los metió. Cuando al salir al monte detrás de los conejos parábamos un rato por templar el aliento, ella, con ese aire doliente de las hembras sin hijos, se acercaba hasta el hoyo por olerlo.

Cuando, entrado ya el octavo mes, la cosa marchaba como sobre carriles; cuando, gracias a los consejos de la señora Engracia, el embarazo de mi mujer iba camino de convertirse en un modelo de embarazo y cuando, por el mucho tiempo pasado y por el poco que faltaba ya por pasar, todo podía hacer suponer que lo prudente sería alejar el cuidado, tales ansias me entraban, y tales prisas, que por seguro tuve desde entonces el no loquear en la vida si de aquel berenjenal salía con razón.

Hacia los días señalados por la señora Engracia, y como si la Lola fuera un reló, de precisa como andaba, vino al mundo, y con una sencillez y una felicidad que a mí ya me tenían extrañado, mi nuevo hijo, mejor dicho, mi primer hijo, a quien en la pila del bautismo pusimos por nombre Pascual, como su padre, un servidor. Yo hubiera querido ponerle Eduardo, por haber nacido en el día del santo y ser la costumbre de la tierra; pero mi mujer, que por entonces andaba cariñosa como nunca, insistió en ponerle el nombre que yo llevaba, cosa para la que poco tiempo gastó en convencerme, dada la mucha ilusión que me hacía. Mentira me parece, pero por bien cierto le aseguro que lo tengo, el que por entonces la misma ilusión que a un muchacho con botas nuevas me hicieron los accesos de cariño de mi mujer; se los agradecía de todo corazón, se lo juro.

llegaron a: lograron □ **igualito**: totalmente igual □ **pegajoso**: viscoso □ **almíbar**: azúcar cocido en agua □ **sarnoso** > sarna: aquí, pelados, sin pelos □ ... **hoyo**: excavó □ **cantuesos**: *lavande* □ **al salir** ...: cuando subíamos al monte □ **conejo**: mamífero roedor parecido a la liebre □ ... **aliento**: respirar
aire: aspecto □ **doliente** < dolerse: afligido □ **hembra**: pop., mujer □ **olerlo** < olor
entrado: empezado □ séptimo, **octavo,** noveno, etc.
como sobre carriles (vía): bien encarrilaba, sin ningún problema
iba camino de convertirse en: estaba a punto de ser
un modelo de embarazo (estado de la mujer encinta): un embarazo perfecto □ **el poco** tiempo □ **faltaba ya por...**: quedaba aún por...
alejar < lejos □ **cuidado**: aquí, vigilancia □ **ansia**: angustia
(tales) prisas: tal impaciencia □ ... **loquear**: me convencí de que nunca me volvería loco si salía sensato de ... □ **berenjenal**: confusión mental que yo tenía □ **señalados**: indicados
de precisa como...: por lo precisa que era en su embarazo
vino (< venir) **al mundo**: nació mi hijo □ **sencillez**: simplicidad ... **extrañado**: me sorprendían mucho □ **mejor dicho**: más precisamente □ **mi primer hijo** □ ... **bautismo**: pila bautismal en las iglesias parroquiales para bautizar □ **un servidor**: expresión de humildad para hablar de sí □ **ponerle** de nombre (≠ apellido) □ **el día de** ese **santo**: San Eduardo □ **tierra**: lugar
por entonces: en aquel momento □ ... **nunca**: se mostraba más afectuosa que nunca □ **insistió en** □ **llevaba**: tenía
gastó: empleó □ **dada**: debido a ; por
... **ilusión**: la alegría tan grande que yo tenía □ **mentira** ≠ verdad □ **bien cierto** ... **lo tengo**: bien convencido estoy □ **le aseguro** a usted: se lo afirmo □ **la misma ilusión** ... **me hicieron** (me proporcionaron) **los accesos** (las manifestaciones) **de** ... **agradecía**: le daba gracias por ello

Ella, como era de natural recio y vigoroso, a los dos días del parto estaba tan nueva como si nada hubiera pasado. La figura que formaba, toda desmelenada dándole de mamar a la criatura fue una de las cosas que más me impresionaron en la vida; aquello sólo me compensaba con creces los muchos cientos de malos ratos pasados.

Yo me pasaba largas horas sentado a los pies de la cama. Lola me decía, muy bajo, como ruborizada:

— Ya te he dado uno...

— Sí.

— Y bien hermoso...

— Gracias a Dios.

— Ahora hay que tener cuidado con él.

— Sí, ahora es cuando hay que tener cuidado.

— De los cerdos...

El recuerdo de mi pobre hermano Mario me asaltaba; si yo tuviera un hijo con la desgracia de Mario, lo ahogaría para privarle de sufrir.

— Sí; de los cerdos...

— Y de las fiebres también.

— Sí.

— Y de las insolaciones...

— Sí; también de las insolaciones...

El pensar que aquel tierno pedazo de carne que era mi hijo, a tales peligros había de estar sujeto, me ponía las carnes de gallina.

— Le pondremos vacuna.

— Cuando sea mayorcito...

— Y lo llevaremos siempre calzado, porque no se corte los pies.

— Y cuando tenga siete añitos lo mandaremos a la

natural recio: complexión (constitución) resistente □ **a los... parto**: dos días después de haber dado a luz □ **nueva**: fresca **la figura...**: la apariencia que tenía □ **desmelenada** < melena o cabello: despeinada □ **... mamar**: dándole el pecho (leche materna) a la **criatura** (bebé) □ **aquello sólo**: aquella única cosa □ **con creces**: ampliamente □ **los muchos cientos**: hipérbole, los numerosos centenares □ **rato**: momento

largas: muchas □ **a los pies**: al lado

muy bajo: con voz muy baja □ **ruborizada** < rubor: confusa; se ponía colorada □ **... uno**: por fin te di un hijo

gracias a Dios: afortunadamente

tener cuidado con él: cuidarlo; protegerlo

ahora es cuando: giro enfático

cerdo: cochino (véase p. 85, l. 13)

me asaltaba: me venía al pensamiento

si yo tuviera (< tener) ..., **lo ahogaría**: frase condicional con la subordinada en S. I. □ **privarle de ...**: evitarle sufrimientos

tierno: aquí, sin defensa o indefenso □ **... carne**: cuerpo

tales peligros: los evocados más arriba □ **sujeto**: expuesto

... gallina: modismo (existe uno equivalente en francés)

le pondremos (< poner) **vacuna**: le vacunaremos (inmunizaremos contra las enfermedades) □ **cuando sea mayorcito**: subordinada temporal en S. P., cuando tenga unos añitos más □ **calzado**: con zapatos (≠ descalzo) para que ...

cuando tenga ...: l. 29 □ **mandaremos**: llevaremos

escuela...

— Y yo le enseñaré a cazar...

Lola se reía, ¡era feliz! Yo también me sentía feliz, ¿por qué no decirlo?, viéndola a ella, hermosa como pocas, con un hijo en el brazo como una Santa María.

— ¡Haremos de él un hombre de provecho!

¡Qué ajenos estábamos los dos a que Dios — que todo lo dispone para la buena marcha de los universos — nos lo había de quitar! Nuestra ilusión, todo nuestro bien, nuestra fortuna entera, que era nuestro hijo, habíamos de acabar perdiéndolo aun antes de poder probar a encarrilarlo. ¡Misterio de los afectos, que se nos van cuando más falta nos hacen!

Sin encontrar una causa que lo justificase, aquel gozar en la contemplación del niño me daba muy mala espina. Siempre tuve muy buen ojo para la desgracia — no sé si para mi bien o si para mi mal — y aquel presentimiento, como todos, fue a confirmarse al rodar de los meses como para seguir redondeando mi desdicha, esa desdicha que nunca parecía acabar de redondearse.

Mi mujer seguía hablándome del hijo.

— Bien se nos cría..., parece un rollito de manteca.

Y aquel hablar y más hablar de la criatura hacía que poco a poco se me fuera volviendo odiosa; nos iba a abandonar, a dejar hundidos en la desesperanza más ruin, a deshabitarnos como esos cortijos arruinados de los que se apoderan las zarzas y las ortigas, los sapos y los lagartos, y yo lo sabía, estaba seguro de ello, sugestionado de su fatalidad, cierto de que más tarde o más temprano tenía que suceder, y esa certeza de no poder oponerme a lo que el instinto me decía, me ponía los genios en una tensión que me los forzaba.

le enseñaré a cazar: le mostraré cómo cazar
feliz > feli**c**idad
viéndola a ella: al verla a ella □ **hermosa ...**: tan bella
Santa María y el Niño Jesús
de provecho: de bien; digno
¡Qué ajenos estábamos ...!: ¡Qué lejos estábamos de pensar que Dios ... □ **los universos**: el mundo
... quitar: nos privaría de él ☑ **ilusión**: esperanza

... perdiéndolo: acabaríamos por perderlo □ **aun**: incluso
probar a ...: tratar de llevarlo por el buen camino □ **afectos**: los seres amados □ **... hacen**: cuando más los necesitamos
justificase: c. de t. □ **aquel gozar en**: verbo sustantivado, el disfrutar de (encontrar placer en) □ **... espina**: modismo, me hacía sospechar (intuir) alguna desgracia □ **tuve** (< tener) **muy buen ojo para**: tuve mucha intuición para; adiviné bien □ **o si era** □ **... confirmarse**: se hizo más preciso □ **al rodar de ...**: a medida que pasaban los meses □ **... redondeando**: ... completando mi **desdicha** (≠ dicha = felicidad) □ **... redondearse**: no parecía tener fin □ **seguía hablándome**: seguir + ger. = continuidad □ **... cría**: crece bien □ **rollito de manteca** (> mantequilla): tiene un aspecto muy saludable (colores y buenas carnes) □ **... odiosa** (< odio ≠ amor): se volviera odiosa a mis ojos □ **... hundidos**: ...sumidos; nos iba a precipitar en ...
... ruin: baja; total □ **deshabitarnos**: abandonarnos □ **cortijo**: propiedad rural □ **se apoderan**: toman posesión □ **zarzas y ortigas** (> urticaria): espinos y plantas silvestres □ **... lagartos**: batracios y reptiles □ **sugestionado de**: fascinado por **su fatalidad** (la pérdida fatal del hijo) □ **suceder**: ocurrir □ **certeza** o certidumbre: convicción ☑ **instinto** □ **me decía**: me insinuaba **genios**: humor □ **... forzaba**: me hacía violencia

Yo algunas veces me quedaba mirando como un inocente para Pascualillo, y los ojos a los pocos minutos se me ponían arrasados por las lágrimas ; le hablaba.

— Pascual, hijo...

Y él me miraba con sus redondos ojos y me sonreía.

Mi mujer volvía a intervenir.

— Pascual, bien se nos cría el niño.

— Bien, Lola. ¡ Ojalá siga así !

— ¿ Por qué lo dices ?

— Ya ves. ¡ Las criaturas son tan delicadas !

— ¡ Hombre, no seas mal pensado !

— No ; mal pensado, no... ¡ Hemos de tener mucho cuidado !

— Mucho.

— Y evitar que se nos resfríe.

— Sí... ¡ Podría ser su muerte !

— Los niños mueren de resfriado...

— ¡ Algún mal aire !

La conversación iba muriendo poco a poco, como los pájaros o como las flores, con la misma dulzura y lentitud con las que, poco a poco también, mueren los niños, los niños atravesados por algún mal aire traidor...

— Estoy como espantada, Pascual.

— ¿ De qué ?

— ¡ Mira que si se nos va !

— ¡ Mujer !

— ¡ Son tan tiernas las criaturitas a esta edad !

— Nuestro hijo bien hermoso está, con sus carnes rosadas y su risa siempre en la boca.

— Cierto es, Pascual. ¡ Soy tonta !

Y se reía, toda nerviosa, abrazando al hijo contra su pecho.

algunas veces: a veces □ ... **mirando**: quedar(se) + ger.: *rester à* □ ... **inocente**: ingenuamente □ **para**: a □ **Pascualillo** □ **a los pocos minutos**: pocos minutos después □ ... **lágrimas**: se me llenaban de lágrimas
redondos: muy abiertos
... **intervenir**: intervenía de nuevo
bien se nos cría el niño: va creciendo bien nuestro hijo
¡Ojalá siga (< seguir) **así!**: exclamación de origen árabe que expresa deseo, Dios (Alá para los árabes) quiera que siga tan bueno □ **criatura**: bebé □ **delicadas**: frágiles
¡Hombre...!: exclamación de protesta □ **no seas mal pensado**: no tengas tan malos pensamientos □ **hemos de ...**: debemos
cuidado: atención; vigilancia

se nos resfríe (< frío): el posesivo traduce el amor paterno; coja (< coger) un resfríado
resfriado o catarro: infección del aparato respiratorio
resfriado debido a **algún mal aire**
iba muriendo: se iba terminando
dulzura < dulce
lentitud < lento □ **mueren ...**: su intuición se ha convertido en monomanía □ **atravesados**: penetrados □ **traidor**: pérfido; que viene sin avisar □ ... **espantada**: siento como miedo

¡Mira que si se nos va!: expresión de temor, ¡Te das cuenta si lo perdemos!; ¡Qué será de nosotros! □ **¡Mujer!**: protesta, no digas (< decir) cosas semejantes □ **tierna**: frágil □ **criaturita**: diminutivo cariñoso
rosadas < rosa: color que es señal de buena salud □ **risa** < reír □ **tonta**: estúpida
toda: muy □ **abrazando** < brazo...: apretando a su hijo contra ella

— ¡ Oye !

— ¡ Qué !

— ¿ De qué murió el hijo de la Carmen ?

— ¿ Y a ti que más te da ?

— ¡ Hombre ! Por saber...

— Dicen que murió de moquillo.

— ¿ Por algún mal aire ?

— Parece.

— ¡ Pobre Carmen, con lo contenta que andaba con el hijo ! La misma carita de cielo del padre — decía —, ¿ te acuerdas ?

— Sí, me acuerdo.

— Contra más ilusión se hace una, parece como si más apuro hubiese por hacérnoslo perder...

— Sí.

— Debería saberse cuánto había de durarnos cada hijo, que lo llevasen escrito en la frente...

— ¡ Calla !

— ¿ Por qué ?

— ¡ No puedo oírte !

Un golpe de azada en la cabeza no me hubiera dejado en aquel momento más aplanado que las palabras de Lola.

— ¿ Has oído ?

— ¡ Qué !

— La ventana.

— ¿ La ventana ?

— Sí ; chirría como si quisiera atravesarla algún aire...

El chirriar de la ventana, mecida por el aire, se fue a confundir con una queja.

— ¿ Duerme el niño ?

— Sí.

¡**Oye**! < oír: el imperativo se suele emplear para llamar la atención, ¡Escucha!
¿**De qué** (s. e. enfermedad) **murió** (< morir) ...? □ **la Carmen**: artículo delante del nombre frecuente en el campo □ **¿... da?**: ¿Qué te importa?
Dicen: indeterminado, dice la gente □ **moquillo** < moco < mucosa: catarro; resfriado (p. 158, l. 17) □ **Por**: a causa de según **parece**
con lo contenta ...: giro que traduce algo injusto o lamentable, y ella que iba (estaba) tan contenta con su hijo □ **carita de cielo** (o de ángel) □ **del**: de su □ **acuerdas** < acordarse

Contra más...: deformación popular del giro correlativo, cuanta más esperanza tiene una (la mujer), más urgencia **(apuro)** hay para quitársela
... saberse: deberíamos saber **cuánto** tiempo (interrogativo) sería necesario **que lo llevasen...**: c. de t., que lo tuvieran escrito ...
¡**Calla**! o ¡Cállate!: ¡Silencio!

... oírte: no quiero escucharte
... azada: *houe*, un azadazo
aplanado < plano: aplastado; abatido

chirría: sonido que producen los goznes (herrajes articulados para fijar puertas y ventanas) cuando la ventana está **mecida** (movida lentamente) **por el aire** (viento) □ **queja**: gemido < gemir □ **Duerme** < dormir

— Parece como que sueña.

— No lo oigo.

— Y que se lamenta como si tuviera algún mal...

— ¡ Aprensiones !

— ¡ Dios te oiga ! Me dejaría sacar los ojos...

En la alcoba, el quejido del niño semejaba el llanto de las encinas pasadas por el viento.

— ¡ Se queja !

Lola se fue a ver qué le pasaba ; yo me quedé en la cocina fumando un pitillo, ese pitillo que siempre me cogen fumando los momentos de apuro.

. . . .

Pocos días duró. Cuando lo devolvimos a la tierra, once meses tenía ; once meses de vida y de cuidados a los que algún mal aire traidor echó por el suelo...

[11]

¡ Quién sabe si no sería Dios que me castigaba por lo mucho que había pecado y por lo mucho que había de pecar todavía ! ¡ Quién sabe si no sería que estaba escrito en la divina memoria que la desgracia había de ser mi único camino, la única senda por la que mis tristes días habían de discurrir !

A la desgracia no se acostumbra uno, créame, porque siempre nos hacemos la ilusión de que la que estamos soportando la última ha de ser, aunque después, al pasar de los tiempos, nos vayamos empezando a convencer — ¡ y con cuánta tristeza ! — que lo peor está aún por

Parece como que sueña: parece estar soñando
oigo < oír (yo) ≠ entender
y también parece **que se lamenta** ⍁ **como si tuviera** (< tener)...
aprensión: miedo irreflexivo
¡**Dios te oiga** (< oír)!: Dios quiera que sólo sean aprensiones
alcoba: habitación; cuarto □ **quejido**: queja (p. 160, l. 30) □ **semejaba**: se parecía a □ **... encinas**: el llorar de la encina (árbol que simboliza la fuerza) □ ¡**Se queja**!: ¡Gime (< gemir)! □ **qué**: interrogación indirecta, lo que
pitillo: cigarillo
me cogen: me sorprenden □ **apuro**: angustia

... duró con vida (viviendo) □ **devolvimos** < devolver: restituimos □ **cuidados**: atenciones
algún mal_aire traidor (pérfido) □ **... suelo**: malogró; destruyó

sería: era □ **castigaba** < castigo (≠ premio): me hacía expiar mis numerosos pecados pasados **(... que había pecado)** y futuros **(... pecar todavía)** □ **sería**: era
desgracia ≠ felicidad □ **había de ser**: tenía que ser
senda o sendero (camino estrecho) □ **por la que**: por la cual
habían de discurrir: tenían que pasar
no se acostumbra (< costumbre) **uno**: no se habitúa uno a (menos frecuente); no nos hacemos a ... □ **... ilusión de que**: esperamos que la desgracia que ... ⍁ **soportando** □ **ha de ser**: será □ **vayamos...** < ir + ger.: empecemos poco a poco a convencernos □ ¡**cuánta...**!: acento con el exclamativo

pasar...

Se me ocurren estos pensamientos porque si cuando el aborto de Lola y las cuchilladas de Zacarías creí desfallecer de la nostalgia, no por otra cosa era — ¡ bien es cierto ! — sino porque aún no sospechaba en lo que había de parar.

Tres mujeres hubieron de rodearme cuando Pascualillo nos abandonó ; tres mujeres a las que por algún vínculo estaba unido, aunque a veces me encontrase tan extraño a ellas como al primer desconocido que pasase, tan desligado de ellas como del resto del mundo, y de esas tres mujeres, ninguna, créame usted, ninguna, supo con su cariño o con sus modales hacerme más llevadera la pena de la muerte del hijo ; al contrario, parecía como si se hubiesen puesto de acuerdo para amargarme la vida. Esas tres mujeres eran mi mujer, mi madre y mi hermana.

¡ Quién lo hubiera de decir, con las esperanzas que en su compañía llegué a tener puestas !

Las mujeres son como los grajos, de ingratas y malignas.

Siempre estaban diciendo :

— ¡ El angelito que un mal aire se llevó !

— ¡ Para los limbos por librarlo de nosotros !

— ¡ La criatura que era mismamente un sol !

— ¡ Y la agonía !

— ¡ Que ahogadito en los brazos lo hube de tener !

Parecía una letanía, agobiadora y lenta como las noches de vino, despaciosa y cargante como las andaduras de los asnos.

Y así un día, y otro día, y una semana, y otra... ¡ Aquello era horrible, era un castigo de los cielos, a

(está aún por) pasar: todavía no ha pasado (o llegado)
... pensamientos: me pasan por la cabeza estas ideas
cuchilladas < cuchillo (navaja) **de Zacarías** (en la taberna del Gallo) □ **desfallecer**: morir □ **... nostalgia**: de tanto echar de menos mi vida pasada sin desgracias □ **... sino...**: sólo era —bien es verdad— **porque no sospechaba en** ... no me imaginaba hasta dónde había de llegar mi infortunio □ **rodearme** < rodeo > alrededor (de mí) □ **algún vínculo**: una relación
aunque ... me encontrase...: S. I., *même si* ...; aunque me sintiera tan lejos de ellas como del **primer desconocido que pasase** (c. de t.) □ **desligado de** ≠ ligado (unido) a
créame < creer (imperativo) ⧄ **supo** < saber
modales: aquí atenciones □ **llevadera**: soportable
del = de mi
... puesto: parecían haberse puesto < ponerse... □ **amargarme** < amargo ≠ dulce

... de decir: ¡Quién lo hubiera dicho!
... puestas < poner: esperaba yo tanto de su compañía para consolarme □ **grajo**: pájaro parecido al cuervo ⧄ **de lo ingrata** ... (s. e. que son): en este caso, de lo desagradables y malas que son ⧄ **diciendo** < decir
angelito ⧄ **un mal aire** (que transmite las enfermedades)
limbos: lugar adonde van los inocentes sin bautizar □ **librarlo de nosotros**: evitarle nuestra presencia □ **criatura... sol**: apelativo muy cariñoso □ **¡Y la agonía** que tuvo (< tener)!
ahogadito...: sin poder respirar lo tuve yo en mis brazos
letanía □ **agobiadora**: que causaba abatimiento
de vino o de borrachera (< borracho) □ **despaciosa y cargante**: pausada y fastidiosa □ **andadura** < el andar □ **asno** o burro
así era...
castigo de los cielos: penitencia divina

buen seguro, una maldición de Dios!

Y yo me contenía.

— Es el cariño — pensaba — que las hace ser crueles sin querer.

Y trataba de no oír, de no hacer caso, de verlas accionar sin tenerlas más en cuenta que si fueran fantoches, de no poner cuidado en sus palabras... Dejaba que la pena muriese con el tiempo, como las rosas cortadas, guardando mi silencio como una joya por intentar sufrir lo menos que pudiera. ¡Vanas ilusiones que no habían de servirme para otra cosa que para hacerme extrañar más cada día la dicha de los que nacen para la senda fácil, y cómo Dios permitía que tomarais cuerpo en mi imaginación!

Temía la puesta del sol como al fuego o como a la rabia; el encender el candil de la cocina, a eso de las siete de la tarde, era lo que más me dolía hacer en toda la jornada. Todas las sombras me recordaban al hijo muerto, todas las subidas y bajadas de la llama, todos los ruidos de la noche, esos ruidos de la noche que casi no se oyen, pero que suenan en nuestros oídos como los golpes del hierro contra el yunque.

Allí estaban, enlutadas como cuervos, las tres mujeres, calladas como muertos, hurañas, serias como carabineros. Algunas veces yo les hablaba por tratar de romper el hielo.

— Duro está el tiempo.

— Sí...

Y volvíamos todos al silencio.

Yo insistía.

— Parece que el señor Gregorio ya no vende la mula. ¡Para algo la necesitará!

(a) **buen seguro**: seguramente □ **maldición** ≠ bendición < bendecir
cariño: afección □ **las hace ...**: laísmo, les induce a ser
sin querer: involuntariamente
trataba de: procuraba □ **no hacer caso**: no prestar atención
accionar < acción: actuar □ **... en cuenta**: sin más preocuparme de ellas que ... □ **no poner cuidado en**: no tomar en consideración □ **muriese** < morir: c. de t. en S. I.
joya > joyería o bisutería (gal. corriente): objeto precioso
por o para **intentar** □ **pudiera** < poder; c. de t.
... servirme para otra cosa que para: que sólo me servían para
extrañar: añorar < añoranza = nostalgia; echar de menos □ **dicha**: felicidad □ **senda**: camino en el campo □ **cómo**: int. indirecta □ **tomarais cuerpo** o consistencia (vosotras, las ilusiones) □ **temía** < el temor (miedo) □ **puesta del sol**: crepúsculo □ **el encender** (prender la mecha) □ **el candil**: (recipiente con aceite o petróleo para dar luz) □ **más me dolía hacer**: más me costaba; más difícil era para mí □ **jornada**: trabajo diario □ **subidas** (< subir) y **bajadas** (< bajar): los movimientos de las llamas (las « lenguas de fuego »)
se oyen < oírse □ **suenan** o resuenan (< resonar) □ **oídos** < oír
yunque: sobre el cual el herrero (< **hierro**) martilla el metal
enlutadas < de luto: vestidas de negro □ **cuervo** < lat. corvus
calladas: silenciosas □ **hurañas**: insociables; esquivas al trato (comunicación) □ **romper el hielo** (< helar): entablar diálogo

duro: malo

... silencio: nos callábamos de nuevo

ya no: finalmente (por fin) no
¡Para algo la necesitará!: la necesita seguramente

— Sí...

— ¿Habéis estado en el río?

— No...

— ¿Y en el cementerio?

— Tampoco...

No había manera de sacarlas de ahí. La paciencia que con ellas usaba, ni la había usado jamás, ni jamás volviera a usarla con nadie. Hacía como si no me diese cuenta de lo raras que estaban, para no precipitar el escándalo que sin embargo había de venir, fatal como las enfermedades y los incendios, como los amaneceres y como la muerte, porque nadie era capaz de impedirlo.

Las más grandes tragedias de los hombres parecen llegar como sin pensarlas, con su paso de lobo cauteloso, a asestarnos su aguijonazo repentino y taimado como el de los alacranes.

Las podría pintar como si ante mis ojos todavía estuvieran, con su sonrisa amarga y ruin de hembras enfriadas, con su mirar perdido muchas leguas a través de los muros. Pasaban cruelmente los instantes; las palabras sonaban a voz de aparecido...

— Ya es la noche cerrada.

— Ya lo vemos...

La lechuza estaría sobre el ciprés.

— Fue como ésta, la noche...

— Sí.

— Era ya algo más tarde...

— Sí.

— El mal aire traidor andaba aún por el campo...

. . . .

— Perdido en los olivos...

— Sí.

no había manera (o modo) **de... :** no era posible obtener más
... usaba : el aguante (< aguantar : soportar) que yo mostraba
... volviera a usarla (la paciencia) : nunca más la tendría
(... **diese** o **diera) cuenta de :** notara ; viera < ver ☒ **lo raras que ... :** cuán extrañamente se comportaban □ **... venir :** llegaría
amanecer < mañana : alba ; aurora
impedirlo (el que viniera el escándalo —el drama—)

sin pensarlas : de improviso □ como el **lobo** (< lupus) son cautelosas (discretas) □ **asestarnos :** darnos □ **aguijonazo** (< aguijón < aguja) **repentino y ... :** nos pican súbita y pérfidamente como los **alacranes** (o escorpiónes)
como si... estuvieran < estar □ **ruin :** mala
enfriadas < frías : frígidas □ **muchas leguas a través de :** medida antigua, muy lejos del otro lado de
sonaban a : resonaban como □ **aparecido** < aparecer : aparición ; espectro □ **cerrada :** oscura
Ya... : bien lo vemos
La lechuza ... ciprés : véase p. 142, l. 27
ésta : acento con el pronombre □ **la noche** ... (en que se enfermó Pascualillo)
algo : un poco

andaba aún por : todavía seguía rondando por...

olivo : da la aceituna u oliva

El silencio con su larga campana volvió a llenar el cuarto.

— ¡ Dónde andará aquel aire?

. . . .

— ¡ Aquel mal aire traidor!

Lola tardó algún tiempo en contestar.

— No sé...

— ¡ Habrá llegado al mar!

— Atravesando criaturas...

Una leona atacada no tuviera aquel gesto que puso mi mujer.

— ¡ Para que una se raje como una granada! ¡ Parir para que el aire se lleve lo parido, mal castigo te espere!

— ¡ Si la vena de agua que mana gota a gota sobre el charco pudiera haber ahogado aquel mal aire!

. . . .

[12]

¡ Estoy hasta los huesos de tu cuerpo!

. . . .

— ¡ De tu carne de hombre que no aguanta los tiempos!

. . . .

— ¡ Ni aguanta el sol de estío!

. . . .

— ¡ Ni los fríos de diciembre!

. . . .

— ¡ Para esto crié yo mis pechos, duros como el

... larga campana: su amplia capa □ **... llenar**: llenó nuevamente □ **cuarto**: sala
¡ Dónde andará aquel aire (maléfico) ! : ¡ Por dónde estará... !

traidor < traición ; pérfido
tardó algún tiempo en
sé < saber
¡ Habrá llegado al mar ! : debe de haber llegado al mar
atravesando criaturas: penetrando niños
leona < león □ **no tuviera** < tener: no hubiera tenido □ **gesto** (cara) **que puso** (< poner): aquí, ese grito que dio
... una se raje: ¿ Por qué me abrí como la **granada** (fruta de granos rojos, granates) si el aire se llevó **lo parido** (el fruto de mi vientre) □ **vena**: hilo □ **mana**: fluye (< fluido)
charco: depósito de agua que se forma cuando llueve □ **... ahogado**: hubiera podido anegar, sumergir...

¡ Estoy hasta los huesos de tu cuerpo ! : ¡ Estoy harta de tu cuerpo ! ¡ No puedo más con tu cuerpo ! (no puedo soportarlo)
aguanta: resiste ; soporta

estío: (culto) verano

¡ Para esto crié... : ¡ Para tal hombre tengo yo senos duros ...

pedernal!

. . . .

— ¡ Para esto crié yo mi boca, fresca como la pavía!

. . . .

— ¡ Para esto te di yo dos hijos, que ni el andar de la caballería ni el mal aire en la noche supieron aguantar!

. . . .

Estaba como loca, como poseída por todos los demonios, alborotada y fiera como un gato montés... Yo aguantaba callado la gran verdad.

— ¡ Eres como tu hermano!

...La puñalada a traición que mi mujer gozaba en asestarme...

. . . .

Para nada nos vale el apretar el paso al vernos sorprendidos en el medio de la llanura por la tormenta. Nos mojamos lo mismo y nos fatigamos mucho más. Las centellas nos azaran, el ruido de los truenos nos destempla y nuestra sangre, como incomodada, nos golpea las sienes y la garganta.

— ¡ Ay, si tu padre Esteban viera tu poco arranque!

. . . .

— ¡ Tu sangre que se vierte en la tierra al tocarla!

. . . .

— ¡ Esa mujer que tienes!

. . . .

¿Había de seguir? Muchas veces brilló el sol para todos; pero su luz, que ciega a los albinos, no les llega a los negros para pestañear.

— ¡ No siga!

Mi madre no podía reprochar mi dolor, el dolor que

pedernal < piedra : tipo de cuarzo (símbolo de dureza)

crié yo ... : tuve < tener ☐ **... pavía** : suave como el melocotón (fruta de piel vellosa)
di < dar ☐ **el andar ...** : el trote de la yegua (cuando abortó)
ni el mal aire (que mató a Pascualillo) ⧄ **supieron** < saber... : pudieron (< poder) soportar
poseída < poseer... : como endemoniada
alborotada y fiera : agitada y feroz ☐ **gato montés** (< monte) : gato salvaje ☐ **aguantaba callado** : soportaba en silencio

puñalada < puñal ☐ **a traición** : desleal ☐ **... gozaba en** : que a mi mujer le gustaba **asestarme** (darme)

... vale : de poco nos sirve (< servir) ; es inútil ☐ **el apretar el paso** : el apresurarnos (ir más deprisa ; acelerar) ☐ **llanura** < llano : terreno sin relieve ☐ **nos mojamos** con la lluvia
centella : descarga eléctrica entre nubes ; produce el **trueno** ☐ **azaran** : asustan ; sobrecogen ☐ **destempla** : perturba
golpea : da golpes en las **sienes** (cada parte lateral de la frente)
viera < ver ☐ **tu poco arranque** : la poca energía que tienes

se vierte < verterse : se derrama ☐ **al tocarla** : cuando la toca

¡... tienes ! : habla la madre

¿Había de seguir ? : ¿continuaría ? ; ¿proseguiría ?
ciega < cegar > ciego : deslumbra (por la luz excesiva) ☐ **no... pestañear** : ni hace mover las pestañas *(cils)* de los negros ; la imagen ilustra las diferencias entre personas ☐ **¡No siga !** (< seguir) : imperativo negativo en S. P. ☐ **no** me **podía reprochar**

en mi pecho dejara el hijo muerto, la criatura que en sus once meses fue talmente un lucero.

Se lo dije bien claro; todo lo claro que se puede hablar.

— El fuego ha de quemarnos a los dos, madre.

— ¿ Qué fuego ?

— Ese fuego con el que usted está jugando...

Mi madre puso un gesto como extraño.

— ¿ Qué es lo que quieres ver ?

— Que tenemos los hombres un corazón muy recio.

— Que para nada os sirve...

— ¡ Nos sirve para todo !

No entendía; mi madre no entendía. Me miraba, me hablaba... ¡ Ay, si no me mirara !

— ¿ Ves los lobos que tiran por el monte, el gavilán que vuela hasta las nubes, la víbora que espera entre las piedras ?

. . . .

— ¡ Pues peor que todos juntos es el hombre !

— ¿ Por qué me dices esto ?

— ¡ Por nada !

Pensé decirle :

— ¡ Porque os he de matar !

Pero la voz se me trabó en la lengua.

. . . .

. . . .

Y me quedé yo solo con la hermana, la desgraciada, la deshonrada, aquella que manchaba el mirar de las mujeres decentes.

— ¿ Has oído ?

— Sí.

— ¡ Nunca lo hubiera creído !

pecho: aquí, corazón □ **dejara**: había dejado □ **muerto** < morir □ **en**: durante □ **talmente**: como □ **... lucero** (< luz): imagen que traduce la intensidad del cariño ☐ **dije** yo < decir □ **todo lo claro**: lo más claramente
... quemarnos: ... nos quemará (nos consumirá) a los dos

puso (< poner) **un gesto**: tuvo una expresión (de la cara) algo rara □ **¿Qué es lo que quieres ver?**: ¿Qué quieres insinuar?
recio: duro
para nada os sirve (< servir): no os vale para nada; es inútil

entendía = comprendía
¡Ay, si no me mirara!: interjección de pesar, ¡Ojalá no me hubiera mirado! (s. e. hubiéramos evitado desgracias) □ **tiran**: van □ **gavilán**: ave rapaz □ **víbora**: serpiente venenosa

peor (≠ mejor) **que todos** estos animales **juntos es el hombre**

Pensé decirle: quise (< querer) decirle
... os he de matar: tratamiento arcaico, la voy a matar (a usted)
... se me trabó en la lengua (> un trabalenguas): no me salieron las palabras

la = mi □ **desgraciada**: infortunada
deshonrada < sin honra (honor) □ **manchaba...**: cuya visión era sucia para las mujeres **decentes** (honradas)

— Ni yo...

— Nunca había pensado que era un hombre maldito.

— No lo eres...

El aire se alzó sobre el monte, aquel mal aire traidor que anduvo en los olivos, que llegara hasta el mar atravesando criaturas... Chirriaba en la ventana con su quejido.

La Rosario estaba como llorosa.

— ¿ Por qué dices que eres un hombre maldito ?

— No soy yo quien lo dice.

. . . .

— Son esas dos mujeres...

La llama del candil subía y bajaba como la respiración ; en la cocina olía a acetileno, que tiene un olor acre y agradable que se hunde hasta los nervios, que nos excita las carnes, estas pobres y condenadas carnes mías a las que tanta falta hacía por aquella fecha alguna excitación.

Mi hermana estaba pálida ; la vida que llevaba dejaba su señal cruel por las ojeras. Yo la quería con ternura, con la misma ternura con la que ella me quería a mí.

— Rosario, hermana mía...

— Pascual...

— Triste es el tiempo que a los dos nos aguarda.

— Todo se arreglará...

— ¡ Dios lo haga !

Mi madre volvía a intervenir.

— Mal arreglo le veo.

Y mi mujer, ruin como las culebras, sonreía su maldad.

— ¡ Bien triste es esperar que sea Dios quien lo arregle !

Ni yo tampoco
... que yo **era un hombre maldito** (< maldecir > maldición)

se alzó: se levantó
anduvo < andar □ **olivo** (< oliva): árbol □ **llegara**: llegaba
Chirriaba: hacía un ruido agudo y desagradable
quejido: queja; gemido
La Rosario: la hermana □ **... llorosa**: estaba a punto de llorar
maldito: l. 2
No soy yo quien lo dice (o lo digo): giro enfático

Son esas dos mujeres: la mujer y la madre

olía a ... (< el olor a)
se hunde: penetra
las carnes: el cuerpo □ **condenadas ...**: castigadas < castigo
mías: pronombre posesivo, propias □ **a las que tanta falta hacía ...**: que tanto necesitaban por aquella época ...
... llevaba: la vida (de prostituta) que tenía
señal: huella; estigma □ **ojeras** < ojo: marca cárdena (morada) debajo de los ojos por los excesos o la mala salud □ **ternura**: cariño

... nos aguarda: nos espera
se arreglará: tendrá arreglo (solución)
¡Dios lo haga (< hacer)**!**: exclamación de esperanza, ¡Dios quiera que así sea!
Mal arreglo le veo: pocas soluciones veo para ello
ruin: vil □ **culebra**: serpiente □ **sonreía** (> sonrisa) **su... maldad** (< malo): sonreía malamente
que sea (< ser) **Dios quien** (lo arregle): que sea Dios quien traiga (< traer) la solución (giro enfático)

Dios está en lo más alto y es como un águila con su mirar; no se le escapa detalle.

— ¡Y si Dios lo arreglase!

— No nos querrá tan bien...

. . . .

. . . .

Se mata sin pensar, bien probado lo tengo; a veces, sin querer. Se odia, se odia intensamente, ferozmente, y se abre la navaja, y con ella bien abierta se llega, descalzo, hasta la cama donde duerme el enemigo. Es de noche, pero por la ventana entra el claror de la luna; se ve bien. Sobre la cama está echado el muerto, el que va a ser el muerto. Uno lo mira, lo oye respirar; no se mueve, está quieto como si nada fuera a pasar. Como la alcoba es vieja, los muebles nos asustan con su crujir que puede despertarlo, que a lo mejor había de precipitar las puñaladas. El enemigo levanta un poco el embozo y se da la vuelta: sigue dormido. Su cuerpo abulta mucho; la ropa engaña. Uno se acerca cautelosamente; lo toca con la mano con cuidado. Está dormido, bien dormido; ni se había de enterar...

Pero no se puede matar así; es de asesinos. Y uno piensa volver sobre sus pasos, desandar lo ya andado... No; no es posible. Todo está muy pensado; es un instante, un corto instante y después...

Pero tampoco es posible volverse atrás. El día llegará y en el día no podríamos aguantar su mirada, esa mirada que en nosotros se clavará aún sin creerlo.

Habrá que huir; que huir lejos del pueblo, donde nadie nos conozca, donde podamos empezar a odiar con odios nuevos. El odio tarda años en incubar; uno ya no es un niño y cuando el odio crezca y nos ahogue

en lo más alto: de donde puede verlo todo □ **águila**: ave rapaz de mirada penetrante □ **no se le escapa** ni un **detalle** (el menor detalle) □ **¡... lo arreglase!**: S. I. en la condicional; giro que expresa esperanza, ¡Y si lo solucionara! □ **No nos querrá tan bien**: no creo que nos quiera tanto como para hacerlo ...

Se mata: se + 3° pers. = generalidad □ **probado ...** (< prueba): lo sé por experiencia □ **se odia** (< odio ≠ amor)
... abierta < abrir: la hoja de la navaja es movible y se dobla para esconderse en el mango □ **descalzo**: sin calzado para no hacer ruido ⧄ **el claror** < claro = la claridad
echado: acostado
Uno lo mira, lo oye (< oír) ...: generalidad en la que se implica el « yo » □ **se mueve** < moverse □ **quieto**: tranquilo
alcoba: dormitorio □ **nos asustan**: nos sobresaltan □ **su crujir**: verbo sustantivado, sonido que produce la madera □ **despertarlo** (al futuro « muerto ») □ **... precipitar**: podría precipitar
embozo: sábana de encima □ **... vuelta**: cambia de posición □ **sigue** (< seguir) **dormido**: todavía duerme □ **abulta** < bulto: es muy voluminoso □ **cautelosamente**: con precaución □ uno (= yo) **lo toca ...** □ **... enterar**: ni siquiera se daría cuenta
es cosa **de asesinos**
desandar lo ya andado: recorrer en dirección contraria el mismo camino

... volverse atrás: no es posible tampoco retroceder (desistir de lo proyectado) □ **aguantar**: soportar
en nosotros se clavará: nos penetrará como puñal
habrá que huir: obligación impersonal, será necesario darse a la fuga □ **... nos conozca** (< conocer), **donde podamos...**: subordinada temporal en S. P. □ **incubar** > incubación (es como un virus) □ **... niño**: ya no soy un niño ⧄ **crezca** < crecer: l. 30

los pulsos, nuestra vida se irá. El corazón no albergará más hiel y ya estos brazos, sin fuerza, caerán...

[13]

Cerca de un mes entero he estado sin escribir; tumbado boca arriba sobre el jergón; viendo pasar las horas, esas horas que a veces parecen tener alas y a veces se nos figuran como paralíticas; dejando volar libre la imaginación, lo único que libre en mí puede volar; contemplando los desconchados del techo; buscándoles parecidos, y en este largo mes he gozado — a mi manera — de la vida como no había gozado en todos los años anteriores: a pesar de todos los pesares y preocupaciones.

Cuando la paz invade las almas pecadoras es como cuando el agua cae sobre los barbechos, que fecunda lo seco y hace fructificar al erial. Lo digo porque, si bien más tiempo, mucho más tiempo del debido tardé en averiguar que la tranquilidad es como una bendición de los cielos, como la más preciada bendición que a los pobres y a los sobresaltados nos es dado esperar, ahora que ya lo sé, ahora que la tranquilidad con su amor ya me acompaña, disfruto de ella con un frenesí y un regocijo que mucho me temo que, por poco que me reste de respirar — ¡y bien poco me resta! —, la agote antes de tiempo. Es probable que si la paz a mí me hubiera llegado algunos años antes, a estas alturas fuera, cuando menos, cartujo, porque tal luz vi en ella y tal

... **los pulsos**: nos incomode la sangre □ **no albergará**: ya no contendrá (< contener) **hiel** (amargura) □ **estos** = mis

he estado: me he quedado

tumbado boca arriba: acostado mirando al techo □ **jergón**: colchón relleno de paja que hay en las celdas □ **... alas**: pasan volando □ **se nos figuran**: pensamos que son □ **dejando volar libre la...**: dando libertad a **lo único** que hay **libre en mí**

desconchados: los fragmentos de pintura que se desprenden del techo □ **... parecidos**: tratando de encontrar similitudes entre los **desconchados** y objetos □ **gozado**: disfrutado (encontrado placer) □ **a pesar de**: expresión concesiva, pese a □ **pesares**: penas

invade < invasión: llena ⧄ **las almas** ≠ el alma □ **pecadora** < pecado: almas culpables (en el plano religioso) □ **barbecho**: tierra sin cultivar □ **erial**: el campo improductivo □ **si bien ... tardé en**: giro concesivo = aunque **más tiempo del debido** (de lo necesario) tardé en **averiguar** (descubrir) que ... **la más preciada bendición** (< bendecir): la más preciosa bendición (< precio, valor) **que a los sobresaltados ...** (que nosotros, atormentados, podemos desear) ⧄ **su amor**: el amor que le tengo □ **disfruto**: gozo □ **frenesí**: pasión

regocijo: alegría □ **por poco**: a pesar de lo poco **que me reste de...**: me quede por **respirar** (vivir) □ **(me temo...) la agote**: tengo miedo de agotar (consumir) mi tranquilidad **antes de tiempo** (demasiado rápidamente) □ **a estas alturas fuera...**: ahora sería al menos **cartujo** (monje de la orden de la Cartuja)

bienestar, que dudo mucho que entonces no hubiera sido fascinado como ahora lo soy. Pero no quiso Dios que esto ocurriera y hoy me encuentro encerrado y con una condena sobre la cabeza que no sé qué sería mejor, si que cayera de una buena vez o que siguiera alargando esta agonía, a la que sin embargo me aferro con más cariño, si aún cupiese, que el que para aferrarme emplearía de ser suave mi vivir. Usted sabe muy bien lo que quiero decir.

En este largo mes que dediqué a pensar, todo pasó por mí: la pena y la alegría, el gozo y la tristeza, la fe y la desazón y la desesperanza... ¡ Dios, y en qué flacas carnes fuiste a experimentar ! Temblaba como si tuviera fiebre cuando un estado del alma se marchaba porque viniese el otro, y a mis ojos acudían las lágrimas como temerosas. Son muchos treinta días seguidos dedicado a pensar en una sola cosa, dedicado a criar los más profundos remordimientos, solamente preocupado por la idea de que todo lo malo pasado ha de conducirnos al infierno... Envidio al ermitaño con la bondad en la cara, al pájaro del cielo, al pez del agua, incluso a la alimaña de entre los matorrales, porque tienen tranquila la memoria. ¡ Mala cosa es el tiempo pasado en el pecado !

Ayer me confesé, fui yo quien di el aviso al sacerdote. Vino un curita viejo y barbilampiño, el padre Santiago Lurueña, bondadoso y acongojado, caritativo y raído como una hormiga.

Es el capellán, el que dice la misa los domingos, esa misa que oyen un centenar de asesinos, media docena de guardias y dos pares de monjas.

Cuando entró lo recibí de pie.

— Buenas tardes, padre.

dudo (< dudar) **mucho que ...**: bien creo que **entonces** (algunos años antes) **hubiera sido fascinado** también por esta tranquilidad **... ocurriera**: no dispuso (< disponer) Dios que tal cosa pasara **condena** o condenación (pena de muerte) □ **qué**: lo que **... cayera** (< caer): que me mataran de una vez ⧄ **... siguiera alargando**: que se prolongara □ **a la que sin embargo me aferro**: me agarro a mi agonía **con más cariño si aún cupiese** (< caber; si fuera posible) que el cariño que yo emplearía si **mi vivir** (mi vida) fuera dulce

dediqué a: utilicé para □ **todo pasó (por mí)**: conocí todos los estados de ánimo □ **fe**: aquí, esperanza; confianza

desazón: inquietud □ **¡Dios, ...!**: exclamación de queja □ **qué carnes** más **flacas** (cuerpo más débil) has querido **experimentar** (poner a prueba) □ **... se marchaba**: pasaba; se iba □ **porque...**: para que viniese (c. de t.) **el otro** (el siguiente) □ **acudían**: venían □ **... temerosas** < el temor (lágrimas de miedo) **... dedicado** (yo) **a**: es difícil_vivir treinta días **seguidos** (sin interrupción) pensando sólo en ... □ **dedicado** yo **a criar ...**: cultivando remordimientos; remordiéndome la conciencia □ **ha de conducirnos**: nos llevará □ **Envidio...**: le tengo envidia **al ermitaño** que vive solo en la ermita ... □ **alimaña**: bicho (cualquier animal pequeño e_indeterminado) □ **matorrales**: plantas silvestres

me confesé < confesión ⧄ **fui yo quien**: giro enfático □ **di el aviso**: llamé □ **curita** < cura □ **barbilampiño**: imberbe

bondadoso < bondad < bueno □ **acongojado**: apenado □ **raído**: pobremente vestido □ **hormiga**: insecto de color negro (como la sotana del cura) □ **capellán**: sacerdote adscrito al servicio religioso de la cárcel □ **misa que oyen** < oír misa

monja: la sor

entró el cura □ **de pie** (en señal de respeto) ≠ sentado

— Hola, hijo; me dicen que me llamas.

— Sí, señor; yo lo llamo.

Él se acercó hasta mí y me besó en la frente. Hacía muchos años que nadie me besaba.

— ¿Es para confesarte?

— Sí, señor.

— Hijo, ¡me das una alegría!

— Yo estoy también contento, padre.

— Dios todo lo perdona; Dios es muy bondadoso...

— Sí, padre.

— Y es dichoso de ver retornar a la oveja descarriada.

— Sí, padre.

— Al hijo pródigo que vuelve a la casa paterna.

Me tenía la mano cogida con cariño, apoyada sobre la sotana, y me miraba a los ojos como queriendo que le entendiera mejor.

— La fe es como la luz que guía nuestras almas a través de las tinieblas de la vida.

— Sí...

— Como un bálsamo milagroso para las almas dolidas...

Don Santiago estaba emocionado; su voz temblaba como la de un niño azarado. Me miró sonriente, con su sonrisa suave que parecía la de un santo.

— ¿Tú sabes lo que es la confesión?

Me acobardaba el contestar. Tuve que decir, con un hilo de voz:

— No mucho.

— No te preocupes, hijo; nadie nace sabiendo.

Don Santiago me explicó algunas cosas que no entendí del todo; sin embargo, debían ser verdad porque

Hola: saludo, buenos días □ **me dicen:** 3° persona plural = indeterminado
se acercó < cerca: vino **hasta mí** (≠ mi, posesivo) □ **me besó:** me dio un beso

Hijo: con relación al sacerdote **(Padre)**

todo lo perdona o lo perdona todo: pronombre neutro con "todo" C.O.D.
es dichoso o feliz (< felicidad) □ **retornar:** volver □ **oveja descarriada:** alguien que se ha apartado (alejado) del buen camino (alusión al Evangelio)
Al hijo pródigo ...: otra parábola, el hijo que vuelve a la **casa paterna** después de haber errado (< error) □ **apoyada sobre la sotana:** en contacto con ella
entendiera: c. de t., le comprendiera
la fe en Dios □ **guía:** encamina (< camino)
a través de las tinieblas (... de la oscuridad)

bálsamo milagroso (< milagro)...: calmante divino **para las almas** (≠ el alma) **dolidas** (o doloridas < dolor)
Don Santiago: el « don » siempre se da a los curas □ **emocionado** < emoción □ **... temblaba:** le temblaba la voz □ **azarado:** intimidado □ **suave:** dulce

me acobardaba (< cobarde ≠ valiente) ...: Me daba miedo contestar (o tenía miedo de ...) □ **hilo de voz:** una voz muy tenue (≠ enérgica)
No te preocupes: imperativo negativo en S. P. □ **... sabiendo:** nadie sabe al nacer
(no) entendí del todo: no comprendí totalmente

a verdad sonaban. Estuvimos hablando mucho tiempo, casi toda la tarde; cuando acabamos de conversar ya el sol se había traspuesto más allá del horizonte.

— Prepárate a recibir el perdón, hijo mío, el perdón que te doy en nombre de Dios nuestro Señor... Reza conmigo el Señor mío Jesucristo...

Cuando don Santiago me dio la bendición, tuve que hacer un esfuerzo extraordinario para recibirla sin albergar pensamientos siniestros en la cabeza; la recibí lo mejor que pude, se lo aseguro. Pasé mucha vergüenza, muchísima, pero nunca fuera tanta como la que creí pasar.

No pude pegar ojo en toda la noche y hoy estoy fatigado y abatido como si me hubieran dado una paliza; sin embargo, como ya tengo aquí el montón de cuartillas que pedí al director, y como del aplanamiento en que me hundo no de otra manera me es posible salir si no es emborronando papel y más papel, voy a ver de empezar de nuevo, de coger otra vez el hilo del relato y de dar un empujón a estas memorias para ponerlas en el camino del fin. Veremos si me encuentro con fuerzas suficientes, que buena falta me harán. Cuando pienso en que de precipitarse un poco más los acontecimientos, mi narración se expone a quedarse a la mitad y como mutilada, me entran unos apuros y unas prisas que me veo y me deseo para dominarlos porque pienso que si escribiendo, como escribo, poco a poco y con los cinco sentidos puestos en lo que hago, no del todo claro me ha de salir el cuento, si éste lo fuera a soltar como en chorro, tan desmañado y deslavazado habría de quedar que ni su mismo padre — que soy yo — por hijo lo tendría. Estas cosas en las que tanta parte tiene la

a verdad sonaban: sonaban como verdades; a verdad se parecían
se había traspuesto (< trasponerse): se había ocultado por debajo **(más allá)** del horizonte; era el crepúsculo
Reza < rezar u orar (dirigir a Dios una oración)

dio (< dar) **la bendición:** cuando me bendijo □ **tuve** (yo) < tener
(sin) albergar: sin abrigar (tener) □ **siniestro**
lo mejor que pude yo (< poder) □ **pasé mucha vergüenza...:** me dolió mucho el amor propio, muchísimo (superlativo absoluto)
... que creí pasar: sufrí menos de lo que creí (= pensé)
... pegar ojo en toda la noche: no dormí; pasé la noche en vela

... paliza (golpes): me sentía molido □ **el montón de ...:** la pila de hojas de papel □ **aplanamiento...:** y como no puedo salir del abatimiento que me sumerge
... emborronando (< borrón): rellenando □ **voy a ver de:** voy a tratar de □ **coger (...) el hilo del relato:** reanudar el curso de mi relato (historia) □ **dar un empujón** (< empujar): avanzar de modo notable □ **me encuentro con** < encontrar: conservo
buena falta me harán: mucho las necesitaré
de precipitarse un poco: si se precipitan los acontecimientos; si se cumple la sentencia de muerte □ **quedarse a:** no pasar de **(cuando pienso en...) me entran unos apuros...:** siento angustias y prisas tales □ **me veo y me deseo para:** modismo; me las veo negras para; tengo dificultades en **dominarlos** (apuros y prisas)
... sentidos puestos en lo que hago: si concentrado como estoy no me sale **del todo** (muy) claro □ **si éste lo fuera...:** quedaría el cuento **tan desmañado y deslavazado** (inhábil e incoherente) **si lo soltara** (lo escribiera) sin contenerme □ **que ni su mismo padre** (yo, el propio autor) lo reconocería

memoria hay que cuidarlas con el mayor cariño porque de trastocar los acontecimientos no otro arreglo tendría el asunto sino romper los papeles para reanudar la escritura, solución de la que escapo como del peligro por eso de que nunca segundas partes fueran buenas. Quizás encuentre usted presumido este afán mío de que las cosas secundarias me salgan bien cuando las principales tan mal andan, y quizás piense usted con la sonrisa en la boca que es mucha pretensión por parte mía tratar de no apurarme, porque salga mejor, en esto que cualquier persona instruida haría con tanta naturalidad y como a la pata la llana, pero si tiene en cuenta que el esfuerzo que para mí supone llevar escribiendo casi sin parar desde hace cuatro meses, a nada que haya hecho en mi vida es comparable, es posible que encuentre una disculpa para mi razonar.

Las cosas nunca son como a primera vista las figuramos, y así ocurre que cuando empezamos a verlas de cerca, cuando empezamos a trabajar sobre ellas, nos presentan tan raros y hasta tan desconocidos aspectos, que de la primera idea no nos dejan a veces ni el recuerdo; tal pasa con las caras que nos imaginamos, con los pueblos que vamos a conocer, que nos los hacemos de tal o de cual forma en la cabeza, para olvidarnos repentinamente ante la vista de lo verdadero. Esto es lo que me ocurrió con este papeleo, que si al principio creí que en ocho días lo despacharía, hoy — al cabo de ciento veinte — me sonrío no más que de pensar en mi inocencia.

No creo que sea pecado contar barbaridades de las que uno está arrepentido. Don Santiago me dijo que lo hiciese si me traía consuelo, y como me lo trae, y don

hay que cuidarlas: es necesario ocuparse de ellas muy afectuosamente □ **... de trastocar**: si se transforman □ **no otro arreglo ...**: no habría otra solución al problema sino la de volver a empezar □ **de la que escapo**: de la que huyo □ **por eso de que nunca...**: porque las segundas versiones nunca han sido buenas □ **... afán mío de que**: quizá le parezca presuntuoso mi deseo ... □ **me salgan** (< salir bien): sean buenas ⧄ **secundaria** pero segunda ≠ **principal** □ **... andan**: van por tan mal camino ⧄ **piense** < pensar □ **por parte mía** o por mi parte

no apurarme (...) en esto de que...: escribir lentamente, para que **me salga** (sea) **mejor**, lo que **cualquier persona instruida haría** (< hacer) muy naturalmente **y como a la pata la llana** (modismo, sin esfuerzos) □ **llevar escribiendo ...**: con complemento de tiempo (desde hace + duración o desde + fecha) □ **parar**: cesar □ **... comparable**: mi esfuerzo no es comparable **a nada que** yo **haya** (< haber) **hecho** antes □ **disculpa**: excusa □ **mi razonar**: mi razonamiento □ **las figuramos**: nos las representamos □ **ocurre**: pasa □ **verlas** (las cosas)

raro: extraño; insólito ⧄ **desconocido**

que de la primera idea que tuvimos ...: que a veces olvidamos por completo nuestra primera opinión sobre ellas □ **tal**: igual; lo mismo □ **pueblo**: aquí, lugar

... en la cabeza: nos los imaginamos **de tal o cual** manera (de una forma u otra □ **... olvidarnos repentinamente**: y lo olvidamos súbitamente **ante** la realidad **(lo verdadero)** □ **papeleo**: papeles revueltos □ **lo despacharía**: terminaría estas memorias □ **al cabo de**: después de **ciento veinte** días □ **no más que de ...**: sólo con pensar en **mi inocencia** (candidez)

pecado: falta al nivel religioso □ **barbaridades**: horrores

... arrepentido: si uno (implica al narrador) siente remordimiento ⧄ **hiciese** < hacer: c. de t. □ **consuelo** o consolación

Santiago es de esperar que sepa por dónde anda en materia de mandamientos, no veo que haya de ofenderse Dios porque con ello siga. Hay ocasiones en las que me duele contar punto por punto los detalles, grandes o pequeños, de mi triste vivir, pero, y como para compensar, momentos hay también en que con ello gozo con el más honesto de los gozares, quizá por eso de que al contarlo tan alejado me encuentre de todo lo pasado como si lo contase de oídas y de algún desconocido. ¡Buena diferencia va entre lo pasado y lo que yo procuraría que pasara si pudiese volver a comenzar!; pero hay que conformarse con lo inevitable, con lo que no tiene arreglo posible, a lo hecho pecho, y tratar de evitar que continúe, que bien lo evito aunque ayudado — es cierto — por el encierro. No quiero exagerar la nota de mi mansedumbre en esta última hora de mi vida, porque en su boca se me imagina oír un a la vejez viruelas, que más vale que no sea pronunciado, pero quiero, sin embargo, dejar las cosas en su último punto y asegurarle que ejemplo de familias sería mi vivir si hubiera discurrido todo él por las serenas sendas de hoy.

Voy a continuar. Un mes sin escribir es mucha calma para el que tiene contados los latidos, y demasiada tranquilidad para quien la costumbre forzó a ser intranquilo.

[14]

No perdí el tiempo en preparar la huida; asuntos hay que no admiten la espera, y éste uno de ellos es. Volqué

... esperar: se puede esperar del sacerdote **que sepa** (< saber) cómo va la cosa en materia de **mandamientos** (de Dios) □ **no veo que haya** (< haber, S. P.) **de ofenderse Dios...**: no veo por qué se ofendería Dios si sigo (< seguir) **con ello** (mi relato) □ **me duele** (< doler < el dolor) **contar**: sufro de contar □ **mi vivir**: mi vida □ **con ello gozo (con...)**: encuentro el placer más sano **(el más honesto de los gozares)** en contar los detalles de mi vida □ **alejado** < lejos ⧄ **me encuentre**: subj. con **quizá ... como si lo contase** (S. I.) **de oídas ...**: como si todo ello no me concerniera y me lo hubiera contado un desconocido □ **va**: hay □ **procuraría que pasara**: ... yo trataría de hacer **si** yo **pudiese** (S. I. en la condición) **comenzar** mi vida otra vez □ **conformarse con**: aceptar □ **arreglo**: corrección □ **a lo hecho pecho**: hay que enfrentar las consecuencias de sus actos pasados □ **ayudado ...encierro**: la cárcel me evita cometer otro crimen □ **... mansedumbre**: no quiero presentarme más manso (pacífico) de lo que soy □ **en su boca** (de usted) □ **a la vejez viruelas**: refrán, *si vieillesse pouvait...* □ **no sea pronunciado**: mejor vale que usted no pronuncie estas palabras □ **en su último punto**: aquí, bien claras □ quiero **asegurarle** a usted □ **... vivir**: mi vida serviría de ejemplo edificante **si hubiera discurrido...** (de haber seguido siempre el camino tranquilo de hoy) □ **el que** o quien □ **latidos** del corazón □ **y** es **demasiada** (excesiva) tranquilidad □ **para quien...**: para aquel a quien la vida forzó a ser **intranquilo**

huida < huir: fuga (vuelta al párrafo 12, p. 178, l. 29)
espera: expectativa ⧄ **éste** □ **volqué** < volcar: vacié; metí

el arca en la bolsa, la despensa en la alforja y el lastre de los malos pensamientos en el fondo del pozo y, aprovechándome de la noche como un ladrón, cogí el portante, enfilé la carretera y comencé a caminar — sin saber demasiado a dónde ir — campo adelante y tan seguido que, cuando amaneció y el cansancio que notaba en los huesos ya era mucho, quedaba el pueblo, cuando menos, tres leguas a mis espaldas. Como no quería frenarme, porque por aquellas tierras alguien podría reconocerme todavía, descabecé un corto sueñecito en un olivar que había a la vera del camino, comí un bocado de las reservas, y seguí adelante con ánimo de tomar el tren tan pronto como me lo topase. La gente me miraba con extrañeza, quizá por el aspecto de trotamundos que llevaba, y los niños me seguían curiosos al cruzar los poblados como siguen a los húngaros o a los descalabrados; sus miradas inquietas y su porte infantil, lejos de molestarme, me acompañaban, y si no fuera porque temía por entonces a las mujeres como al cólera morbo, hasta me hubiera atrevido a regalarles con alguna cosilla de las que para mí llevaba.

Al tren lo fui a alcanzar en Don Benito, donde pedí un billete para Madrid, con ánimo no de quedarme en la corte sino de continuar a cualquier puerto desde el que intentaría saltar a las Américas; el viaje me resultó agradable porque el vagón en que iba no estaba mal acondicionado y porque era para mí mucha novedad el ver pasar el campo como en una sábana de la que alguna mano invisible estuviera tirando, y cuando por bajarse todo el mundo averigüé que habíamos llegado a Madrid, tan lejos de la capital me imaginaba que el corazón me dio un vuelco en el pecho; ese vuelco en el

arca: cofre □ **la despensa en ...**: llené de víveres la **alforja** *(besace)* □ **... pozo**: imagen, y tiré al pozo la carga **(lastre)** de mis malos pensamientos □ **aprovechándome**: sirviéndome
... portante: modismo, salí precipitadamente □ **enfilé**: tomé
demasiado: bien ⧄ **a dónde ir** (▷ movimiento) □ **campo adelante**: avanzando sin mirar atrás □ **seguido**: sin pararme □ **cuando amaneció** (vino el alba) **el cansancio** (fatiga) que sentía era **mucho** (grande), estaba el pueblo **cuando menos** (por lo menos) **a tres leguas** (más de 16 kms) **a mis espaldas** (detrás de mí) □ **descabecé un corto (sueñecito)**: me dormí unos instantes
olivar: campo con olivos (árboles) □ **a la vera del**: junto al
bocado < boca □ **seguí adelante**: seguí caminando
ánimo: intención ⧄ **tan pronto como me lo topase** (me encontrase con él) □ **con extrañeza**: extrañada ; sorprendida
trotamundos: palabra compuesta de sentido evidente □ **llevaba**: tenía □ **al cruzar los poblados**: cuando pasaba por los pueblos
húngaros o cíngaros (gitanos de Europa Central) □ **descalabrados**: aquí, mutilados □ **porte**: manera de ser □ **molestarme**: incomodarme □ **si no fuera**: de no haber sido (sub. cond.) □ **temía ... cólera morbo**: huía de las mujeres como del cólera □ **... atrevido**: me hubiera arriesgado (< riesgo) a **regarlarles con** (ofrecerles) ... □ **lo fui a alcanzar**: lo tomé □ **Don Benito**: pueblo de la provincia de Badajoz □ **con ánimo**: l. 13
la corte: la capital, Madrid ⧄ **no de ... sino de**
saltar a: irme hacia □ **me resultó**: fue para mí

... acondicionado: preparado ; el vagón era cómodo □ **... mucha novedad**: era algo muy nuevo □ **sábana**: tela blanca
estuviera o estaría (< estar) **tirando**: forma progresiva □ **por bajarse**: porque se bajaba □ **averigüé**: supe < saber
me imaginaba estar
me dio un vuelco...: modismo, tuve una emoción fuerte

pecho que el corazón siempre da cuando encontramos lo cierto, lo que ya no tiene remedio, demasiado cercano para tan alejado como nos lo habíamos imaginado.

Como bien percatado estaba de la mucha picaresca que en Madrid había, y como llegamos de noche, hora bien a propósito para que los truhanes y rateros hicieran presa en mí, pensé que la mayor prudencia había de ser esperar a la amanecida para buscarme alojamiento y aguantar mientras tanto dormitando en algún banco de los muchos que por la estación había. Así lo hice; me busqué uno del extremo, algo apartado del mayor bullicio, me instalé lo más cómodo que pude y, sin más protección que la del ángel de mi guarda, me quedé más dormido que una piedra aunque al echarme pensara en imitar el sueño de la perdiz, con un ojo en la vela mientras descansa el otro. Dormí profundamente, casi hasta el nuevo día, y cuando desperté tal frío me había cogido los huesos y tal humedad sentía en el cuerpo que pensé que lo mejor sería no parar ni un solo momento más; salí de la estación y me acerqué hasta un grupo de obreros que alrededor de una hoguera estaban reunidos, donde fui bien recibido y en donde pude echar el frío de los cueros al calor de la lumbre. La conversación, que al principio parecía como moribunda, pronto reavivó y como aquélla me parecía buena gente y lo que yo necesitaba en Madrid eran amigos, mandé a un golfillo que por allí andaba por un litro de vino, litro del que no caté ni gota, ni cataron conmigo los que conmigo estaban porque la criatura, que debía saber más que Lepe, cogió los cuartos y no le volvimos a ver el pelo. Como mi idea era obsequiarlos y como, a pesar de que se reían de la faena del muchacho, a mí mucho me

... pecho que el corazón siempre da: ese sentimiento que siempre tenemos □ **(lo) cierto:** lo real □ **demasiado cercano para tan alejado como ...:** muy cercano cuando lo imaginábamos tan alejado (< lejos) □ **percatado:** informado □ **la mucha picaresca:** los numerosos pícaros (gente de mala vida)

truhanes y rateros: pícaros que engañan y roban ⧄ **hicieran presa en mí:** c. de t. en S. I., fuera yo su víctima □ **la mayor prudencia ...:** lo más prudente sería ... □ **amanecida** < mañana

aguantar mientras tanto...: entretanto (lo prudente sería) soportar la espera durmiendo como podía... □ **lo hice** yo < hacer □ **busqué** (< buscar) **uno...:** un banco de la extremidad □ **apartado del...:** lejos de la agitación de la estación □ **... pude** (< poder): lo más a gusto posible □ **ángel de mi guarda:** nos protege □ **echarme** ≠ levantarme □ **aunque ... pensara:** *même si* + ind. □ **el sueño de la perdiz ...:** sólo duerme a medias, con un ojo abierto y el otro cerrado

desperté ≠ dormí ⧄ **tal frío**

... los huesos: sentía un frío tan profundo

no parar ni ...: no quedarme ni siquiera ...

me acerqué < acercarse < cerca

hoguera: fuego que se hace en la calle para calentarse

en donde pude echar ...: allí se me pasó el frío

de los cueros (del cuerpo) con el **calor de la lumbre** (fuego)

reavivó < vivo, a : se reanimó

aquélla ... gente: aquella gente me parecía buena

golfillo: niño de la calle ; vagabundo

por allí andaba: que allí estaba, ocioso □ **(mandé) ... por café:** probé ; bebí □ **ni una gota** □ **ni** tampoco **cataron ...**

criatura: niño □ **que debía saber más que Lepe:** modismo, el niño era muy astuto □ **cuartos:** pop., dinero □ **... pelo:** desapareció □ **obsequiarlos:** hacerles un regalo □ **a pesar de que ...:** concesivo, aunque se rieran (< reírse) □ **faena:** astucia

interesaba hacer amistad con ellos, esperé a que amaneciera y, tan pronto como ocurrió, me acerqué con ellos hasta un cafetín donde pagué a cada uno un café con leche que sirvió para atraérmelos del todo de agradecidos como quedaron. Les hablé de alojamiento y uno de ellos — Ángel Estévez, de nombre — se ofreció a albergarme en su casa y a darme de comer dos veces al día, todo por diez reales, precio que de momento no hubo de parecerme caro si no fuera que me salió, todos los días que en Madrid y en su casa estuve, incrementado con otros diez diarios por lo menos, que el Estévez me ganaba por las noches con el juego de las siete y media, al que tanto él como su mujer eran muy aficionados.

En Madrid no estuve muchos días, no llegaron a quince, y el tiempo que en él paré lo dediqué a divertirme lo más barato que podía y a comprar algunas cosillas que necesitaba y que encontré a buen precio en la calle de Postas y en la plaza Mayor; por las tardes, a eso de la caída del sol, me iba a gastar una peseta en un café cantante que había en la calle de la Aduana — el Edén Concert se llamaba — y ya en él me quedaba, viendo las artistas, hasta la hora de la cena, en que tiraba para la buhardilla del Estévez, en la calle de la Ternera. Cuando llegaba, ya allí me lo encontraba por regla general; la mujer sacaba el cocido, nos lo comíamos, y después nos liábamos a la baraja acompañados de dos vecinos que subían todas las noches, alrededor de la camilla, con los pies bien metidos en las brasas, hasta la madrugada. A mí aquella vida me resultaba entretenida y si no fuera porque me había hecho el firme propósito de no volver al pueblo,

hacer o trabar amistad ☐ **esperé a que amaneciera** (c. de t.) < mañana ☐ **... ocurrió** el amanecer ☐ **me acerqué...:** fuimos todos ... ☐ **cafetín:** café de baja categoría **(café) con leche** ☐ **que sirvió** (< servir) **para...:** gracias al cual conquisté totalmente su amistad ☐ **agradecidos...:** por la gratitud que sintieron ☐ **se ofreció a ...:** me propuso **albergarme** (alojarme) ☐ **darme de comer** ☐ **dos veces al día**
diez reales: 2 reales = ½ peseta (estamos durante los años 30)
no hubo de parecerme: no me pareció ☐ **si no fuera que me salió...:** pero que resultó aumentado, mientras **estuve** (< estar) en Madrid de **otros diez** reales **diarios** (al día)
el juego de las siete y media: juego de cartas
tanto él como su mujer
... aficionados: a los dos les gustaba mucho aquel juego
no llegaron a...: no alcanzaron ... (menos de quince días)
en él: en Madrid ☐ **paré:** estuve; me quedé ☐ **lo dediqué** < dedicar: lo destiné, apliqué aquel tiempo para ... ☐ **barato** ≠ caro ☐ **cosillas** ☐ **a buen precio**
... plaza Mayor: centro antiguo de Madrid ☐ **por las tardes:** « por » indica un momento del día ☐ **a eso de:** hacia ☐ **caída del sol** o atardecer ☐ **cantante** < cantar
y ya en él: y desde aquel momento en el café ☐ **me quedaba:** estaba ☐ desayuno, almuerzo, **cena** (por la noche) ☐ momento **en que tiraba para:** inf., me dirigía hacia ☐ **buhardilla:** habitación debajo de los tejados (solían vivir en ellas los criados) ☐ **ya allí...:** en regla general, Estévez ya había llegado ☐ **cocido:** *pot-au-feu* ☐ **nos liábamos a la baraja:** empezábamos la partida (de cartas)
camilla: mesa típica española debajo de la cual se coloca el brasero en invierno para dar calor a los pies ☐ **madrugada:** primeras horas de la mañana antes del alba ☐ **... entretenida:** ... divertida; me gustaba aquella vida ☐ **firme:** definitivo

en Madrid me hubiera quedado hasta agotar el último céntimo.

La casa de mi huésped parecía un palomar, subida como estaba en un tejado, pero como no la abrían ni por hacer un favor y el braserillo lo tenían encendido día y noche, no se estaba mal, sentado a su alrededor con los pies debajo de las faldas de la mesa. La habitación que a mí me destinaron tenía inclinado el cielo raso por la parte donde colocaron el jergón y en más de una ocasión, hasta que me acostumbré, hube de darme con la cabeza en una traviesa que salía y que yo nunca me percataba de que allí estaba. Después, y cuando me fui haciendo al terreno tomé cuenta de los entrantes y salientes de la alcoba y hasta a ciegas ya hubiera sido capaz de meterme en la cama. Todo es según nos acostumbramos.

Su mujer que, según ella misma me dijo, se llamaba Concepción Castillo López, era joven, menuda, con una carilla pícara que la hacía simpática y presumida y pizpireta como es fama que son las madrileñas; me miraba con todo descaro, hablaba conmigo de lo que fuese, pero pronto me demostró — tan pronto como yo me puse a tiro para que me lo demostrase — que con ella no había nada que hacer, ni de ella nada que esperar. Estaba enamorada de su marido y para ella no existía más hombre que él; fue una pena, porque era guapa y agradable como pocas, a pesar de lo distinta que me parecía de las mujeres de mi tierra, pero como nunca me diera pie absolutamente para nada y, de otra parte, yo andaba como acobardado, se fue librando y creciendo ante mi vista hasta que llegó el día en que tan lejos la vi que ya ni se me ocurriera pensar siquiera en

agotar... : gastar todo el dinero que tenía

huésped : la persona que le aloja (Ángel Estévez) □ **palomar** < paloma, por su situación en el tejado **(subida como estaba ...)** **... un favor :** no la abrían nunca □ **braserillo** (debajo de la camilla, p. 197, l. 29) □ **a su alrededor :** en torno al brasero (la camilla es redonda) □ **faldas ... :** tela que cubre los pies y conserva el calor del brasero
cielo raso : techo aparente □ **colocaron :** pusieron □ **jergón :** colchón de paja □ **... ocasión :** más de un vez □ **hube de ... :** me di en ; me pegué contra una **traviesa** (viga ; madero) □ **que salía :** saliente □ **me percataba de :** me daba cuenta de ; veía que **me fui haciendo al terreno :** me fui acostumbrando □ **tomé cuenta de :** tuve cuidado con □ los ángulos **entrantes y ...** □ **a ciegas :** sin mirar
según nos acostumbramos : todo depende de nuestra adaptación
dijo < decir
menuda : pequeña y delgada
carilla pícara (astuta) □ **y presumida :** era también afectada
pizpireta : viva y desenvuelta □ **como es fama ... :** esa reputación tienen las madrileñas □ **... descaro :** sin el menor pudor
... fuese : de todo □ **pronto :** rápidamente □ **me demostró :** me dio la prueba □ **me puse a tiro para que... :** le di ocasión de demostrármelo □ **nada que hacer** (con ella) **ni ... nada que esperar :** nada que + inf. = *rien à* + inf. □ **enamorada** < amor
más hombre : otro hombre □ **fue una pena** (o lástima) : expresa cierto pesar □ **guapa :** bonita ; bella □ **a pesar de... :** si bien (aunque) me parecía muy distinta de ...
nunca me diera pie... : nunca me dio pretexto para nada
... acobardado : yo sentía como timidez □ **se fue librando y... :** poco a poco olvidé mis deseos y la miré con otros ojos
ya : entonces □ **... ocurriera :** ni hubiera tenido la idea de ...

ella. El marido era celoso como un sultán y poco debía fiarse de su mujer porque no la dejaba ni asomarse a la escalera; me acuerdo que un domingo por la tarde, que se le ocurrió al Estévez convidarme a dar un paseo por el Retiro con él y con su mujer, se pasó las horas haciéndola cargos sobre si miraba o si dejaba de mirar a éste o a aquél, cargos que su mujer aguantaba incluso con satisfacción y con un gesto de cariño en la faz que era lo que más me desorientaba por ser lo que menos esperaba. En el Retiro anduvimos dando vueltas por el paseo de al lado del estanque y en una de ellas el Estévez se lió a discutir a gritos con otro que por allí pasaba, y a tal velocidad y empleando unas palabras tan rebuscadas que yo me quedé a menos de la mitad de lo que dijeron; reñían porque, por lo visto, el otro había mirado para la Concepción, pero lo que más extrañado me tiene todavía es cómo, con la sarta de insultos que se escupieron, no hicieron ni siquiera ademán de llegar a las manos. Se mentaron a las madres, se llamaron a grito pelado chulos y cornudos, se ofrecieron comerse las asaduras, pero lo que es más curioso, ni se tocaron un pelo de la ropa. Yo estaba asustado viendo tan poco frecuentes costumbres pero, como es natural, no metí baza, aunque andaba prevenido por si había de salir en defensa del amigo. Cuando se aburrieron de decirse inconveniencias se marcharon cada uno por donde había venido y allí no pasó nada.

¡Así da gusto! Si los hombres del campo tuviéramos las tragaderas de los de las poblaciones, los presidios estarían deshabitados como islas.

A eso de las dos semanas, y aun cuando de Madrid no supiera demasiado, que no es ésta ciudad para llegar

celoso como...: exclusivo y desconfiado como ...
... **fiarse de...**: poca confianza debía tener en ... □ ... **asomarse**: ni permitía siquiera que ella saliera a ... ☐ **domingo por la tarde convidarme a...**: invitarme a un paseo (a pasear) □ **el Retiro**: parque famoso y céntrico de Madrid
haciéndola (laísmo) **cargos sobre si ...**: acusándola de mirar a **éste o áquel** (pronombres demostrativos) □ ... **aguantaba**: ella soportaba los reproches hasta **con ... faz** (con una sonrisa de ternura en la cara) □ **me desorientaba**: me desconcertaba
anduvimos < andar □ **dando vueltas ...**: paseándonos alrededor del **estanque** (laguna) del **Retiro** □ **en una de ellas** (de las vueltas que dimos) □ **se lió a discutir a gritos**: tuvo una disputa violenta □ **a tal velocidad** (tan rápido) hablaba
rebuscadas: complicadas □ **me quedé a ...**: no comprendí ni la mitad ... □ **reñían**: discutían □ **por lo visto**: aparentemente
para: en dirección de **la Concepción** (su mujer)
... **todavía**: lo que sigue sorprendiéndome aún □ **sarta**: serie
(se) escupieron: se lanzaron a la cara □ ... **ademán**: nunca hicieron como si quisieran pegarse □ ... **madres**: insultaron a sus madres respectivas □ ... **pelado**: gritando □ **chulo y cornudo**: fanfarrón y marido con cuernos □ ... **asaduras**: se amenazaron con destriparse □ ... **ropa**: no se acercaron uno a otro □ ... **costumbres**: usos tan extraños □ **no metí baza**: no intervine □ **prevenido**: preparado □ **por si había de salir en...**: caso de que hubiera tenido que tomar la defensa de ... □ **se aburrieron**: se cansaron □ **inconveniencias**: groserías □ **se marcharon**: se fueron y **allí no pasó nada** (como si no hubiera pasado nada) □ **¡Así da gusto!**: ¡Qué maravilla! □ **Si ... tuviéramos las tragaderas ...**: si nosotros tuviéramos la tolerancia de los hombres de la ciudad, las cárceles **(presidios)** estarían vacías □ **A eso de ...**: al cabo de dos semanas más o menos □ ... **supiera demasiado**: aunque conociera poco Madrid

a conocerla al vuelo, decidí reanudar la marcha hacia donde había marcado mi meta, preparé el poco equipaje que llevaba en una maletilla que compré, saqué el billete del tren, y acompañado de Estévez, que no me abandonó hasta el último momento, salí para la estación — que era otra que por la que había llegado — y emprendí el viaje a La Coruña que, según me asesoraron, era un sitio de cruce de los vapores que van a las Américas. El viaje hasta el puerto fue algo más lento que el que hice desde el pueblo hasta Madrid, por ser mayor la distancia, pero como pasó la noche por medio y no era yo hombre a quien los movimientos y el ruido del tren impidieran dormir, se me pasó más de prisa de lo que creí y me anunciaban los vecinos y a las pocas horas de despertarme me encontré a la orilla de la mar, que fuera una de las cosas que más me anonadaron en esta vida, de grande y profunda que me pareció.

Cuando arreglé los primeros asuntillos me di perfecta cuenta de mi candor al creer que las pesetas que traía en el bolso habrían de bastarme para llegar a América. ¡Jamás hasta entonces se me había ocurrido pensar lo caro que resultaba un viaje por mar! Fui a la agencia, pregunté en una ventanilla, de donde me mandaron a preguntar a otra, esperé en una cola que duró, por lo bajo, tres horas, y cuando me acerqué hasta el empleado y quise empezar a inquirir sobre cuál destino me sería más conveniente y cuánto dinero habría de costarme, él — sin soltar ni palabra — dio media vuelta para volver al punto con un papel en la mano.

— Itinerarios..., tarifas... Salidas de La Coruña los días 5 y 20.

... **vuelo**: esta cuidad no se da a conocer rápido □ **reanudar**: seguir □ ... **meta**: rumbo al destino que me había propuesto
maletilla: para transportar lo poco que yo tenía □ **saqué**: compré
salí para: fui a
... **llegado**: que no era la de mi llegada a Madrid
La Coruña: puerto importante de Galicia (noroeste de España) □ **según me aseroraron**: como me informaron □ **sitio de cruce de**: sitio por donde cruzaban (pasaban) los barcos **vapores** □ **el puerto**: La Coruña ⍁ yo **hice** (< hacer)
por ser mayor...: por + inf. > causa, porque había más distancia □ ... **por medio**: el viaje se hizo de noche
... **impidieran** (< impedir) **dormir**: c. de t. □ **se me pasó** el viaje **más de prisa** (rápidamente) **de lo que creí** (s. e. antes de salir)
... **horas**: pocas horas después de ... □ **la mar**: pop., "mar" suele ser masculino □ **que fuera**: eso fue...
... **anonadaron** < nada: que más me impresionaron □ **de grande y ... pareció**: valor causal, tan grande ... como me pareció
cuando arreglé ... asuntillos: cuando cumplí las primeras formalidades □ el **candor** o la candidez (ingenuidad) □ **al creer**: cuando creí □ **habrían de bastarme**: serían suficientes
Jamás ...: nunca hasta aquel momento □ ... **pensar**: me había parado a pensar ... □ **resultaba**: costaba; era
ventanilla < ventana: en las oficinas o despachos de billetes
a otra ventanilla
(por lo) bajo: por lo menos □ **me acerqué hasta ...**: me dirigí al... ⍁ yo **quise** < querer □ **inquirir**: informarme ⍁ **cuál destino conveniente** < convenir: adecuado ⍁ **cuánto dinero...**: int. ind., lo que me costaría □ ... **palabra**: sin decir nada □ **dio media vuelta** □ **al punto**: inmediatamente

Yo intenté persuadirle de que lo que quería era hablar con él de mi viaje, pero fue inútil. Me cortó con una sequedad que me dejó desorientado.

— No insista.

Me marché con mi itinerario y mi tarifa y guardando en la memoria los días de las salidas. ¿Qué remedio?

En la casa donde vivía, estaba también alojado un sargento de artillería que se ofreció a descifrarme lo que decían los papeles que me dieron en la agencia, y en cuanto me habló del precio y de las condiciones del pago se me cayó el alma a los pies cuando calculé que no tenía ni para la mitad. El problema que se me presentaba no era pequeño y yo no le encontraba solución; el sargento, que se llamaba Adrián Nogueira, me animaba mucho — él también había estado allá — y me hablaba constantemente de La Habana y hasta de Nueva York. Yo —¿para qué ocultarlo? — lo escuchaba como embobado y con una envidia como a nadie se la tuve jamás, pero como veía que con su charla lo único que ganaba era alargarme los dientes, le rogué un día que no siguiera porque ya mi propósito de quedarme en el país estaba hecho; puso una cara de no entender como jamás la había visto, pero, como era hombre discreto y reservado como todos los gallegos, no volvió a hablarme del asunto ni una sola vez.

La cabeza la llegué a tener como molida de lo mucho que pensé en lo que había de hacer, y como cualquier solución que no fuera volver al pueblo me parecía aceptable, me agarré a todo lo que pasaba, cargué maletas en la estación y fardos en el muelle, ayudé a la labor de la cocina en el hotel Ferrocarrilana, estuve de sereno una temporadita en la fábrica de Tabacos, e hice

intenté: traté de
Me cortó: me interrumpió
sequedad < seco □ **desorientado**: desconcertado
No insista (usted): S. P. con el imperativo negativo
Me marché: me fui □ **guardando**: conservando
¿Qué remedio?: ¿Qué más remedio?; ¿Qué podía hacer yo?
estaba también alojado: vivía igualmente
se ofreció a descifrarme: me propuso leerme
que me dieron: que me habían dado (3° pers. plural, indeterminado) □ **en cuanto** o tan pronto como (cuando)
pago < pagar □ **... a los pies**: modismo, sufrí una desilusión muy grande □ **no tenía** bastante dinero **ni** siquiera **para ...** □ **se me presentaba**: se presentaba ante mí

me animaba: me estimulaba □ **allá**: en las Américas
La Habana: capital de Cuba □ **y hasta**: e incluso
¿Para qué ocultarlo?: ¿Por qué disimularlo?
embobado: cautivado □ **con una envidia...**: a nadie envidié tanto como a él □ yo **veía** □ **con su charla...**: escuchándole; con sus palabras □ **... dientes**: no hacía sino avivar mi deseo □ **le rogué...**: le pedí que callara □ **ya mi propósito ... hecho**: había decidido quedarme en España □ **puso una cara de ...**: modismo, nunca antes había visto yo una cara con la sorpresa que él manifestó □ **gallegos**: de Galicia (estamos en La Coruña) □ **... ni una sola vez**: nunca más me habló del tema
... molida: me calenté (o me rompí) la cabeza de tanto pensar en **lo que había de** (tenía que) **hacer** □ **cualquier solución que no fuera volver...**: todo salvo (excepto) regresar ...
me agarré a ...: hice todos los trabajos posibles
maletas...: equipajes de los viajeros □ **fardo**: paquete □ **muelle**: embarcadero del puerto □ **la labor** (excepción) □ **estuve de sereno**: hice de vigilante nocturno □ **temporadita**: poco tiempo

de todo un poco hasta que terminé mi tiempo de puerto de mar viviendo en casa de la Apacha, en la calle del Papagayo, subiendo a la izquierda, donde serví un poco para todo, aunque mi principal trabajo se limitaba a poner de patitas en la calle a aquellos a quienes se les notaba que no iban más que a alborotar.

Allí llegué a parar hasta un año y medio, que unido al medio año que llevaba por el mundo y fuera de mi casa, hacía que me acordase con mayor frecuencia de la que llegué a creer en lo que allí dejé; al principio era sólo por las noches, cuando me metía en la cama que me armaban en la cocina, pero poco a poco se fue extendiendo el pensar horas y horas hasta que llegó el día en que la morriña — como decían en La Coruña — me llegó a invadir de tal manera que tiempo me faltaba para verme de nuevo en la choza sobre la carretera. Pensaba que había de ser bien recibido por mi familia — el tiempo todo lo cura — y el deseo crecía en mí como crecen los hongos en la humedad. Pedí dinero prestado que me costó algún trabajo obtener, pero que, como todo, encontré insistiendo un poco, y un buen día, después de despedirme de todos mis protectores, con la Apacha a la cabeza, emprendí el viaje de vuelta, el viaje que tan feliz término le señalaba si el diablo — cosa que yo entonces no sabía — no se hubiera empeñado en hacer de las suyas en mi casa y en mi mujer durante mi ausencia. En realidad no deja de ser natural que mi mujer, joven y hermosa por entonces, notase demasiado, para lo poco instruida que era, la falta del marido: mi huida, mi mayor pecado, el que nunca debí cometer y el que Dios quiso castigar quién sabe si hasta con crueldad...

(e hice) de todo un poco: lo hice todo □ **terminé (viviendo)**: acabé por vivir **en casa de la Apacha** (dueña de un establecimiento « especial ») □ **subiendo** la calle (o calle arriba)

(serví) para todo

poner ...: expulsar; echar a la calle □ **a aquellos a quienes**: a los que **se les notaba** (se veía) que sólo **iban a alborotar** (armar escándalo) □ **... parar**: me quedé □ **unido**: añadido

que yo llevaba por el mundo: ... que yo había estado viajando, **hacía que me acordase** (c. de t.) **con mayor frecuencia ...** (más frecuentemente de lo que creí yo me acordaba de ...) □ **... allí dejé**: recordaba lo que en mi casa había dejado

armaban: montaban

(se fue) extendiendo el pensar: poco a poco llegué a pensar □ **horas y horas** (en mi pueblo) □ **morriña**: nostalgia □ **decían**: sujeto indeterminado □ **... invadir**: me invadió por fin □ **tiempo me faltaba para**: tenía prisa de □ **la choza ...**: mi casa

había de ser...: sería

todo lo cura: lo cicatriza todo □ **el deseo** de volver **crecía** (subía; aumentaba) □ **hongo**: champiñón (gal. aceptado) □ **Pedí dinero prestado**: o pedí un préstamo □ **que me costó algún trabajo obtener**: que no me fue fácil obtener □ **un buen día**

despedirme de: decir adiós a

... a la cabeza: a la Apacha (l. 2) más que a nadie □ **emprendí**: inicié □ **... le señalaba**: viaje cuyo **término** (destino) hubiera sido tan feliz (< felicidad) para mí si ... □ **empeñado**: obstinado □ **hacer de las suyas en ...**: meterse en; dejar su huella (marca) en ... □ **no deja de ser natural**: es muy natural ... **notase demasiado ...**: c. de t., sintiese mucho, **para** (a pesar de) **lo poco instruida que era, la falta** (ausencia) **del** (de su) **marido** □ **huida** < huir □ **debí**: hubiera debido

quiso < querer □ **castigar**: sancionar □ **quién sabe ...**: y posiblemente con crueldad (¡ aunque fuera Dios !)

[15]

Siete días desde mi retorno habían transcurrido, cuando mi mujer, que con tanto cariño, por lo menos por fuera, me había recibido, me interrumpió los sueños para decirme:

— Estoy pensando que te recibí muy fría.

— ¡ No, mujer !

— Es que no te esperaba, ¿ sabes ?, que no creí verte llegar...

— Pero ahora te alegras, ¿ no ?

— Sí ; ahora me alegro...

Lola estaba como traspasada ; se la notaba un gran cambio en todo lo suyo.

— ¿ Te acordaste siempre de mí ?

— Siempre, ¿ por qué crees que he vuelto ?

Mi mujer volvía a estar otro rato silenciosa.

— Dos años es mucho tiempo...

— Mucho.

— Y en dos años el mundo da muchas vueltas...

— Dos ; me lo dijo un marinero de La Coruña.

— ¡ No me hables de La Coruña !

— ¿ Por qué ?

— Porque no. ¡ Ojalá no existiese La Coruña !

Ahuecaba la voz para decirme esto, y su mirar era como un bosque de sombras.

— ¡ Muchas vueltas !

— ¡ Muchas !

— Y una piensa : en dos años que falta, Dios se lo habrá llevado.

— ¿ Qué más vas a decir ?

retorno: regreso; vuelta al pueblo □ **transcurrido**: pasado
cariño: afecto; afección
por fuera: en apariencia; exteriormente □ **... sueños**: me despertó
fría: valor adverbial, fríamente
¡No, mujer!: exclamación de protesta, s. e. ¿cómo puedes pensarlo? □ es **que no creí ...**: no pensé que volverías

te alegras: estás contenta
me alegro: sí, estoy contenta
... traspasada: parecía que sufría □ **se la notaba**: laísmo, se observaba una transformación total en ella **(en todo lo suyo)**
¿Te acordaste...?: ¿Te has acordado ...?
vuelto < volver
volvía a estar ...: se quedaba otro momento callada

da muchas vueltas: cambia mucho
el mundo da **dos** vueltas (juego de palabras de Pascual)
marinero < mar □ **¡No me hables ...!**: S. P. con el imperativo negativo
¡Ojalá no existiese (no hubiera existido)...!: giro de lamento
ahuecaba la voz: su voz se hacía más grave □ **mirar**: mirada
... bosque de sombras: tenía el mirar oscuro y poblabo de sombras □ ¡el mundo da **muchas vueltas!**

una = yo, como mujer ... □ **... falta**: mi marido lleva dos años ausente □ **... llevado**: habrá muerto seguramente
¿Qué más vas a decir?: ¿Qué otra cosa...?

— ¡ Nada !

Lola se echó a llorar amargamente. Con un hilo de voz me confesó :

— Voy a tener un hijo.

— ¡ Otro hijo ?

— Sí.

Yo me quedé como asustado.

— ¿ De quién ?

— ¡ No preguntes !

— ¿ Que no pregunte ? ¡ Yo quiero preguntar ! ¡ Soy tu marido !

Ella soltó la voz.

— ¡ Mi marido que me quiere matar ! ¡ Mi marido que me tiene dos años abandonada ! ¡ Mi marido que me huye como si fuera leprosa ! Mi marido...

— ¡ No sigas !

Sí ; mejor era no seguir, me lo decía la conciencia. Mejor era dejar que el tiempo pasara, que el niño naciera... Los vecinos empezarían a hablar de las andanzas de mi mujer, me mirarían de reojo, se pondrían a cuchichear en voz baja al verme pasar...

— ¿ Quieres que llame a la señora Engracia ?

— Ya me ha visto.

— ¿ Qué dice ?

— Que va bien la cosa.

— No es eso... No es eso...

— ¡ Qué querías ?

— Nada..., que conviene que entre todos arreglemos la cosa.

Mi mujer puso un gesto como suplicante.

— Pascual, ¿ serías capaz ?

— Sí, Lola ; muy capaz. ¿ Iba a ser el primero ?

se echó a llorar: empezó a llorar (≠ reír) □ **hilo de (voz)**: voz muy débil, muy tenue

asustado: alarmado

¡No preguntes! (≠ pedir): imperativo negativo > S. P.
¿Cómo **que no pregunte?**

soltó la voz: se liberó: se desahogó

... abandonada: que me abandona durante dos años
(me) huye < huir: húye de mí □ **leprosa** < lepra
¡No sigas! < seguir: ¡Cállate!
mejor era no seguir: mejor valía callarse
mejor era dejar: mejor valía esperar que el tiempo pasara, que ... naciera (c. de t.) □ **hablar de**: aquí, hacer comentarios sobre las **andanzas** (aventuras amorosas) ... □ ... **de reojo** o de través: con el rabillo del ojo (marca reprobación) □ **cuchichear ...**: empezarían a murmurar (maldecir) □ **que** yo **llame a la señora Engracia** (s. e. para abortar) □ **visto** < ver

la cosa: el embarazo
No es eso: no hablo de eso

entre todos: Lola, la señora Engracia y Pascual □ **arreglemos la cosa**: encontremos una solución (alude al aborto)
puso (< poner) **un gesto como suplicante**: me suplicó
¿serías capaz de obligarme a abortar?
¿acaso **iba a ser el primero?**: no sería el primero

— Pascual; lo siento con más fuerza que ninguno, siento que ha de vivir...

— ¡ Para mi deshonra !

— O para tu dicha, ¿ qué sabe la gente ?

— ¿ La gente ? ¡ Vaya si lo sabrá !

Lola sonreía, con una sonrisa de niño maltratado que hería a la mirada.

— ¡ Quién sabe si podremos hacer que no lo sepa !

— ¡ Y todos lo sabrán !

No me sentía malo — bien Dios lo sabe —, pero es que uno está atado a la costumbre como el asno al ronzal.

Si mi condición de hombre me hubiera permitido perdonar, hubiera perdonado, pero el mundo es como es y el querer avanzar contra corriente no es sino vano intento.

— ¡ Será mejor llamarla !

— ¿ A la señora Engracia ?

— Sí.

— ¡ No, por Dios ! ¿ Otro aborto ? ¿ Estar siempre pariendo por parir, criando estiércol ?

Se arrojó contra el suelo hasta besarme los pies.

— ¡ Te doy mi vida entera, si me la pides !

— Para nada la quiero.

— ¡ Mis ojos y mi sangre, por haberte ofendido !

— Tampoco.

— ¡ Mis pechos, mi madeja de pelo, mis dientes ! ¡ Te doy lo que tú quieras ; pero no me lo quites, que es por lo que estoy viva !

Lo mejor era dejarla llorar, llorar largamente, hasta caer rendida, con los nervios destrozados, pero ya más tranquila, como más razonable.

lo siento (al hijo que tengo dentro) □ **que ninguno**: que los demás □ **ha de vivir**: tiene que vivir
deshonra o deshonor
dicha o felicidad □ **¿Qué sabe la gente?**: la gente no sabe nada
¡Vaya si lo sabrá!: exclamación que expresa evidencia, ¡Claro que lo sabrá! □ **sonreía** < sonrisa < risa > reír □ su **sonrisa** triste (como la de ...) me **hería** (me dolía < dolor) cuando yo la miraba □ **¡Quién sabe si ... que la gente no lo sepa!** (< saber): quizá será posible evitar que la gente lo sepa
malo (humanamente) □ **bien Dios lo sabe** o bien lo sabe Dios (más frecuente) □ **uno**: indeterminado que incluye al « yo »
... ronzal: modismo, la costumbre nos ata (retiene) como la cuerda al **asno** (burro) □ **Si ... me hubiera permitido** (Subj. en la subordinada condicional), ... **hubiera** (o habría) **perdonado**: mi condición de hombre (la honra) no me permitía perdonar □ **no es sino**: sólo es; no es más que □ **intento**: tentativa
¡Será mejor llamarla!: conviene llamarla

otro aborto □ **¿estar siempre ...?**: ¿cómo puede una estar siempre procreando en vano? □ **criando estiércol**: imagen muy violenta, alimentando lo podrido □ **Se arrojó contra**: se tiró al suelo (≠ sol) □ **pides** < pedir
... quiero: no la necesito

Tampoco lo quiero
pechos: senos □ **madeja de pelo**: mis cabellos
quieras: S. P. > futuro de eventualidad en francés □ **... quites**: no me prives del niño □ **¡... viva!**: que sólo vivo por eso
... era dejarla llora (≠ reír)
... caer rendida: hasta que ya no tuviera fuerzas □ **... destrozados**: sin energía

Mi madre, que la muy desgraciada debió ser la alcahueta de todo lo pasado, andaba como huida y no se presentaba ante mi vista. ¡Hiere mucho el calor de la verdad! Me hablaba las menos palabras posibles, salía por una puerta cuando yo entraba por la otra, me tenía — cosa que ni antes sucediera, ni después habría de volver a suceder — la comida preparada a las horas de ley, ¡da pena pensar que para andar en paz haya que usar del miedo!, y tal mansedumbre mostraba en todo su ademán que hasta desconcertado consiguió llegarme a tener. Con ella nunca quise hablar de lo de Lola; era un pleito entre los dos, que nada más que entre los dos habría de resolverse.

Un día la llamé, a Lola, para decirla:

— Puedes estar tranquila.

— ¿Por qué?

— Porque a la señora Engracia nadie la ha de llamar.

Lola se quedó un momento pensativa, como una garza.

— Eres muy bueno, Pascual.

— Sí; mejor de lo que tú crees.

— Y mejor de lo que yo soy.

— ¡No hablemos de eso! ¿Con quién fue?

— ¡No lo preguntes!

— Prefiero saberlo, Lola.

— Pero a mí me da miedo decírtelo.

— ¿Miedo?

— Sí; de que lo mates.

— ¿Tanto lo quieres?

— No lo quiero.

la muy desgraciada: la miserable
alcahueta: mediadora o tercera, ella fue cómplice del adulterio
hiere < herir ... : duele (< doler < dolor) **el calor ...**
... las menos palabras posibles: ... lo menos posible

ni antes sucediera: nunca había ocurrido antes ☐ **ni después habría de ...**: ni volvería a ocurrir después ☐ **(me tenía) la comida...** ☐ **(horas de) ley**: a la hora normal, debida ☐ **da pena pensar**: es triste pensar ☐ **usar** de: utilizar ☐ **mansedumbre**: docilidad ☐ **ademán**: actitud ☐ **desconcertado consiguió** (< conseguir) ...: incluso logró desconcertarme ⊠ **de lo de Lola**: del problema de Lola ☐ **pleito**: litigio ☐ **los dos**: Lola y yo ☐ **nada más que**: solamente ☐ **habría de resolverse**: debía resolverse (o solucionarse) ☐ **decirla**: laísmo

nadie la ha de llamar: nadie la va a llamar; no la llamará nadie
... pensativa < pensar: se quedó pensando
garza: ave acuática de patas muy largas y finas

mejor (comparativo sintético) **de lo que tú crees**

¡No hablemos más **de eso!** ☐ **¿Con quién fuc?**: ¿Quién es el padre? ☐ **¡No** me **lo preguntes!**: imperativo negativo > S. P.
prefiero < preferir
a mí me da miedo decírtelo: tengo miedo de decírtelo

miedo **de** (o a) **que lo mates**
quieres: amas

— ¿ Entonces ?

— Es que la sangre parece como el abono de tu vida...

Aquellas palabras se me quedaron grabadas en la cabeza como con fuego, y como con fuego grabadas conmigo morirán.

— ¿ Y si te jurase que nada pasará ?

— No te creería.

— ¿ Por qué ?

— Porque no puede ser, Pascual, ¡ eres muy hombre !

— Gracias a Dios ; pero aún tengo palabra.

Lola se echó en mis brazos.

— Daría años de mi vida porque nada hubiera pasado.

— Te creo.

— ¡ Y porque tú me perdonases !

— Te perdono, Lola. Pero me vas a decir...

— Sí.

Estaba pálida como nunca, desencajada ; su cara daba miedo, un miedo horrible de que la desgracia llegara con mi retorno ; la cogí la cabeza, la acaricié, la hablé con más cariño que el que usara jamás el esposo más fiel ; la mimé contra mi hombro, comprensivo de lo mucho que sufría, como temeroso de verla desfallecer a mi pregunta.

— ¿ Quién fue ?

— ¡ El Estirao !

— ¿ El Estirao ?

Lola no contestó.

Estaba muerta, con la cabeza caída sobre el pecho y el pelo sobre la cara... Quedó un momento en equilibrio,

la sangre □ **abono**: fertilizante

se me quedaron grabadas en la cabeza: reflexivo por posesivo, se quedaron inscritas en mi cabeza □ **como con fuego**: con letras de fuego
si te jurase: S. I. en la condición □ **nada pasará** o no pasará nada □ yo **no te creería**: conclusión en condicional

no puede ser: es imposible que no pase nada □ **eres muy hombre**: tienes demasiado carácter □ **aún**: todavía □ **palabra** (de honor) □ **se echó en**: se precipitó en
daría años: artículo indefinido sin « de » □ **porque nada...**: con tal de que nada ...

porque tú me perdonases: c. de t., para que tú me perdonaras

desencajada: demudada ; con la cara alterada por la emoción
... de que la desgracia llegara ...: c. de t. ; de que volviera conmigo la desdicha □ **la cogí...**: laísmo □ **acaricié** < caricia
... que el que usara...: fui más cariñoso que nunca lo fue el **esposo más fiel** □ **mimé...**: la cogí en mis brazos □ **comprensivo de lo ...**: comprendiendo cuánto sufría □ **como temeroso de verla desfallecer**: como si yo hubiera tenido miedo de que ella muriera □ **pregunta**: interrogación

no contestó: no dijo nada
muerta < morir, part. pasado ≠ la muerte, sustantivo □ **el** (= su) **pecho**

sentada donde estaba, para caer al pronto contra el suelo de la cocina, todo de guijarrillos muy pisados...

[16]

Un nido de alacranes se revolvió en mi pecho y, en cada gota de sangre de mis venas, una víbora me mordía la carne.

Salí a buscar al asesino de mi mujer, al deshonrador de mi hermana, al hombre que más hiel llevó a mis pechos; me costó trabajo encontrarlo de huido como andaba. El bribón tuvo noticia de mi llegada, puso tierra por medio y en cuatro meses no volvió a aparecer por Almendralejo; yo salí en su captura, fui a casa de la Nieves, vi a la Rosario... ¡Cómo había cambiado! Estaba aviejada, con la cara llena de arrugas prematuras, con las ojeras negras y el pelo lacio; daba pena mirarla, con lo hermosa que fuera.

— ¿Qué vienes a buscar?

— ¡Vengo a buscar un hombre!

— Poco hombre es quien escapa del enemigo.

— Poco...

— Y poco hombre es quien no aguarda una visita que se espera.

— Poco... ¿Dónde está?

— No sé; ayer salió.

— ¿Para dónde salió?

— No lo sé.

— ¿No lo sabes?

al pronto: inmediatamente después
guijarillos muy pisados: piedrecitas bien aplanadas

alacrán o escorpión □ **se revolvió...**: imagen que expresa todo el odio que tiene Pascual (como el veneno del alacrán o de la **víbora** —serpiente—)
Salí a buscar al...: me fui en busca del... □ **deshonrador de ...** < deshonra: que había deshonrado a ... □ **hiel**: amargura
me costó trabajo: me fue difícil □ **de huido como**: porque había huido □ **tuvo noticia de**: se enteró de, supo < saber □ **puso** (< poner) **tierra por medio**: se alejó (< lejos) □ **no volvió a aparecer**: iteración, no apareció de nuevo por ... □ **salí en ...**: me fui a capturarlo □ **la Nieves, la Rosario**: uso popular del artículo delante de nombres propios □ **aviejada** < vieja □ **arrugas**: pliegues de la piel □ **ojeras**: marcas (de cansancio o de excesos) alrededor de los ojos □ **... fuera**: ella que había sido tan guapa □ **vienes a buscar**: « a » con los verbos de movimiento delante de infinitivos □ **vengo** < venir
Poco hombre ...: poco macho (valiente) **es quien** (el que) **escapa del** (huye al < huir) **enemigo**; la Rosario se refiere al Estirao
no aguarda...: desatiende; no se queda para ...

poco hombre (valiente) **es ...**

¿Para dónde...?: ¿hacia qué dirección...?

— No.

— ¿ Estás segura ?

— Tan segura como que ahora es de día.

Parecía ser cierto lo que decía ; la Rosario me demostró su cariño cuando volvió a la casa, para cuidarme, dejando al Estirao.

— ¿ Sabes si fue muy lejos ?

— Nada me dijo.

No hubo más solución que soterrar el genio ; pagar con infelices la furia que guardamos para los ruines, nunca fue cosa de hombres.

— ¿ Sabías lo que pasaba ?

— Sí.

— ¿ Y tan callado lo tenías ?

— ¿ A quién lo había de decir ?

— No, a nadie...

En realidad, verdad era que a nadie había tenido a quien decírselo ; hay cosas que no a todos interesan, cosas que son para llevarlas a cuestas uno solo, como una cruz de martirio, y callárselas a los demás. A la gente no se le puede decir todo lo que nos pasa, porque en la mayoría de los casos no nos sabrían ni entender.

La Rosa se vino conmigo.

— No quiero estar aquí ni un solo día más ; estoy cansada.

Y volvió para casa, tímida y como sobrecogida, humilde y trabajadora como jamás la había visto ; me cuidaba con un regalo que nunca llegué — y, ¡ ay !, lo que es peor —, nunca llegaré a agradecérselo bastante. Me tenía siempre preparada una camisa limpia, me administraba los cuartos con la mejor de las haciendas, me guardaba la comida caliente si es que me retrasaba...

Estoy **tan segura** de ello **como que ahora** es de **día**
ser cierto o verdad
demostró □ **cariño**: afección □ **volvió** o regresó **a (la) casa**
cuidarme: ocuparse de mí □ **dejando al Estirao**: abandonando al ... □ **fue** < ir
Nada me dijo (< decir) = no me dijo nada
... **soterrar el genio**: tuve que acallar (< callar) mi carácter
... **con infelices**: hacer pagar a inocentes □ **la furia...**: la venganza que reservamos a los miserables □ ... **de hombres**: no ha sido nunca cosa digna □ ... **lo que pasaba** (s. e. en mi casa)

tan callado (o secreto) **lo tenías**: y no decías nada
¿A quién se **lo había** yo **de decir?**: ¿A quién se lo hubiera yo podido decir?
a nadie había tenido...: no había podido avisar a nadie
... **interesan**: ... que no conciernen a toda la gente
... **uno solo**: problemas que tenemos que soportar solos
... **cruz de martirio**: como Cristo cargó con la cruz □ ... **callárselas a los demás**: no decírselas a nadie □ ... **decir**: no podemos decir a la gente ... □ **no nos sabrían ni entender**: ni siquiera podrían comprendernos □ **se vino** < venirse □ **conmigo,** contigo, con él ... □ **aquí**: en Almendralejo

volvió para casa: se vino a nuestra casa □ **sobrecogida**: avergonzada (< vergüenza) □ **humilde** ≠ orgullosa □ yo **la había visto** □ **me cuidaba...**: se ocupaba de mí con atenciones que nunca pude ni —¡ **ay** !... (expresa lamento) — podré agradecerle (< gracias) lo suficiente □ ... **preparada**: siempre tenía a mi disposición □ **los cuartos**: pop., el dinero □ ... **haciendas**: muy eficazmente □ **si es que ...**: cuando llegaba tarde a casa

¡Daba gusto vivir así! Los días pasaban suaves como plumas; las noches tranquilas como en un convento, y los pensamientos funestos — que en otro tiempo tanto me persiguieran — parecían como querer remitir. ¡Qué lejanos me parecían los días azarosos de La Coruña! ¡Qué perdido en el recuerdo se me aparecía a veces el tiempo de las puñaladas! La memoria de Lola, que tan profunda brecha dejara en mi corazón, se iba cerrando y los tiempos pasados iban siendo, poco a poco, olvidados, hasta que la mala estrella, esa mala estrella que parecía como empeñada en perseguirme, quiso resucitarlos para mi mal.

Fue en la taberna de Martinete; me lo dijo el señorito Sebastián.

— ¿Has visto al Estirao?

— No, ¿por qué?

— Nada; porque dicen que anda por el pueblo.

— ¿Por el pueblo?

— Eso dicen.

— ¡No me querrás engañar!

— ¡Hombre, no te pongas así; como me lo dijeron, te lo digo! ¿Por qué te había de engañar?

Me faltó tiempo para ver lo que había de cierto en sus palabras. Salí corriendo para mi casa; iba como una centella, sin mirar ni dónde pisaba. Me encontré a mi madre en la puerta.

— ¿Y la Rosario?

— Ahí dentro está.

— ¿Sola?

— Sí, ¿por qué?

Ni contesté; pasé a la cocina y allí me la encontré, removiendo el puchero.

¡Daba gusto vivir así!: ¡Era un placer vivir de aquella manera!

me persiguieran: me habían perseguido □ **...como querer remitir:** parecían tener menos frecuencia e intensidad **azarosos:** aventurados ≠ seguros □ **el recuerdo:** mi memoria **se me aparecía:** se me hacía □ **puñaladas** < puñal (véase final del capítulo 8) □ **... en mi corazón:** me había dejado una herida (llaga) tan profunda en el corazón **se iba...** □ **... olvidados:** y yo, poco a poco, iba olvidando el pasado □ **mala estrella:** mala fortuna □ **... empeñada en perseguirme:** que parecía obstinada en perseguirme □ **resucitarlos** (los malos tiempos pasados) □ **Fue:** Pasó □ **el señorito Sebastián:** amigo de Pascual

¿Has visto al Estirao? (habla el señorito Sebastián)

dicen: indeterminado, se comenta **que anda por** (está en) ...

dicen: se dice, dos traducciones del « *on* » francés
¡No me querrás (< querer) **engañar!:** ¡Espero que no mientas (< mentir)!; ¡No lo dirás por burlarte de mí! □ **no te pongas** (< ponerse) **así:** no lo tomes (no reacciones) así □ **te había de engañar:** te mentiría □ **Me faltó...:** no me dio tiempo para; no tomé el tiempo de □ **... corriendo:** gerundio > complemento de manera, me fui... hacia □ **centella** o rayo □ **... pisaba:** sin mirar siquiera dónde ponía los pies
¿Y la Rosario?: ¿Dónde está la Rosario?
ahí dentro: en el interior

pasé a: entré en □ **y allí** (en la cocina) **me la encontré:** ... la hallé □ **removiendo el puchero:** revolviendo el cocido

— ¿ Y el Estirao ?

La Rosario pareció como sobresaltarse ; levantó la cabeza y con calma, por lo menos por fuera, me soltó :

— ¿ Por qué me lo preguntas ?

— Porque está en el pueblo.

— ¿ En el pueblo ?

— Eso me han dicho.

— Pues por aquí no ha arrimado.

— ¿ Estás segura ?

— ¿ Te lo juro !

No hacía falta que me lo jurase ; era verdad, aún no había llegado, aunque había de llegar al poco rato, jaque como un rey de espadas, flamenco como un faraón.

Se encontró con la puerta guardada por mi madre.

— ¿ Está Pascual ?

— ¿ Para qué le quieres ?

— Para nada ; para hablar de un asunto.

— ¿ De un asunto ?

— Sí ; de un asunto que tenemos entre los dos.

— Pasa. Ahí lo tienes en la cocina.

El Estirao entró sin descubrirse, silbando una copla.

—¡ Hola, Pascual !

— ¡ Hola, Paco ! Descúbrete, que estás en una casa.

El Estirao se descubrió.

— ¡ Si tú lo quieres !

Quería aparentar calma y serenidad, pero no acababa de conseguirlo ; se le notaba nerviosillo y como azarado.

— ¡ Hola, Rosario !

— ¡ Hola, Paco !

Mi hermana le sonrió con una sonrisa cobarde que me repugnó ; el hombre también sonreía, pero su boca al sonreír parecía como si hubiera perdido la color.

sobresaltarse < sobresalto
(la) **calma** : sólo sustantivo □ **por fuera** : aparentemente □ **soltó** : lanzó

me han dicho : 3° persona plural, sujeto indeterminado
no ha arrimado : no ha venido ; no se ha acercado
¿ Estás segura ? : ¿ Es verdad ?

No ... jurase : c. de t. ; no era necesario que ella me lo jurara
... poco rato : aunque llegaría poco tiempo después □ **jaque** : ... : bravucón (< bravo) y derecho **como un rey de espadas** (carta de la baraja después del As) y **flamenco** (orgulloso)
¿ Está ahí Pascual ?
le quieres : le necesitas
asunto : problema

que tenemos entre los dos : que sólo nos concierne a los dos
Pasa : entra □ **ahí lo tienes** : ahí está ...
descubrirse : quitarse el sombrero □ **... copla** : con una melodía en los labios, como despreocupado □ **¡ Hola !** : ¡ Buenos días !
Descúbrete < descubrirse : ¡ quítate el sombrero !

¡ Si tú lo quieres ! : ¡ Cómo quieras !
aparentar : simular, afectar □ **no acababa de conseguirlo** : no podía parecer totalmente tranquilo □ **se le notaba...** : parecía **nerviosillo** (algo nervioso < nervio) e intranquilo

sonrió < sonreír < sonrisa < reír □ **cobarde** : miedosa (< miedo) □ **el hombre** : el Estirao □ **al sonreír** : cuando sonreía
... la color : género incorrecto, parecía descolorido (pálido)

— ¿Sabes a lo que vengo?

— Tú dirás.

— ¡A llevarme a la Rosario!

— Ya me lo figuraba. Estirao, a la Rosario no te la llevas tú.

— ¿Que no me la llevo?

— No.

— ¿Quien lo habrá de impedir?

— Yo.

— ¿Tú?

— Sí, yo ¿o es que te parezco poca cosa?

— No mucha...

En aquel momento estaba frío como un lagarto y bien pude medir todo el alcance de mis actos. Me tenté la ropa, medí las distancias y, sin dejarle seguir con la palabra para que no pasase lo de la vez anterior, le di tan fuerte golpe con una banqueta en medio de la cara que lo tiré de espaldas y como muerto contra la campana de la chimenea. Trató de incorporarse, desenvainó el cuchillo, y en su faz se veían unos fuegos que espantaban; tenía los huesos de la espalda quebrados y no podía moverse. Lo cogí, lo puse orilla de la carretera, y le dejé.

— Estirao, has matado a mi mujer...

— ¡Que era una zorra!

— Que sería lo que fuese, pero tú la has matado. Has deshonrado a mi hermana...

— ¡Bien deshonrada estaba cuando yo la cogí!

— ¡Deshonrada estaría, pero tú la has hundido! ¿Quieres callarte ya? Me has buscado las vueltas hasta que me encontraste; yo no he querido herirte, yo no quise quebrarte el costillar...

¿... a lo que vengo?: ¿... por qué razón vengo?
Tú dirás: dímelo
¡a llevarme a la Rosario!: vengo a buscar a la Rosario para que vaya a « trabajar » □ **figuraba**: imaginaba
... llevas tú: la posposición redundante implica una amenaza

¿Quién lo habrá de impedir?: ¿Quién podrá impedirlo (prohibirlo)?

te parezco (< parecer) **poca cosa**: soy para tí ...
en efecto, **no mucha** cosa
lagarto: animal de sangre fría
... alcance: apreciar toda la trascendencia (importancia) □ **me tenté ...**: me palpé ... □ **medí**: calculé □ **sin dejarle seguir**: sin permitir que continuara □ **... para que no pasase**: c. de t.
banqueta < banco □ **... cara**: en plena cara
(le di tan fuerte golpe...) que lo tiré...: que cayó (< caer) ...
campana: conducto □ **incorporarse** < cuerpo: ponerse de pie □ **desenvainó**: sacó □ **faz**: cara □ **fuegos** o fulgores
espantaban: metían (inspiraban) miedo □ **quebrados**: rotos (< romperse) □ **puse** yo < poner □ **orilla de ...**: cerca
dejé: solté

zorra: mujer de mala vida
... fuese: fuera lo que fuese; podía ser cualquier cosa
deshonrado < honra (= honor)
... estaba: bastante deshonrada estaba □ **la cogí**: me encargué de ella □ **... hundido** < hondo < fondo
¿... callarte ya?: ¿Te vas a callar? □ **... vueltas**: modismo, has querido perjudicarme □ **... encontraste**: y has acabado por encontrarme □ **quebrarte ...**: romperte las costillas

— ¡ Que sanará algún día, y ese día !

— ¿ Ese día, qué ?

— ¡ Te pegaré dos tiros como a un perro rabioso !

— ¡ Repara en que te tengo a mi voluntad !

— ¡ No sabrás tú matarme !

— ¿ Que no sabré matarte ?

— No.

— ¿ Por qué lo dices ? ¡ Muy seguro te sientes !

— ¡ Porque aún no nació el hombre !

Estaba bravo el mozo.

— ¿ Te quieres marchar ya ?

— ¡ Ya me iré cuando quiera !

— ¡ Que va a ser ahora mismo !

— ¡ Devuélveme a la Rosario !

— ¡ No quiero !

— ¡ Devuélvemela, que te mato !

— ¡ Menos matar ! ¡ Ya vas bien con lo que llevas !

— ¿ No me la quieres dar ?

— ¡ No !

El Estirao, haciendo un esfuerzo supremo, intentó echarme a un lado.

Lo sujeté del cuello y lo hundí contra el suelo.

— ¡ Échate fuera !

— ¡ No quiero !

Forcejeamos, lo derribé, y con una rodilla en el pecho le hice la confesión :

— No te mato porque se lo prometí...

— ¿ A quién ?

— A Lola.

— ¿ Entonces, me quería ?

Era demasiada chulería. Pisé un poco más fuerte... La carne del pecho hacía el mismo ruido que si estuviera en

(mi costillar) **sanará** (< sanar < volverse sano) □ **¡... ese día** (s. e. ya verás)! : tono de amenaza
te pegaré dos tiros o disparos (con la escopeta) □ **rabioso**: que tiene la rabia □ **Repara en...**: observa bien que...
¡No sabrás tú matarme!: ¡No serás capaz de matarme!
¡Dices **que no sabré** (seré capaz de...) matarte!

seguro...: te sientes (< sentirse) muy en confianza
... el hombre que ha de matarme (provocación)
... bravo el mozo: el muchacho tenía valor
¿Te quieres marchar ya?: Y ahora márchate (vete < irse)
... cuando quiera: S. P. en la subordinada temporal prospectiva (futuro en francés) □ **ahora mismo**: inmediatamente
Devuélveme a ... < devolver : restitúyeme < restituir

Devuélvemela: orden p. c. i. — p. c. d. □ **que** = o ; si no...
Menos matar: no amenaces tanto □ **¡Ya vas bien...!**: ya tienes bastante **con lo que llevas** (las costillas rotas)

intentó: trató de
echarme a un lado: apartarme (para entrar)
Lo sujeté del cuello: lo cogí del... ; lo agarré por ... □ **hundí contra...**: lo incliné hacia el suelo □ **¡Échate fuera!**: ¡Márchate! ; ¡Vete! (< irse)
Forcejeamos (< fuerza): luchamos □ **lo derribé**: lo tiré al suelo
le hice (< hacer) **la confesión**: yo le confesé
se lo prometí: orden pronominal p. c. i. — p. c. d.

demasiada chulería: era una insolencia excesiva □ **Pisé**: apreté con la rodilla (le comprimí el pecho) □ **estuviera** < estar

el asador... Empezó a arrojar sangre por la boca. Cuando me levanté, se le fue la cabeza — sin fuerza — para un lado...

[17]

Tres años me tuvieron encerrado, tres años lentos, largos como la amargura, que si al principio creí que nunca pasarían, después pensé que habían sido un sueño; tres años trabajando, día a día, en el taller de zapatero del penal; tomando, en los recreos, el sol en el patio, ese sol que tanto agradecía; viendo pasar las horas con el alma anhelante, las horas cuya cuenta — para mi mal — suspendió antes de tiempo mi buen comportamiento.

Da pena pensar que las pocas veces que en esta vida se me ocurrió no portarme demasiado mal, esa fatalidad, esa mala estrella que, como ya más atrás le dije, parece como complacerse en acompañarme, torció y dispuso las cosas de forma tal que la bondad no acabó para servir a mi alma para maldita la cosa. Peor aún: no sólo para nada sirvió, sino que a fuerza de desviarse y de degenerar siempre a algún mal peor me hubo de conducir. Si me hubiera portado mal hubiera estado en Chinchilla los veintiocho años que me salieron; me hubiera podrido vivo como todos los presos, me hubiera aburrido hasta enloquecer, hubiera desesperado, hubiera maldecido de todo lo divino, me hubiera acabado por envenenar del todo, pero allí estaría, purgando

... **asador**: hacía el mismo ruido que la carne frita □ **...arrojar**: empezó a salirle sangre por la boca □ **se le fue ...**: su **cabeza** cayó **para un lado** (estaba muerto)

me tuvieron (< tener) **encerrado**: estuve yo en la cárcel
amargura ≠ dulzura □ **que si al principio**: y si primero
que nunca pasarían de lo largo que se me hacían
día a día □ **taller**: lugar donde se trabaja manualmente
zapatero < zapato □ **penal**: prisión □ **recreo**: descanso
patio: espacio al aire libre □ **tanto agradecía**: tanto placer me daba ⧄ **el alma anhelante** (oprimida) □ **las horas cuya cuenta...**: (« *dont le, la* »), **mi buen comportamiento suspendió** (paró) antes del final la cuenta de esas horas (me liberaron con anticipación) □ **Da pena pensar**: es lástima (triste) ...
se me ocurrió no portarme...: me conduje (< conducirse) o me comporté correctamente □ **más atrás...**: como antes **le dije** a usted □ **complacerse...**: encontrar placer ... □ **torció**: desvió dispuso < disponer □ **bondad** ≠ maldad □ **no acabó ... cosa**: desgraciadamente mi buena voluntad no me sirvió de (o para) nada
siempre a algún mal peor ...: la fatalidad; mi mala estrella ... siempre me condujo a un mal peor □ **portado** o comportado
Chinchilla: el centro penitenciario □ **que me salieron**: a los que me condenaron □ **... vivo**: hubiera acabado por podrirme
... enloquecer: el aburrimiento (≠ distracción) me hubiera vuelto loco □ **maldecido de ....**: renegado de ... (< renegar < negar) ⧄ **envenenar** < veneno □ **del todo**: completamente

lo cometido, libre de nuevos delitos de sangre, preso y cautivo — bien es verdad —, pero con la cabeza tan segura sobre mis hombros como al nacer, libre de toda culpa, si no es el pecado original; si me hubiera portado ni fu ni fa, como todos sobre poco más o menos, los veintiocho años se hubieran convertido en catorce o dieciséis, mi madre se hubiera muerto de muerte natural para cuando yo consiguiese la libertad, mi hermana Rosario habría perdido ya su juventud, con su juventud su belleza, y con su belleza su peligro, y yo — este pobre yo, este desgraciado derrotado que tan poca compasión en usted y en la sociedad es capaz de provocar — hubiera salido manso como una oveja, suave como una manta, y alejado probablemente del peligro de una nueva caída. A estas horas estaría quién sabe si viviendo tranquilo, en cualquier lugar, dedicado a algún trabajo que me diera para comer, tratanto de olvidar lo pasado para no mirar más que para lo por venir; a lo mejor lo había conseguido ya... Pero me porté lo mejor que pude, puse buena cara al mal tiempo, cumplí excediéndome lo que se me ordenaba, logré enternecer a la justicia, conseguí los buenos informes del director..., y me soltaron; me abrieron las puertas, me dejaron indefenso ante todo lo malo. Me dijeron:

— Has cumplido, Pascual; vuelve a la lucha, vuelve a la vida, vuelve a aguantar a todos, a hablar con todos, a rozarte otra vez con todos.

Y creyendo que me hacían un favor, me hundieron para siempre.

Estas filosofías no se me habían ocurrido de la primera vez que este capítulo — y los dos que siguen — escribí, pero me los robaron (todavía no me he

... lo cometido: expiando mi crimen □ **libre** o exento de □ **preso**: prisionero □ **cautivo**: encerrado
segura: firme □ **al nacer**: cuando nací □ **libre de ...**: inocente **de toda culpa** (< culpable) □ **el pecado original**: de Adán y Eva
ni fu ni fa: regular □ **todos** los presos □ **sobre poco más o menos**: pop., aproximadamente □ **... convertido en**: transformado en; se hubieran vuelto catorce o dieciséis
para cuando...: antes de que yo consiguiese (obtuviera < obtener) ... c. de t. □ **juventud** < joven
su peligro: el peligro de la belleza
este desgraciado derrotado: este pobre ser vencido por la vida (que soy yo)
de haber sido liberado después yo **hubiera salido** de la cárcel **manso** (apacible < paz) □ **manta** de lana □ **alejado...**: lejos de la amenaza de **una nueva caída** (< caer) en el crimen □ **A estas horas**: actualmente □ **... sabe si**: quizá(s) □ **dedicado a algún trabajo**: ocupado en un trabajo u otro □ **me diera para comer**: me permitiera comer □ **... más que para**: y sólo mirar hacia **lo por venir** (futuro) □ **... conseguido ya**: posiblemente ya habría podido olvidar el pasado □ **puse ... tiempo**: me porté lo mejor que pude en la adversidad □ **cumplí excediéndome ...**: hice más de lo que se me ordenaba □ **enternecer**: emocionar □ **... informes**: el director certificó mi buena conducta □ **soltaron**: liberaron □ **indefenso**: sin defensa □ **ante**: más abstracto que « delante de » □ **Has cumplido** (tu pena) □ **lucha**: combate
aguantar a todos: soportar a...
rozarte ... con: alternar...; relacionarte con...
creyendo < creer □ **... un favor** (o servicio): que me favorecían **... siempre**: me encaminaron definitivamente a la perdición
filosofías: ideas □ **... ocurrido**: no me habían pasado por la cabeza cuando escribí este capítulo (...) por primera vez
me los...: me robaron los tres capítulos

explicado por qué me los quisieron quitar), aunque a usted le parezca tan extraño que no me lo crea, y entristecido por un lado con esta maldad sin justificación que tanto dolor me causa, y ahogado en la repetición, por la otra banda, que me fuerza el recuerdo y me decanta las ideas, a la pluma me vinieron y, como no considero penitencia el contrariarme las voluntades, que bastantes penitencias para la flaqueza de mi espíritu, ya que no para mis muchas culpas, tengo con lo que tengo, ahí las dejo, frescas como me salieron, para que usted las considere como le venga en gana.

Cuando salí encontré al campo más triste, mucho más triste, de lo que me había figurado. En los pensamientos que me daban cuando estaba preso, me lo imaginaba — vaya usted a saber por qué — verde y lozano como las praderas, fértil y hermoso como los campos de trigo, con los campesinos dedicados afanosamente a su labor, trabajando alegres de sol a sol, cantando, con la bota de vino a la vera y la cabeza vacía de malas ocurrencias, para encontrarlo a la salida yermo y agostado como los cementerios, deshabitado y solo como una ermita lugareña al siguiente día de la patrona...

Chinchilla es un pueblo ruin, como todos los manchegos, agobiado como por una honda pena, gris y macilento como todos los poblados donde la gente no asoma los hocicos al tiempo, y en ella no estuve sino el tiempo justo que necesité para tomar el tren que me había de devolver al pueblo, a mi casa, a mi familia; al pueblo que volvería a encontrar otra vez en el mismo sitio, a mi casa que resplandecía al sol como una joya, a mi familia que me esperaría para más lejos, que no se imaginaría que pronto habría de estar con ellos, a mi

aunque ... le parezca (< parecer)... ; *même si cela* + ind.
no me lo crea: usted no crea lo que digo
maldad (< malo): el robo de los papeles
ahogado en ...: perdido en la **repetición** que, por otro lado, **me fuerza el recuerdo** (me obliga a acordarme) **me vinieron** estas **filosofías**
el contrariarme las voluntades: el no hacer lo que yo quiero
bastantes...: aunque mis penitencias han sido pocas para **mis muchas** (numerosas) **culpas,** bastante **tengo con...** he sufrido lo suficiente si se considera **la flaqueza** (poca fuerza) **de mi espíritu**
... gana: ahí, escritas como **me salieron** (vinieron) dejo estas filosofías para que usted haga (< hacer) de ellas lo que quiera
de lo que □ **figurado**: imaginado ...
me daban: me venían □ yo **estaba preso** (era un prisionero)
vaya < ir (imperativo) □ **lozano**: lujuriante
praderas: extensión de hierba
dedicados...: aplicándose, con gusto y ardor, **a su labor** (la)
de sol a sol: desde el alba hasta el crepúsculo □ **bota**: recipiente de cuero que contiene vino □ **a la vera**: a su lado □ **ocurrencias**: ideas □ **... yermo y agostado**: pero lo encontré (el campo) estéril y quemado □ **deshabitado**: desierto □ **ermita lugareña**: capilla en el campo □ de la fiesta a la santa **patrona** (protectora del lugar) □ **ruin**: miserable
manchegos: de la Mancha, región del centro de España □ **agobiado**: oprimido □ **macilento**: descolorido; pálido □ **poblado**: pueblo □ **... tiempo**: inf., ... nunca sale fuera □ **en ella...**: en Chinchilla solamente estuve yo (< estar) ...
me había de devolver a: iba a llevarme a; me daría a
volvería a encontrar: iteración, de nuevo encontraría
sitio o lugar
me esperaría para más lejos: que todavía no me esperaba
pronto: rápidamente □ **habría de estar**: estaría; iba a estar

madre que en tres años a lo mejor Dios había querido suavizar, a mi hermana, a mi querida hermana, a mi santa hermana, que saltaría de gozo al verme.

El tren tardó en llegar, tardó muchas horas. Extraño estoy de que un hombre que tenía en el cuerpo tantas horas de espera notase con impaciencia tal un retraso de hora más, hora menos, pero lo cierto es que así ocurría, que me impacientaba, que me descomponía el aguardar como si algún importante negocio me comiese los tiempos. Anduve por la estación, fui a la cantina, paseé por un campo que había contiguo... Nada; el tren no llegaba, el tren no asomaba todavía, lejano como aún andaba por el retraso. Me acordaba del penal, que se veía allá lejos, por detrás del edificio de la estación; parecía desierto, pero estaba lleno hasta los bordes, guardador de un montón de desgraciados con cuyas vidas se podían llenar tantos cientos de páginas como ellos eran. Me acordaba del director, de la última vez que le vi; era un viejecito calvo, con un bigote cano, y unos ojos azules como el cielo; se llamaba don Conrado. Yo le quería como a un padre, le estaba agradecido de las muchas palabras de consuelo que — en tantas ocasiones — para mí tuviera. La última vez que le vi fue en su despacho, adonde me mandó llamar.

— ¿Da su permiso, don Conrado?

— Pasa, hijo.

Su voz estaba ya cascada por los años y por los achaques, y cuando nos llamaba hijos parecía como si se le enterneciera más todavía, como si le temblara al pasar por los labios. Me mandó sentar al otro lado de la mesa; me alargó la tabaquera, grande, de piel de cabra; sacó un librito de papel de fumar que me ofreció

(el tren que me habría de devolver **a mi) madre**
suavizar: volver más suave
gozo: alegría (≠ tristeza) □ **al verme**: cuando me viera (mi hermana) □ **tardó en llegar** □ **Extraño estoy de que**: me sorprende que □ **el** = su □ **tantas (horas)**: adjetivo
... que un hombre **notase...**: c. de t., sintiera con tal impaciencia unas cuantas (algunas) horas de **retraso** □ **ocurría**: pasaba □ **me impacientaba...**: **el aguardar** (o esperar) me hacía perder la paciencia y la calma **(me descomponía)** □ **... me comiese los tiempos**: como si urgiera (fuera urgente) **algún negocio** (asunto; cuestión) □ **contiguo** a la **cantina**: al lado del bar □ **no asomaba**: no aparecía □ **lejano...**: de lo lejos que estaba a causa del **retraso** □ **me acordaba** < acordarse de = recordaba el **penal** (la prisión) □ **allá lejos**: a lo lejos
lleno ≠ vacío □ **... bordes**: hasta los topes
(el penal) **guardador de** < guardar □ **montón**: multitud □ **con cuyas vidas...**: con la historia de su vida se hubiera podido escribir **tantos** centenares de páginas **como ellos eran**
viejecito < viejo □ **calvo** < calvicie, sin pelo □ **cano**: blanco

quería como a un padre
... agradecido de: yo le agradecía; sentía gratitud por
tuviera < tener: lit., había tenido
fue: impersonal □ **despacho**: local profesional
¿Da su permiso, don Conrado?: ¿Si usted me permite, don Conrado?, el don se antepone al nombre; es marca de respeto □ **Pasa**: entra □ **cascada...**: quebrantada; rota (< romper)
achaque: dolencia; enfermedad □ **como si**: su voz se volviera más tierna (dulce) aún y **como si temblara** cuando le salía de los **labios** □ **Me mandó sentar**: me pidió que me sentara
me alargó (o alcanzó): me pasó **la tabaquera** (< tabaco) **de piel de cabra** □ **librito**: contiene hojas finas

también.

— ¿Un pitillo?

— Gracias, don Conrado.

Don Conrado se rió.

— Para hablar contigo lo mejor es mucho humo. ¡Así se te ve menos esa cara tan fea que tienes!

Soltó la carcajada, una carcajada que al final se mezcló con un golpe de tos, con un golpe de tos que le duró hasta sofocarlo, hasta dejarlo abotargado y rojo como un tomate. Echó mano de un cajón y sacó dos copas y una botella de coñac. Yo me sobresalté; siempre me había tratado bien — cierto es —, pero nunca como aquel día.

— ¿Qué pasa, don Conrado?

— Nada, hijo, nada... ¡Anda, bebe..., por tu libertad!

Volvió a acometerle la tos. Yo iba a preguntar:

— ¿Por mi libertad?

Pero él me hacía señas con la mano para que no dijese nada. Esta vez pasó al revés; fue en risa en lo que acabó la tos.

— Sí. ¡Todos los pillos tenéis suerte!

Y se reía, gozoso de poder darme la noticia, contento de poder ponerme de patas en la calle. ¡Pobre don Conrado, qué bueno era! ¡Si él supiera que lo mejor que podría pasarme era no salir de allí! Cuando volví a Chinchilla, a aquella casa, me lo confesó con lágrimas en los ojos, en aquellos ojos que eran sólo un poco más azules que las lágrimas.

— ¡Bueno, ahora en serio! Lee...

Me puso ante la vista la orden de libertad. Yo no creía lo que estaba viendo.

— ¿Lo has leído?

¿ Un pitillo ? : ¿ quieres un cigarillo ?

se rió < reírse o reír
lo mejor es hacer **mucho humo** (> fumar)
Así : de esa manera □ **se te ve ...** : c. o. i. redundante = se ve menos tu cara tan **fea** (≠ bella) □ **soltó la carcajada** : se puso a reír a carcajadas (risa espasmódica ruidosa) □ **tos** < toser
hasta sofocarlo : hasta que se sofocó □ **... abotargado** : hasta que quedó hinchado (inflado) □ **echó mano de ...** : abrió un **cajón** (de un mueble) □ **copa** : vaso para el licor □ **me sobresalté** : me extrañé □ **cierto es** : bien es verdad

¡ Anda (o vamos, exclamación de incitación), **bebe...!** > imperativos □ **... tos** : la tos lo atacó nuevamente ; volvió a toser
señas : señales
(para que no) dijese nada : c. de t. en S. I. □ **al revés** : de manera contraria □ **... la tos** : la tos terminó en risa
pillo : tono indulgente, pícaro ; sinvergüenza □ buena **suerte**
gozoso : alegre □ **noticia** : información
... de patas en la calle : modismo, echarme de la cárcel
Si él supiera (si hubiera sabido) **que lo mejor que podría pasarme** (que hubiera podido sucederme) **era no salir** □ **... a Chinchilla** : más tarde, después de mi último crimen □ **me lo confesó** : me confesó que no hubiera debido dejarme salir

ahora hablemos **en serio** (seriamente) □ **Lee** < leer (imperativo)
Me puso (poner) **ante la vista** (los ojos) : me enseñó ⊠ **la orden**

— Sí, señor.

Abrió una carpeta y sacó dos papeles iguales, el licenciamiento.

— Toma, para ti; con eso puedes andar por donde quieras. Firma aquí; sin echar borrones.

Doblé el papel, lo metí en la cartera... ¡Estaba libre! Lo que pasó por mí en aquel momento ni lo sabría explicar. Don Conrado se puso grave; me soltó un sermón sobre la honradez y las buenas costumbres, me dio cuatro consejos sobre los impulsos que si hubiera tenido presentes me hubieran ahorrado más de un disgusto gordo, y cuando terminó, y como fin de fiesta, me entregó veinticinco pesetas en nombre de la Junta de Damas Regeneradoras de los Presos, institución benéfica que estaba formada en Madrid para acudir en nuestro auxilio.

Tocó un timbre y vino un oficial de prisiones. Don Conrado me alargó la mano.

— Adiós, hijo. ¡Que Dios te guarde!

Yo no cabía en mí de gozo. Se volvió hacia el oficial.

— Muñoz, acompañe a este señor hasta la puerta. Llévelo antes a la administración; va socorrido con ocho días.

A Muñoz no lo volví a ver en los días de mi vida. A don Conrado, sí; tres años y medio más tarde.

El tren acabó por llegar; tarde o temprano todo llega en esta vida, menos el perdón de los ofendidos, que a veces parece como que disfruta en alejarse. Monté en mi departamento y después de andar dando tumbos de un lado para otro durante día y medio, di alcance a la estación del pueblo, que tan conocida me era, y en cuya vista había estado pensando durante todo el viaje.

carpeta: con documentos o papeles dentro □ **iguales**: idénticos
licenciamiento: liberación
con eso: la orden de licenciamiento □ **andar**: ir
quieras: subj. de eventualidad (futuro en francés) □ ... **borrones**: sin hacer manchas (limpiamente) □ **doblé**: plegué < pliegue □ **por mí**: dentro de mí □ **ni** siquiera **lo sabría...**: no sería yo capaz de explicarlo □ **se puso grave** < ponerse = modificación de aspecto □ **honradez** < honrado: probidad □ **buenas costumbres**: conducta digna □ ... **impulsos**: me exhortó a moderar mis impulsos □ ... **me hubieran ahorrado más...**: estos consejos me hubieran evitado disgustos graves si los hubiera seguido □ **me entregó**: me dio □ **en nombre de la Junta de (Damas ... Presos)**: asociación caritativa
para acudir ...: para ayudarnos (a los presos)

Tocó un timbre: llamó haciendo sonar un timbre □ **oficial**: grado en el ejército, la policía o la administración □ **me alargó la mano**: me dio la mano (para despedirse)
Yo no cabía en mí ...: yo no me contenía de alegría □ **se volvió**: se dio la vuelta para dirigirse hacia ... □ **acompañe** usted (imperativo) □ **Llévelo** < llevar (imperativo)...: pase primero por la **administración** (aquí intendencia) □ ... **ocho días**: tiene ayuda (dinero) para ocho días □ ... **de mi vida**: no lo vi nunca más □ **sí** (s. e., volví a verlo)
acabó por llegar: llegó por fin
el perdón ...: referencia bíblica; al contrario de Cristo, el hombre ofendido no perdona la ofensa □ ... **alejarse**: el perdón parece como encontrar placer en alejarse < lejos □ **dando tumbos**: sacudido (movido) por los movimientos del tren □ **di alcance**: alcancé; llegué □ **en cuya vista ...**: en su visión había estado pensando yo ...

Nadie, absolutamente nadie, si no es Dios que está en las Alturas, sabía que yo llegaba, y sin embargo — no sé por qué rara manía de ideas — momento llegó a haber en que imaginaba el andén lleno de gentes jubilosas que me recibían con los brazos al aire, agitando pañuelos, voceando mi nombre a los cuatro puntos.

Cuando llegué, un frío agudo como una daga se me clavó en el corazón. En la estación no había nadie. Era de noche; el jefe, el señor Gregorio, con su farol de mecha que tenía un lado verde y otro rojo, y su banderola enfundada en su caperuza de lata, acababa de dar salida al tren.

Ahora se volvería hacia mí, me reconocería, me felicitaría.

— ¡ Caramba, Pascual ! ¡ Y tú por aquí !

— Sí, señor Gregorio. ¡ Libre !

— ¡ Vaya, vaya !

Y se dio media vuelta sin hacerme más caso. Se metió en su caseta. Yo quise gritarle :

— ¡ Libre, señor Gregorio ! ¡ Estoy libre ! porque pensé que no se había dado cuenta. Pero me quedé un momento parado y desistí de hacerlo.

La sangre se me agolpó a los oídos y las lágrimas estuvieron a pique de aparecerme en ambos ojos. Al señor Gregorio no le importaba nada mi libertad.

Salí de la estación con el fardo del equipaje al hombro, torcí por una senda que desde ella llevaba hasta la carretera donde estaba mi casa, sin necesidad de pasar por el pueblo, y empecé a caminar. Iba triste, muy triste ; toda mi alegría la matara el señor Gregorio con sus tristes palabras, y un torrente de funestas ideas, de presagios desgraciados, que en vano yo trataba de

si no es Dios: sino Dios; a no ser Dios
las Alturas: el Cielo □ **sin embargo**: con todo
qué: cuál □ **rara**: extraña □ **manía de idea**: obsesión □ ...
haber: hubo (< hay) momentos □ **andén**: en la estación, plataforma al lado de la vía □ **pañuelo**: trozo de tela que se agita para recibir o despedir □ **voceando** < voz: gritando
llegué a mi pueblo
(se me) clavó en el corazón: c. o. i. con valor posesivo, se clavó en mi corazón □ **farol de mecha**: linterna

banderola: bandera pequeña □ **enfundada**: metida □ ...
caperuza de lata: capuchón de hojalata *(fer-blanc)* □ **dar salida**: autorizar la salida □ **se volvería**: iba a darse la vuelta en mi dirección □ **(me) felicitaría** por mi liberación
¡Caramba...!: exclamación de sorpresa (como ¡Anda... o Vaya!)
¡Vaya, vaya!: exclamación muy frecuente que puede expresar cualquier cosa, hasta indiferencia como aquí □ ... **caso**: desinteresándose de mí □ **caseta** < casa del jefe de estación □ **quise** < querer
me quedé: permanecí
parado: inmóvil □ **desistí de hacerlo**: renuncié a hacerlo
... **oídos**: afluyó (< afluir) a mis oídos (≠ orejas)
estuvieron (< estar) □ **a pique**: a punto ... □ **ambos**: los dos
... **no le importaba nada**: no le interesaba de ninguna manera; le era indiferente □ **equipaje**: lo que yo llevaba
torcí: desvié □ **senda**: camino estrecho □ **que desde ella...**: que desde la estación conducía...
empecé < empezar □ yo **iba triste**: yo caminaba tristemente
alegría ≠ tristeza □ **la matara**: lit., la había matado

desgraciados: nefastos

ahuyentar, me atosigaban la memoria. La noche estaba clara, sin una nube, y la luna, como una hostia, allí estaba, clavada, en el medio del cielo. No quería pensar en el frío que me invadía.

Un poco más adelante, a la derecha del sendero, hacia la mitad del camino, estaba el cementerio, en el mismo sitio donde lo dejé, con la misma tapia de adobes negruzcos, con su alto ciprés que en nada había mudado, con su lechuza silbadora entre las ramas. El cementerio donde descansaba mi padre de su furia; Mario, de su inocencia; mi mujer, su abandono, y el Estirao, su mucha chulería. El cementerio donde se pudrían los restos de mis dos hijos, del abortado y de Pascualillo, que en los once meses de vida que alcanzó fuera talmente un sol...

¡Me daba resquemor llegar al pueblo, así, solo, de noche, y pasar lo primero por junto al camposanto! ¡Parecía como si la Providencia se complaciera en ponérmelo delante, en hacerlo de propósito para forzarme a caer en la meditación de lo poco que somos!

La sombra de mi cuerpo iba siempre delante, larga, muy larga, tan larga como un fantasma, muy pegada al suelo, siguiendo el terreno, ora tirando recta por el camino, ora subiéndose a la tapia del cementerio, como queriendo asomarse. Corrí un poco; la sombra corrió también. Me paré; la sombra también paró. Miré para el firmamento; no había una sola nube en todo su redor. La sombra había de acompañarme, paso a paso, hasta llegar.

Cogí miedo, un miedo inexplicable; me imaginé a los muertos saliendo en esqueleto a mirarme pasar. No me atrevía a levantar la cabeza; apreté el paso; el cuerpo

ahuyentar: alejar; apartar □ **me atosigaban**: me invadían
hostia: redonda y blanca como la luna (= pan eucarístico)
clavada: inmóvil □ yo **no quería pensar en ...**

adelante < delante (de mí) □ **sendero**: senda (p. 242, l. 27) □ **hacia**: aproximadamente a ...
... **lo dejé**: seguía en el mismo lugar □ **tapia**: muro □ **adobe**: ladrillo de barro y paja □ **negruzco** < negro
... **mudado**: que no había cambiado en absoluto □ **lechuza...**: ave nocturna de mal agüero
mi mujer, descansaba de **su abandono** (adulterio)
descansaba de **su mucha chulería** (soberbia excesiva)
se pudrían < pudrirse o podrirse □ **del** hijo **abortado** (capítulo 9) □ **Pascualillo** (capítulo 10) □ **alcanzó**: llegó a vivir
fuera talmente un sol: había sido como un sol para mí
me daba resquemor (el): me angustiaba llegar ...
lo primero: primero (≠ después) □ **por junto al camposanto**: al lado del cementerio □ **se complaciera**: hubiera tomado placer en □ **ponérmelo**: poner el cementerio delante de mis ojos □ **de propósito**: deliberadamente; adrede □ **a caer en ...**: a meditar sobre nuestra insignificancia ⧄ **sombra** ≠ luz □ **... delante**: me precedía ⧄ **larga** ≠ corta □ **muy pegada**: adhiriendo
siguiendo < seguir □ **ora tirando recta** (avanzando derecha) ... **ora subiéndose** (montando) ...: conjunción alternativa (ya ... ya ...) □ **como queriendo asomarse**: como si hubiera querido observar el interior □ **me paré**: me detuve (< detenerse); me inmovilicé
(...) **redor**: en derredor (en todo el espacio celeste) □ **había de acompañarme**: me acompañaría **hasta llegar** a mi casa
Cogí: tuve; me entró
saliendo: que salían de sus tumbas
(no me) atrevía a: no osaba □ **apreté el paso**: aceleré

parecía que no me pesaba; el cajón tampoco. En aquel momento parecía como si tuviera más fuerza que nunca. Llegó el instante en que llegué a estar al galope como un perro huido; corría, corría como un loco, como un poseído. Cuando llegué a mi casa estaba rendido; no hubiera podido dar un paso más...

Puse el bulto en el suelo y me senté sobre él. No se oía ningún ruido; Rosario y mi madre estarían, a buen seguro, durmiendo, ajenas del todo a que yo había llegado, a que yo estaba libre, a pocos pasos de ellas. ¡Quién sabe si mi hermana no habría rezado una salve — la oración que más le gustaba — en el momento de meterse en la cama, porque a mí me soltasen! Quién sabe si a aquellas horas no estaría soñando, entristecida, en mi desgracia, imaginándome tumbado sobre las tablas de la celda, con la memoria puesta en ella, que fue el único afecto sincero que en mi vida tuve! Estaría a lo mejor sobresaltada, presa de una pesadilla.

Y yo estaba allí, estaba ya allí, libre, sano como una manzana, listo para volver a empezar, para consolarla, para mimarla, para recibir su sonrisa.

No sabía lo que hacer; pensé llamar... Se asustarían; nadie llama a esas horas. A lo mejor ni se atrevían a abrir; pero tampoco podía seguir allí, tampoco era posible esperar al día sentado sobre el cajón.

Por la carretera venían dos hombres conversando en voz alta; iban distraídos, como contentos; venían de Almendralejo, quién sabe si de ver a las novias. Pronto los reconocí: eran León, el hermano de Martinete, y el señorito Sebastián. Yo me escondí; no sé por qué, pero su vista me apresuraba.

Pasaron muy cerca de la casa, muy cerca de mí; su

... no me pesaba: mi cuerpo no parecía pesar (< peso) □ **el cajón**: el fardo que yo llevaba □ **como si** yo **tuviera más fuerza el instante en que** □ **... galope**: me puse (< ponerse) a galopar
huido: escapado
poseído (por el demonio): poseso □ **rendido**: sin fuerzas
dar un paso más: avanzar más
Puse < poner □ **bulto**: fardo; equipaje □ **me senté** < sentarse
oía (percibía) ≠ entendía □ **ningún ruido** = ruido alguno □ **a buen seguro**: seguramente ☑ **durmiendo** □ **ajenas del todo a**: completamente ignorantes de que ... □ **a pocos pasos**: muy cerca □ **... rezado**: quizá hubiera **rezado una salve** (oración dirigida a la Virgen María) □ **que más le gustaba** = que prefería □ **... soltasen**: había rezado para que me liberaran
... no estaría soñando ...: quizá estuviera soñando en (o con) mi infortunio □ **imaginándome tumbado**: y me imaginaba acostado... □ **tablas** (madera plana y delgada) que servían de cama □ **... ella**: pensando yo también en ella □ **afecto**: afección □ **tuve** yo < tener □ **sobresaltada**: angustiada □ **... pesadilla**: víctima de un mal sueño
listo para...: dispuesto a empezarlo todo de nuevo
mimarla: tratarla con muchas atenciones
lo que: qué □ **se asustarían**: se alarmarían
nadie llama...: no suele llamar nadie a tales horas □ **A lo mejor...**: quizá(s) ni siquiera se aventurarían a ... □ **tampoco podía** yo ...: no podía tampoco quedarme a la puerta □ **cajón**: l. 2 ☑ **conversando en (voz alta)**

quién sabe si no venían **de ver a las** (sus) **novias** □ **Pronto**: rápidamente ... □ **Martinete** el Gallo (el de la taberna)
me escondí: me disimulé □ **no sé** (< saber) **por qué** (interrogación indirecta) □ **vista** (< ver): visión □ **me apresuraba**: me obligaba a la precipitación

conversación era bien clara.

— Ya ves lo que a Pascual le pasó.

— Y no hizo más que lo que hubiéramos hecho cualquiera.

— Defender a la mujer.

— Claro.

— Y está en Chinchilla, a más de un día de tren, ya va para tres años...

Sentí una profunda alegría ; me pasó como un rayo por la imaginación la idea de salir, de presentarme ante ellos, de darles un abrazo..., pero preferí no hacerlo ; en la cárcel me hicieron más calmoso, me quitaron impulsos.

Esperé a que se alejaran. Cuando calculé verlos ya suficientemente lejos, salí de la cuneta y fui a la puerta. Allí estaba el cajón ; no lo habían visto. Si lo hubieran visto se hubieran acercado, y yo hubiera tenido que salir a explicarles, y se hubieran creído que me ocultaba, que los huía.

No quise pensarlo más ; me acerqué hasta la puerta y di dos golpes sobre ella. Nadie me respondió ; esperé unos minutos. Nada. Volví a golpearla, esta vez con más fuerza. En el interior se encendió un candil.

— ¡ Quién !

— ¡ Soy yo !

— ¿ Quién ?

Era la voz de mi madre. Sentí alegría al oírla, para qué mentir.

— Yo, Pascual.

— ¿ Pascual ?

— Sí, madre. ¡ Pascual !

Abrió la puerta ; a la luz del candil parecía una bruja.

... clara: hablaban muy distintamente

Ya ves: mira □ **le pasó**: le sucedió

no hizo (< hacer)...: nosotros hubiéramos hecho lo mismo que él □ **cualquiera** de nosotros

Defender a la (= nuestra) **mujer**

Claro: sí

en el penal de **Chinchilla** □ **ya ...**: hace ya cerca de tres años que allí está

me pasó como un rayo ...: me cruzó en un instante ...

ante (ellos): delante de ellos

darles un abrazo: abrazarles (< brazo)

me hicieron más calmoso: me volvieron más tranquilo □ **me quitaron impulsos**: me moderaron los impulsos

... a que se alejaran < alejarse: c. de t. □ **calculé verlos ya...**: cuando pensé que ya se habían alejado bastante □ **cuneta**: foso a cada lado de la carretera □ **cajón**: p. 246, l. 1 □ ellos **no lo habían visto si** no (de haberlo visto) **se hubieran acercado** < cerca (≠ alejado) □ **... ocultaba**: y hubieran pensado que me escondía de ellos □ **(que) los huía**: que quería evitarlos

No quise pensarlo más: no pensé más en ello □ **me acerqué** < acercarse □ **... sobre ella**: llamé dos veces a la puerta

no pasó **Nada** □ **volví a golpearla**: llamé de nuevo

se encendió ≠ se apagó □ **candil**: lámpara de aceite

¡ **Quién** llama !

al oírla: cuando la oí

parecía o se parecía a □ **bruja**: mujer con poderes malignos

— ¿Qué quieres?

— ¿Que qué quiero?

— Sí.

— Entrar. ¿Qué voy a querer?

Estaba extraña. ¿Por qué me trataría así?

— ¿Qué le pasa a usted, madre?

— Nada, ¿por qué?

— No, ¡como la veía como parada!

Estoy por asegurar que mi madre hubiera preferido no verme. Los odios de otros tiempos parecían como querer volver a hacer presa en mí. Yo trataba de ahuyentarlos, de echarlos a un lado.

— ¿Y la Rosario?

— Se fue.

— ¿Se fue?

— Sí.

— ¿A dónde?

— A Almendralejo.

— ¿Otra vez?

— Otra vez.

— ¿Liada?

— Sí.

— ¿Con quién?

— ¿A ti qué más te da?

Parecía como si el mundo quisiera caerme sobre la cabeza. No veía claro; pensé si no estaría soñando. Estuvimos los dos un corto rato callados.

— ¿Y por qué se fue?

— ¡Ya ves!

— ¿No quería esperarme?

— No sabía que habías de venir. Estaba siempre hablando de ti...

¿Me preguntas **qué** es lo **que quiero?**

¿Qué voy a querer?: ¿Qué otra cosa puedo querer?
extraña: rara ≠ normal □ **¿Por qué me trataría así?**: ¿Por qué razón me trataba de esa manera? □ **le pasa**: le ocurre

No: por nada □ **como parada**: como sorprendida
Estoy por ...: estoy casi seguro de que; yo afirmaría que ...
odio ≠ amor □ **otros tiempos** (pasados): antaño
... volver a hacer presa en mí: como si quisieran tomar posesión de mí □ **ahuyentarlos**: expulsarlos □ **echarlos a un lado**: apartarlos; alejarlos □ **¿Y la Rosario?**: ¿Dónde está la Rosario? □ **Se fue** < irse: se marchó

¿A dónde se marchó?: preposición «a» con los verbos de movimiento

¿Liada con uno?: ¿se ha juntado con otro hombre?

¿A ti qué más te da?: ¿Qué te importa?
quisiera < querer □ **caerme sobre ...**: caerse sobre mi cabeza
Yo **no veía claro** □ **pensé si no ...**: me pregunté si yo no ...
Estuvimos (< estar) □ **los dos ...**: ambos nos quedamos silenciosos un corto momento
¡Ya ves!: giro frecuente que no evoca nada preciso, ¿Quién sabe?
que habías de venir: que ibas a venir □ **Estaba siempre hablando**: estar + gerundio = forma progresiva

¡Pobre Rosario, qué vida de desgracia llevaba con lo buena que era!

— ¿Os faltó de comer?

— A veces.

— ¿Y se marchó por eso?

— ¡Quién sabe!

Volvimos a callar.

— ¿La ves?

— Sí; viene con frecuencia. ¡Como él está también aquí!

— ¿Él?

— Sí.

— ¿Quién es?

— El señorito Sebastián.

Creí morir. Hubiera dado dinero por haberme visto todavía en el penal.

[18]

La Rosario fue a verme en cuanto se enteró de mi vuelta.

— Ayer supe que habías vuelto. ¡No sabes lo que me alegré!

¡Cómo me gustaba oír sus palabras!

— Sí, lo sé, Rosario; me lo figuro. ¡Yo también estaba deseando volverte a ver!

Parecía como si estuviéramos de cumplido, como si nos hubiéramos conocido diez minutos atrás. Los dos hacíamos esfuerzos para que la cosa saliera natural. Yo

vida de desgracia: vida miserable □ **llevaba**: tenía □ **con lo buena que era**: giro concesivo, a pesar de lo buena ...
¿Os faltó de comer?: ¿Habéis sufrido del hambre? (por falta de dinero) □ **A veces**: de vez en cuando
por eso: por esa razón (por las privaciones)

Volvimos a callar: nos callamos de nuevo
¿La ves?: ¿Sigues (< seguir) viéndola (a Rosario)
está: vive

Hubiera dado dinero...: valor condicional = habría pagado por seguir en la cárcel

fue a verme: vino (< venir) a verme □ **en cuanto se enteró de...**: cuando ella supo (< saber) que yo había vuelto
supe < saber (yo)
(lo que me) alegré: lo contenta que me puse (< ponerse)
¿Cómo me gustaba...!: acento exclamativo ☐ **oír** (< oído) ≠ entender □ **me lo figuro**: me lo imagino
estaba deseando volverte a ver: tenía deseos de verte de nuevo
como si (+ S. I.) **estuviéramos de cumplido**: como si fuera una visita de cortesía □ **atrás**: antes □ **Los dos** o ambos
la cosa: la conversación □ **saliera** < salir: pareciera

pregunté, por preguntar algo, al cabo de un rato:

— ¿Cómo fue de marcharte otra vez?

— Ya ves.

— ¿Tan apurada andabas?

— Bastante.

— ¿Y no pudiste esperar?

— No quise.

Puso bronca la voz.

— No me dio la gana de pasar más calamidades...

Me lo explicaba; la pobre bastante había pasado ya.

— No hablemos de eso, Pascual.

La Rosario se sonreía con su sonrisa de siempre, esa sonrisa triste y como abatida que tienen todos los desgraciados de buen fondo.

— Pasemos a otra cosa... ¿Sabes que te tengo buscada una novia?

— ¿A mí?

— Sí.

— ¿Una novia?

— Sí, hombre. ¿Por qué? ¿Te extraña?

— No... Me parece raro. ¿Quién me ha de querer a mí?

— Pues cualquiera. ¿O es que no te quiero yo?

La confesión de cariño de mi hermana, aunque ya la sabía, me agradaba; su preocupación por buscarme novia, también. ¡Mire usted que es ocurrencia!

— ¿Y quién es?

— La sobrina de la señora Engracia.

— ¿La Esperanza?

— Sí.

— ¡Guapa moza!

— Que te quiere desde antes de que te casases.

por preguntar algo: para romper el silencio □ **al cabo de...**: después de un momento □ **¿Cómo fue de marcharte...?**: ¿Y por qué te has vuelto a ir (te has ido otra vez)? □ **Ya ves**: p. 251, l. 29 □ **¿Tan apurada andabas?**: ¿Tantas prisas tenías?; ¿Tan urgente (o tan necesario) era?
no pudiste (tú) < poder
(yo) **no quise** < querer
Puso bronca la voz: su voz se hizo (< hacerse) **bronca** (áspera y grave) □ **No me dio la gana...**: no quise vivir otras desgracias
Yo **me lo explicaba**: yo comprendía sus razones □ **bastante había pasado ya**: ya había sufrido lo suficiente □ **No hablemos**: imperativo negativo (no + S. P.) □ **se sonreía** = sonreía < sonreír < reír > risa > sonrisa
desgraciado: infeliz □ **de buen fondo** (o corazón)
te tengo (buscada): valor activo de « tener » (acción pasada con efectos presentes), he buscado (y encontrado) para ti □ **una novia**: sentido amplio = mujer para casarte

Sí, hombre: exclamación frecuente (aquí de insistencia) □ **te extraña**: te sorprende □ **raro**: curioso □ **¿Quién me ha de querer a mí?**: ¿Quién podría quererme?
cualquiera: cualquier mujer □ **¿O es que...?**: ¿O acaso ...?
la confesión de cariño: las palabras de afección
... sabía: aunque yo ya conocía sus sentimientos □ **me agradaba**: me era agradable; □ **¡... ocurrencia!**: ¡Vaya idea la suya! muestra sorpresa y admiración
sobrina: con relación a una persona, la hija de un hermano

¡Guapa moza!: ¡Bonita muchacha!
te quiere: te ama □ **... de que te casases** (con Lola): c. de t.

— ¡ Bien callado se lo tenía !

— Qué quieres, ¡ cada una es como es !

— ¿ Y tú, qué le has dicho ?

— Nada ; que alguna vez habrías de volver.

— Y he vuelto...

— ¡ Gracias a Dios !

La novia que la Rosario me tenía preparada, en verdad que era una hermosa mujer. No era del tipo de Lola, sino más bien al contrario, algo así como un término medio entre ella y la mujer del Estévez, incluso algo parecida en el tipo — fijándose bien — al de mi hermana. Andaría por entonces por los treinta o treinta y dos años, que poco o nada se la notaban de joven y conservada como aparecía. Era muy religiosa y como dada a la mística, cosa rara por aquellas tierras, y se dejaba llevar de la vida, como los gitanos, sólo con el pensamiento puesto en aquello que siempre decía :

— ¿ Para qué variar ? ¡ Está escrito !

Vivía en el cerro con su tía, la señora Engracia, hermanastra de su difunto padre, por haberse quedado huérfana de ambas partes aún muy tierna, y como era de natural consentidor y algo tímida, jamás nadie pudiera decir que con nadie la hubiera visto u oído discutir, y mucho menos con su tía, a la que tenía un gran respeto. Era aseada como pocas, tenía la misma color de las manzanas y cuando, al poco tiempo de entonces, llegó a ser mi mujer — mi segunda mujer —, tal orden hubo de implantar en mi casa que en multitud de detalles nadie la hubiera reconocido.

La primera vez, entonces, que me la eché a la cara, la cosa no dejó de ser violenta para los dos ; los dos sabíamos lo que nos íbamos a decir, los dos nos

¡... se lo tenía! : ¡Bien secreto lo guardaba!
Qué quieres = qué le vamos a hacer (giro lexical de resignación) □ **¿... qué le has dicho** (< decir) a ella?
alguna vez habrías de volver : un día u otro volverías al pueblo
vuelto < volver

me tenía preparada : me destinaba
(en) verdad que... : no cabe duda que; es cierto que □ **hermosa** : bella □ **no era ... sino más bien ...** : giro de oposición a una proposición negativa previa □ **ella** : Lola □ **... Estévez** : la madrileña □ **algo parecida...** : mirándolo bien, tenía un físico un poco parecido **al de ...** □ **Andaría por...** : tendría unos (aproximadamente) ... en aquel momento □ **poco o nada se la notaban de ...** : edad que prácticamente no aparentaba por su apariencia **joven** y bien **conservada** □ **como dada a...** : con cierta predisposición a la mística □ **se dejaba llevar de la vida** : se dejaba guiar por ... □ **pensamiento** < pensar □ **puesto en aquello que...** : fijo en lo que... □ **variar** : cambiar
cerro : colina □ **su tía Engracia** era sólo medio hermana (o **hermanastra) de su difunto padre** (había muerto) □ **... por haberse quedado huérfana...** : vivía con su tía porque sus padres habían muerto cuando ella era muy niña □ **de natural consentidor** : de carácter tolerante □ **pudiera... discutir** : nadie la había visto u oído disputar (argüir) con alguien
gran respeto □ **Era aseada como pocas** : era particularmente pulcra (≠ sucia) □ **la misma color** : género incorrecto, el color
... entonces : poco tiempo después □ **llegó a ser** : fue
... implantar : ordenó (arregló) de tal modo mi casa que ...

que me la eché a la cara : que yo estuve con ella
no dejó de ser violenta... : fue difícil y poco natural para ambos
... nos íbamos a decir = íbamos a decirnos

mirábamos a hurtadillas como para espiar los movimientos del otro.

Estábamos solos, pero era igual; solos llevábamos una hora y cada instante que pasaba parecía como si fuera a costar más trabajo el empezar a hablar. Fue ella quien rompió el fuego:

— Vienes más gordo.

— Puede...

— Y de semblante más claro.

— Eso dicen...

Yo hacía esfuerzos en mi interior por mostrarme amable y decidor, pero no lo conseguía; estaba como entontecido, como aplastado por un peso que me ahogaba, pero del que guardo recuerdo como una de las impresiones más agradables de mi vida, como una de las impresiones que más pena me causó el perder.

— ¿Cómo es aquel terreno?

— Malo.

Ella estaba como pensativa. ¡Quién sabe lo que pensaría!

— ¿Te acordaste mucho de la Lola?

— A veces. ¿Por qué mentir? Como estaba todo el día pensando, me acordaba de todos. ¡Hasta del Estirao, ya ves!

La Esperanza estaba levemente pálida.

— Me alegro de que hayas vuelto.

— Sí, Esperanza, yo también me alegro de que me hayas esperado.

— ¿De que te haya esperado?

— Sí; ¿o es que no me esperabas?

— ¿Quién te lo dijo?

— ¡Ya ves! ¡Todo se sabe!

a hurtadillas: disimuladamente □ **espiar**: observar

era o **daba igual**: daba lo mismo □ **solos llevábamos...**: hacía una hora que estábamos juntos □ **parecía como si fuera a...**: parecía que nos iba a ser más díficil **empezar a hablar** ⧄ **Fue ella quien rompió el fuego**: fue ella quien inició la conversación
Vienes más gordo: estás más gordo que antes
Puede: es posible
y de semblante más claro: y tienes la cara más pálida
Eso dicen: ya me lo han dicho

decidor < decir: locuaz ≠ callado □ **no lo conseguía**: no podía **entontecido** < tonto: embrutecido < bruto □ **aplastado**: oprimido □ **ahogaba**: asfixiaba □ **del que guardo** (o conservo) **recuerdo**: que recuerdo < recordar ⧄ **las impresiones_más agradables**: no se repite el artículo definido con el superlativo □ **... el perder**: el perder esta impresión me causó mucha pena □ **¿Cómo es aquel terreno** (lugar)?: ¿Qué tal estabas en aquel sitio? □ **pensativa** < pensar: meditabunda < meditar
pensaría: estaría pensando
¿Te acordaste mucho de ...? < acordarse de: ¿Recordaste mucho a la Lola? < recordar □ **A veces**: algunas veces
... pensando: como me pasaba el día pensando
... ya ves: me acordaba incluso del Estirao para que veas; ¡date cuenta! □ **levemente**: ligeramente
Me alegro de que + Subj.: me agrada que hayas (< haber) vuelto

¿De que yo **te haya** (S. P. de haber) **esperado?**
¿O es que no ...?: ¿O acaso no me esperabas?
dijo < decir
¡Ya ves!: expresión sin valor definido como ¡Hombre!

Le temblaba la voz y su temblor no faltó nada para que me lo contagiase.

— ¿Fue la Rosario?

— Sí. ¿Qué ves de malo?

— Nada.

Las lágrimas le asomaron a los ojos.

— ¿Qué habrás pensado de mí?

— ¿Qué querías que pensase? ¡Nada!

Me acerqué lentamente y la besé en las manos. Ella se dejaba besar.

— Estoy tan libre como tú, Esperanza.

. . . .

— Tan libre como cuando tenía veinte años.

Esperanza me miraba tímidamente.

— No soy un viejo; tengo que pensar en vivir.

— Sí.

— En arreglar mi trabajo, mi casa, mi vida... ¿De verdad que me esperabas?

— Sí.

— ¿Y por qué no me lo dices?

— Ya te lo dije.

Era verdad; ya me lo había dicho, pero yo gozaba en hacérselo repetir.

— Dímelo otra vez.

La Esperanza se había vuelto roja como un pimiento. La voz le salía como cortada y los labios y las aletas de la nariz le temblaban como las hojas movidas por la brisa, como el plumón del jilguero que se esponja al sol.

— Te esperaba, Pascual. Todos los días rezaba porque volvieras pronto; Dios me escuchó.

— Es cierto.

Volví a besarla las manos. Estaba como apagado. No

Le temblaba la voz: su voz temblaba □ **su** (el) **temblor no faltó nada ... contagiase** (c. de t.): estuve a punto de contagiarme con su temblor □ **¿Fue la Rosario** quien te lo dijo?

¿Qué ves de malo?: ¿Te parece mal?

Nada malo

le asomaron...: le subieron a...; estaba a punto de llorar

¿Qué habrás pensado...?: ¿Qué has podido pensar...?

... que yo **pensase**: c. de t. en S. I.

me acerqué < acercarse: vine cerca de ella □ **la besé ...**: le di un beso □ **besar** < beso

estoy tan libre como tú: no tengo ningún compromiso (ninguna obligación moral) con nadie

tan libre ... (habla Pascual)

tengo que (o debo) **pensar en vivir**

pensar en arreglar...: pensar en poner en orden ... □ **¿De verdad que ...?**: ¿Es cierto que ...?

dije < decir (yo)

gozaba (< gozo = placer) **en**: me complacía (sentía placer) en **hacérselo**: enclisis en infinitivo, orden pronominal = p. c. i. — p. c. d. □ **Dímelo** < decir

se había vuelto roja: se había puesto colorada (ponerse + adj. = cambio ocasional e involuntario) □ **aletas** o alas: extremidades **de la nariz** por donde pasa el aire □ **hojas** de los árboles

plumón < plumas finas y suaves □ **jilguero**: *chardonneret* □ **se esponja**: el plumón toma un aspecto voluminoso □ **rezaba porque volvieras** (< volver, c. de t.): yo pedía a Dios que regresaras rápidamente □ **Es cierto** o verdad

... a besarla (laísmo) ...: le besé de nuevo... □ **apagado** ≠ vivo

me atrevía a besarla en la cara.

— ¿Querrás..., querrás...?

— Sí.

— ¿Sabías lo que iba a decir?

— Sí. No sigas.

Se volvió radiante de repente como un amanecer.

— Bésame, Pascual...

Cambió de voz, que se puso velada y como sorda.

— ¡Bastante te esperé!

La besé ardientemente, intensamente, con un cariño y con un respeto como jamás usé con mujer alguna, y tan largo, tan largo, que cuando aparté la boca el cariño más fiel había aparecido en mí.

[19]

Llevábamos ya dos meses casados cuando me fue dado el observar que mi madre seguía usando de las mismas mañas y de iguales malas artes que antes de que mc tuvieran encerrado. Me quemaba la sangre con su ademán, siempre huraño y como despegado, con su conversación hiriente y siempre intencionada, con el tonillo de voz que usaba para hablarme, en falsete y tan fingido como toda ella. A mi mujer, aunque transigía con ella, ¡qué remedio la quedaba!, no la podía ver ni en pintura, y tan poco disimulaba su malquerer que la Esperanza, un día que estaba ya demasiado cargada, me planteó la cuestión en unas formas que pude ver que no otro arreglo sino el poner la tierra por en medio podría

(No) me atrevía a: no me sentía capaz de
¿Querrás...?: vas a querer

lo que yo **iba a decir**
No sigas < seguir: no digas (< decir) más
Se volvió radiante de repente: transformación súbita, de pronto su cara resplandeció como la aurora □ **Bésame**: dame un beso **se puso** < ponerse: delante de adjetivo, cambio ocasional □ **velada** > velo: se veló □ **¡Bastante!**: idea de exceso, ¡Demasiado! □ **ardientemente**: con mucho ardor
como jamás usé...: como nunca tuve con ninguna mujer □ **tan largo...**: duró tanto, tanto □ **aparté la boca**: dejé de besarla □ **el cariño más fiel** (constante)...

Llevábamos ya...: ya hacía dos meses que nos habíamos casados □ ... **dado el observar**: pude observar □ **usando de**: utilizando □ **mañas**: astucias □ **iguales malas artes**: los mismos procedimientos pérfidos □ **(...) me tuvieran encerrado**: c. de t. □ **Me quemaba...**: me exasperaba □ **ademán**: actitud □ **huraño y despegado**: insociable e indiferente □ **hiriente...**: ofensiva (que ofendía) y malintencionada □ **tonillo de voz**: desp. □ **en falsete** < falso tonillo de voz **tan fingido** (hipócrita) **como** ... □ **aunque transigía con ella,** mi madre □ **¡Qué remedio la** (laísmo) **quedaba!**: ¡Qué otra cosa podía hacer! □ ... **ni en pintura**: mi madre no podía ver a mi mujer y no ocultaba su **malquerer** □ ... **cargada**: ... ya no podía soportar más □ **en unas formas**: de una manera □ **arreglo**: solución □ **el poner...**: el alejarse < lejos

llegar a tener. La tierra por en medio se dice cuando dos se separan a dos pueblos distantes, pero, bien mirado, también se podría decir cuando entre el terreno en donde uno pisa y el otro duerme hay veinte pies de altura...

Muchas vueltas me dio en la cabeza la idea de la emigración; pensaba en La Coruña, o en Madrid, o bien más cerca, hacia la capital, pero el caso es que — ¡ quién sabe si por cobardía, por falta de decisión ! — la cosa la fui aplazando, aplazando, hasta que cuando me lancé a viajar, con nadie que no fuese con mis mismas carnes, o con mi mismo recuerdo, hubiera querido poner la tierra por en medio... La tierra que no fue bastante grande para huir de mi culpa... La tierra que no tuvo largura ni anchura suficiente para hacerse la muda ante el clamor de mi propia conciencia...

Quería poner tierra entre mi sombra y yo, entre mi nombre y mi recuerdo y yo, entre mis mismos cueros y mí mismo del que, de quitarle la sombra y el recuerdo, los nombres y los cueros, tan poco quedaría.

Hay ocasiones en las que más vale borrarse como un muerto, desaparecer de repente como tragado por la tierra, deshilarse en el aire como el copo de humo. Ocasiones que no se consiguen, pero que de conseguirse nos transformarían en ángeles, evitarían el que siguiéramos enfangados en el crimen y el pecado, nos liberarían de este lastre de carne contaminada del que, se lo aseguro, no volveríamos a acordarnos para nada — tal horror le tomamos — de no ser que constantemente alguien se encarga de que no nos olvidemos de él, alguien se preocupa de aventar sus escorias para herirnos los olfatos del alma. ¡ Nada hiede tanto ni tan

(podría) llegar a tener: traduce una idea de evolución, acabaría por tener □ **dos personas se separan** □ **mirado**: considerado

... **uno** (se implica el locutor) **pisa y ...**: cuando entre la tierra en donde andamos y el otro duerme **hay veinte pies de altura** (profundidad) □ **muchas vueltas...**: examiné mucho... yo **pensaba en ...**
hacia la capital provincial (Badajoz) □ **el caso es que**: resulta que □ **¡Quién sabe si...!**: tal vez □ **cobardía**: aquí, miedo
... **aplazando**: fui retrasando (o retardando) el proyecto □ **me lancé a**: por fin me decidí a □ ... **carnes**: con nadie sino conmigo mismo o **con mi** propio **recuerdo hubiera querido poner la tierra por en medio** (hubiera querido poner distancias)
... **huir de mi culpa**: la distancia no me bastó (no me fue suficiente) para olvidar mi falta □ ... **ni anchura suficiente**: no tuvo la extensión suficiente para acallar (o silenciar) el **clamor** de mi conciencia
... **cueros**: mi propia piel
del que, de quitarle...: de + inf. = si + S. I. > sub. condicional, este yo, de quien quedaría muy poca cosa, si le privaran de ...
más vale borrarse: conviene desvanecerse, desaparecer
de repente: de súbito □ **tragado**: absorbido
deshilarse (< hilo) ... **copo de humo**: deshacerse como el humo
que no se consiguen: que no se realizan □ **de conseguirse** ... = si se realizaran ... □ **el que siguiéramos enfangados** < fango: substantividad, « *le fait que...* », que continuáramos sumergidos en ... □ **lastre**: peso □ **contaminada**: podrida (hiede)
aseguro: afirmo □ **no ... para nada**: olvidaríamos por completo (este lastre...) □ ... **le tomamos**: tal horror nos inspira □ **de no ser que...**: pero alguien **se encarga** (cuida) siempre de que no lo olvidemos □ **aventar ...**: soplar sobre sus restos
... **alma**: incomodar el alma con su mal olor (= hedor < **hiede**)

mal como la lepra que lo malo pasado deja por la conciencia, como el dolor de no salir del mal pudriéndonos ese osario de esperanzas muertas, al poco de nacer, que — ¡ desde hace tanto tiempo ya ! — nuestra triste vida es !

La idea de la muerte llega siempre con paso de lobo, con andares de culebra, como todas las peores imaginaciones. Nunca de repente llegan las ideas que nos trastornan ; lo repentino ahoga unos momentos, pero nos deja, al marchar, largos años de vida por delante. Los pensamientos que nos enloquecen con la peor de las locuras, la de la tristeza, siempre llegan poco a poco y como sin sentir, como sin sentir invade la niebla los campos, o la tisis los pechos. Avanza, fatal, incansable, pero lenta, despaciosa, regular como el pulso. Hoy no la notamos ; a lo mejor mañana tampoco, ni pasado mañana, ni en un mes entero. Pero pasa ese mes y empezamos a sentir amarga la comida, como doloroso el recordar ; ya estamos picados. Al correr de los días y las noches nos vamos volviendo huraños, solitarios ; en nuestra cabeza se cuecen las ideas, que han de ocasionar el que nos corten la cabeza donde se cocieron, quién sabe si para que no siga trabajando tan atrozmente. Pasamos a lo mejor hasta semanas enteras sin variar ; los que nos rodean se acostumbraron ya a nuestra adustez y ya ni extrañan siquiera nuestro extraño ser. Pero un día el mal crece, como los árboles, y engorda, y ya no saludamos a la gente ; y vuelven a sentirnos como raros y como enamorados. Vamos enflaqueciendo, enflaqueciendo, y nuestra barba hirsuta es cada vez más lacia. Empezamos a sentir el odio que nos mata ; ya no aguantamos el mirar ; nos duele la conciencia, pero, ¡ no

...vida es (l. 1 a 5): la imposibilidad de salir del mal pudre nuestra vida (que desde hace mucho tiempo es un cementerio **de esperanzas muertas al poco de nacer** — mueren apenas nacidas —) y, para el alma, hiede tanto (p. 264, l. 32) como la lepra que nuestras malas acciones pasadas **(lo malo pasado)** han dejado en nuestra conciencia □ **con paso de lobo**: sin ruido
con andares de culebra: de modo tortuoso □ **imaginaciones**: ideas □ **Nunca de repente llegan...**: no llegan nunca súbitamente □ **trastornan**: perturban □ **lo repentino ahoga**: las ideas súbitas nos asfixian □ **al marchar**: cuando se van □ **por delante**: por vivir □ **enloquecen** < loco > locura □ **peor** ≠ mejor
como sin sentir: insensiblemente □ **como la niebla** (o bruma) invade **los campos** □ **tisis**: tuberculosis □ **pechos**: pulmones □ la idea de la muerte **avanza incansable** (infatigable) □ **pulso**: latidos del corazón □ **notamos**: sentimos □ **a lo mejor**: quizá(s)
en: durante
amarga ≠ dulce
picados con ese veneno □ **Al correr...**: a medida que pasan...
nos vamos volviendo...: transformación, nos volvemos poco a poco austeros □ **se cuecen** < cocerse < se cocinan □ **que han de ocasionar el que...**: ideas que serán la causa de que nos corten esa misma cabeza en donde se elaboraron □ **... no siga trabajando**: tal vez la corten para que deje de trabajar ...
nos rodean: están alrededor de nosotros □ **se acostumbraron ya a**: acabaron por familiarizarse con □ **adustez**: severidad □ **ni extrañan ...**: ni siquiera les sorprende ... □ **engorda** < gordo
y ya...: desde ese momento no ... □ **vuelven a sentirnos...**: y otra vez consideran nuestra conducta insólita como si estuviéramos **enamorados** (< amor) □ **... enflaqueciendo**: nos volvemos cada vez más flacos (≠ gordos) □ **... lacia**: lisa □ **aguantamos**: soportamos □ **el mirar**: las miradas □ **duele** < dolor

importa!, ¡más vale que duela! Nos escuecen los ojos, que se llenan de un agua venenosa cuando miramos fuerte. El enemigo nota nuestro anhelo, pero está confiado; el instinto no miente. La desgracia es alegre, acogedora, y el más tierno sentir gozamos en hacerlo arrastrar sobre la plaza inmensa de vidrios que va siendo ya nuestra alma. Cuando huimos como las corzas, cuando el oído sobresalta nuestros sueños, estamos ya minados por el mal; ya no hay solución, ya no hay arreglo posible. Empezamos a caer; vertiginosamente ya, para no volvernos a levantar en vida. Quizás para levantarnos un poco a última hora, antes de caer de cabeza hasta el infierno... Mala cosa.

Mi madre sentía una insistente satisfacción en tentarme los genios, en los que el mal iba creciendo como las moscas al olor de los muertos. La bilis que tragué me envenenó el corazón y tan malos pensamientos llegaba por entonces a discurrir, que llegué a estar asustado de mi mismo coraje. No quería ni verla; los días pasaban iguales los unos a los otros, con el mismo dolor clavado en las entrañas, con los mismos presagios de tormenta nublándonos la vista.

El día que decidí hacer uso del hierro tan agobiado estaba, tan cierto de que al mal había que sangrarlo, que no sobresaltó ni un ápice mis pulsos la idea de la muerte de mi madre. Era algo fatal que había de venir y que venía, que yo había de causar y que no podía evitar aunque quisiera, porque me parecía imposible cambiar de opinión, volverme atrás, evitar lo que ahora daría una mano porque no hubiera ocurrido, pero que entonces gozaba en provocar con el mismo cálculo y la misma meditación por lo menos con los que un labrador

¡Más (o mejor) **vale que duela!** (< doler < dolor) □ **nos escuecen** < escocer... : nos pican ... □ **llenan** < lleno ≠ vacío
fuerte : valor adverbial, intensamente □ **nota** : percibe □ **anhelo** : deseo □ **... confiado** : no sospecha nada □ **miente** < mentir □ **acogedora** : afable □ **el más tierno...** : nos invade una sensación muy dulce cuando sentimos a nuestro enemigo en contacto con **la plaza ... alma** (que lo corta como el cristal) □ **corza** : *chevreuil* □ **cuando el oído sobresalta...** : cuando el ruido perturba...
arreglo : reparación □ **ya** : a partir de ese momento
para no volvernos a levantar en vida : para, por fin, caer muertos
a última hora : en última extremidad
... de cabeza (con la cabeza por delante) **hasta** : precipitarnos en ...
sentía ... en tentarme (los genios) : mi madre se complacía en alterarme los nervios (en provocarme) y **el mal** crecía (aumentaba) **como las ...** □ **bilis** : amargura □ **tragué** : ingerí
envenenó < veneno
llegaba (...) a discurrir : acababa yo por tener entonces
... coraje : que hasta tuve miedo de mi propio rencor □ **verla** (s. e. a mi madre)
el mismo dolor clavado (< clavo)
tormenta □ **nublándonos la vista** : que nos enturbiaban (< turbio) la visión □ **hacer uso del...** : utilizar □ **agobiado** : angustiado □ **había que sangrarlo** : obligación, era necesario eliminarlo en la sangre □ **no sobresaltó ...** : que la idea de la muerte de mi madre ni siquiera me alteró el corazón □ **Era algo fatal** □ **había de causar** : que yo causaría
aunque yo lo **quisiera** : aunque fuera mi voluntad
volverme atrás : retroceder □ (parecía imposible) **evitar** aquel disgusto y ahora que lo evoco me cortaría **una mano** para que no hubiera pasado □ **gozaba...** : me complacía en provocarlo con... □ **labrador** : campesino ; agricultor

emplearía para pensar en sus trigales.

Estaba todo bien preparado; me pasé largas noches enteras pensando en lo mismo para envalentonarme, para tomar fuerzas; afilé el cuchillo de monte, con su larga y ancha hoja que se parecía a las hojas del maíz, con su canalito que la cruzaba, con sus cachas de nácar que le daban un aire retador. Sólo faltaba entonces emplazar la fecha; y después no titubear, no volverse atrás, llegar hasta el final costase lo que costase, mantener la calma..., y luego herir, herir sin pena, rápidamente, y huir, huir muy lejos, a La Coruña, huir donde nadie pudiera saberlo, donde se me permitiera vivir en paz esperando el olvido de las gentes, el olvido que me dejase volver para empezar a vivir de nuevo.

La conciencia no me remordería; no habría motivo. La conciencia sólo remuerde de las injusticias cometidas: de apalear un niño, de derribar una golondrina... Pero de aquellos actos a los que nos conduce el odio, a los que vamos como adormecidos por una idea que nos obsesiona, no tenemos que arrepentirnos jamás, jamás nos remuerde la conciencia.

Fue el 10 de febrero de 1922. Cuadró en viernes aquel año, el 10 de febrero. El tiempo estaba claro como es ley que ocurriera por el país; el sol se agradecía y en la plaza me parece como recordar que hubo aquel día más niños que nunca jugando a las canicas o a las tabas. Mucho pensé en aquello, pero procuré vencerme y lo conseguí; volverme atrás hubiera sido imposible, hubiera sido fatal para mí, me hubiera conducido a la muerte, quién sabe si al suicidio. Me hubiera acabado por encontrar en el fondo del Guadiana, debajo de las ruedas del tren... No, no era posible cejar, había que

pensar en sus trigales < trigos: el sufijo -al designa un espacio plantado con árboles o vegetales □ **largas** ≠ cortas
envalentonarme: darme más valor; estimularme
afilé: saqué punta y filo al **cuchillo de monte** (o montaña)
ancha ≠ estrecha
canalito que la cruzaba (en medio de la hoja) □ **cachas de nácar**: el mango tenía incrustaciones de nácar □ **un aire retador**: un aspecto desafiante, provocador □ **emplazar**: determinar □ **titubear**: dudar □ **... atrás**: p. 268, l. 29 □ **costase lo que ...**: a toda costa o a cualquier precio ⧄ **la calma** □ **herir...**: dar los cuchillazos □ **huir**: fugarse
pudiera < poder = podría □ **se me permitiera...**: me fuera posible vivir en paz □ **las gentes**: el singular colectivo es más frecuente □ **... me dejase volver**: me daría la posibilidad de regresar al pueblo para volver a vivir □ **remordería**: no tendría remordimientos □ **remuerde de** < remorder < remordimiento
apalear < palo: golpear a un niño □ **derribar**: matar □ **golondrina** < lat. hirundo, -inis □ **Pero (...) no tenemos que...** l. 20 □ **odio** ≠ amor □ **a los que vamos**: actos que cometemos **adormecidos** (subyugados) **por ...** □ **no tenemos que** (no debemos) **arrepentirnos jamás** de aquellos actos a los que ... (l. 18) □ **remuerde**: atormenta □ **Fue**: pasó □ **el 10 de febrero cuadró en viernes**: cayó en ... □ **como es ley**: como es normal
que ocurriera: c. de t., que sucediera □ **el sol se agradecía**: el sol era agradable □ **me parece...**: bien creo que hubo < hay
... canicas (bolitas) **o a las tabas** (huesos pequeños): juegos infantiles □ **pensé en aquello** (marca distancia) □ **procuré vencerme**: traté de (o intenté) dominarme □ **conseguí**: pude < poder (yo)
quién sabe si: posiblemente □ **Me hubiera acabado por ...**: hubiera terminado mi vida en ... □ **Guadiana**: río que pasa por la provincia de Badajoz □ **cejar**: ceder □ **había que**: era necesario

continuar adelante, siempre adelante, hasta el fin. Era ya una cuestión de amor propio.

Mi mujer algo debió de notarme.

— ¿Qué vas a hacer?

— Nada, ¿por qué?

— No sé; parece como si te encontrase extraño.

— ¡Tonterías!

La besé, por tranquilizarla, fue el último beso que le di. ¡Qué lejos de saberlo estaba yo entonces! Si lo hubiera sabido me hubiera estremecido.

— ¿Por qué me besas?

Me dejó de una pieza.

— ¿Por qué no te voy a besar?

Sus palabras mucho me hicieron pensar. Parecía como si supiera todo lo que iba a ocurrir, como si estuviera ya al cabo de la calle.

El sol se puso por el mismo sitio que todos los días. Vino la noche..., cenamos..., se metieron en la cama... Yo me quedé, como siempre, jugando con el rescoldo del hogar. Hacía ya tiempo que no iba a la taberna de Martinete.

Había llegado la ocasión, la ocasión que tanto tiempo había estado esperando. Había que hacer de tripas corazón, acabar pronto, lo más pronto posible. La noche es corta y en la noche tenía que haber pasado ya todo y tenía que sorprenderme la amanecida a muchas leguas del pueblo.

Estuve escuchando un largo rato. No se oía nada. Fui al cuarto de mi mujer; estaba dormida y la dejé que siguiera durmiendo. Mi madre dormiría también a buen seguro. Volví a la cocina; me descalcé; el suelo estaba frío y las piedras del suelo se me clavaban en la punta

continuar adelante: seguir avanzando

algo debió de notarme: observó probablemente algún cambio en mí

como si te encontrase (o -ara): como si + S. I.
¡Tonterías!: ¡Figuraciones tuyas!
La besé: le di un beso
¡Qué lejos ...!: en aquel momento yo estaba muy lejos de pensar que sería el último □ **... estremecido:** frase condicional, de haberlo sabido, yo me hubiera puesto a temblar □ **me besas:** me das un beso □ **Me dejó de una pieza:** me quedé como paralizado por la pregunta □ **¿Por qué no te voy a besar?:** ¿Por qué no he de besarte (no te besaría)?
si ella supiera < saber □ **iba a ocurrir** (a pasar) □ **como si ella estuviera** < estar: l. 6 □ **al cabo de:** al final de ...; parecía haberlo adivinado todo □ **... se puso** < ponerse: el sol se ocultó (> crepúsculo) ☒ **Vino** < venir □ ellas **se metieron en ...:** mi mujer y mi madre se acostaron □ **rescoldo:** brasas (debajo de la ceniza) **del hogar** (de la chimenea) □ **hacía ya...** = yo **no iba a la taberna** (...) desde hacía (mucho) tiempo
... que durante **tanto tiempo ...**
yo **había estado esperando:** había esperado con paciencia □ **hacer de tripas corazón:** dominar el miedo y la repugnancia
tenía que haber pasado ya (todo): durante esa noche todo tenía que terminarse □ **la amanecida** o el amanecer: el alba
leguas: unidad de medida antigua (unos 5,5 kms)
Estuve... = me quedé escuchando; permanecí atento **un largo rato** (momento) □ **cuarto:** habitación
... siguiera (seguir) **durmiendo:** la dejé dormir □ **dormiría:** estaría durmiendo **a buen seguro** (seguramente) □ **me descalcé:** me quité los zapatos □ **... se me clavaban...:** eran puntiagudas

del pie. Desenvainé el cuchillo, que brillaba a la llama como un sol.

Allí estaba, echada bajo las sábanas, con su cara muy pegada a la almohada. No tenía más que echarme sobre el cuerpo y acuchillarlo. No se movería, no daría ni un solo grito, no le daría tiempo... Estaba ya al alcance del brazo, profundamente dormida, ajena — ¡ Dios, qué ajenos están siempre los asesinados a su suerte! — a todo lo que le iba a pasar. Quería decidirme, pero no lo acababa de conseguir; vez hubo ya de tener el brazo levantado, para volver a dejarlo caer otra vez todo a lo largo del cuerpo.

Pensé cerrar los ojos y herir. No podía ser; herir a ciegas es como no herir, es exponerse a herir en el vacío... Había que herir con los ojos bien abiertos, con los cinco sentidos puestos en el golpe. Había que conservar la serenidad, que recobrar la serenidad que parecía ya como si estuviera empezando a perder ante la vista del cuerpo de mi madre... El tiempo pasaba y yo seguía allí, parado, inmóvil como una estatua, sin decidirme a acabar. No me atrevía; después de todo era mi madre, la mujer que me había parido, y a quien sólo por eso había que perdonar... No; no podía perdonarla porque me hubiera parido. Con echarme al mundo no me hizo ningún favor, absolutamente ninguno... No había tiempo que perder. Había que decidirse de una buena vez. Momento llegó a haber en que estaba de pie y como dormido, con el cuchillo en la mano, como la imagen del crimen... Trataba de vencerme, de recuperar mis fuerzas, de concentrarlas. Ardía en deseos de acabar pronto, rápidamente, y de salir corriendo hasta caer rendido, en cualquier lado. Estaba agotándome; llevaba

Desenvainé...: saqué de su vaina (o funda) **el cuchillo** □ **llama** de la chimenea
estaba mi madre □ **las sábanas** de la cama (suelen ser blancas)
pegada a: en contacto con **la almohada** (sostiene la cabeza)
... cuerpo: sólo tenía que precipitarme sobre su cuerpo **y acuchillarlo** □ **no le daría...**: no iba a tener tiempo de moverse □ **al alcance del brazo**: mi madre estaba muy cerca de mí □ **ajena ... a**: ignorante de todo lo que iba a pasar □ **... suerte**: los asesinados siempre ignoran su destino
(no lo) acababa de conseguir: no podía decidirme □ **vez hubo** (< hay) **ya de ...**: varias veces tuve el brazo levantado para ...

herir: aquí, dar los cuchillazos < cuchillos □ **No podía ser**: no era posible □ **a ciegas**: con los ojos cerrados
Había que + inf.: obligación impersonal (en pasado) □ **abiertos** < abrir □ **puestos** < poner
recobrar: recuperar ⧄ **serenidad**
que parecía ya como si...: parecía que yo empezaba a perder mi serenidad **ante la vista** (< ver) ...
seguía: permanecía □ **parado**: sin moverme ⧄ **estatua**
acabar: terminar con todo □ **No me atrevía**: no era capaz de decidirme □ **... parido**: ... procreado (dado a luz) □ **a quien**: a la cual yo tenía que perdonar sólo porque era mi madre □ **perdonarla**: laísmo □ **... porque me hubiera parido**: por la única razón que me había procreado □ **hizo** < hacer
(no) había tiempo que perder □ **de una (buena vez)**: de una vez para siempre □ **momento llegó a haber en que...**: hasta me quedé un buen momento de pie y ...
imagen (alegoría) □ **Trataba de vencerme**: intentaba (procuraba) dominarme □ **Ardía en deseos de ...**: me consumía el deseo de **caer rendido** o sin fuerzas
en cualquier lado: donde fuera □ **agotándome**: extenuándome

una hora larga al lado de ella, como guardándola, como velando su sueño. ¡ Y había ido a matarla, a eliminarla, a quitarle la vida a puñaladas !

Quizás otra hora llegara ya a pasar. No ; definitivamente, no. No podía ; era algo superior a mis fuerzas, algo que me revolvía la sangre. Pensé huir. A lo mejor hacía ruido al salir ; se despertaría, me reconocería. No, huir tampoco podía ; iba indefectiblemente camino de la ruina... No había más solución que golpear, golpear sin piedad, rápidamente, para acabar lo más pronto posible. Pero golpear tampoco podía... Estaba metido como en un lodazal donde me fuese hundiendo, poco a poco, sin remedio posible, sin salida posible. El barro me llegaba ya hasta el cuello. Iba a morir ahogado como un gato... Me era completamente imposible matar ; estaba como paralítico.

Di la vuelta para marchar. El suelo crujía. Mi madre se revolvió en la cama.

— ¿ Quién anda ahí ?

Entonces sí que ya no había solución. Me abalancé sobre ella y la sujeté. Forcejeó, se escurrió... Momento hubo en que llegó a tenerme cogido por el cuello. Gritaba como una condenada. Luchamos ; fue la lucha más tremenda que usted se puede imaginar. Rugíamos como bestias, la baba nos asomaba a la boca... En una de las vueltas vi a mi mujer, blanca como una muerta, parada a la puerta sin atreverse a entrar. Traía un candil en la mano, el candil a cuya luz pude ver la cara de mi madre, morada como un hábito de nazareno... Seguíamos luchando ; llegué a tener las vestiduras rasgadas, el pecho al aire. La condenada tenía más fuerzas que un demonio. Tuve que usar de toda mi

(llevaba yo) una hora larga ...: ya hacía más de una hora que me encontraba al lado de ella ☐ **velando**: protegiendo había ido **a quitarle la vida a puñaladas** (o cuchillazos) **... llegara ya a pasar**: posiblemente pasaría otra hora yo **no podía** matarla ⧄ **era algo_superior a ...** **me revolvía la sangre**: me repugnaba ☐ **A lo mejor**: quizá(s) yo **hacía ruido al salir**: iba a hacer cuando saliera ☐ **se despertaría**: mi madre abriría los ojos ☐ **huir tampoco podía**: yo no podía huir tampoco ☐ **... más solución que**: ... otra solución sino golpear (< golpe) ☐ **lo más pronto posible**: cuanto antes ☐ **metido**: sumido (sumergido) **lodazal** < lodo; fango o barro > barrizal ☐ **donde me fuese hundiendo**: dentro del cual me iría hundiendo (< hondo < fondo) ☐ **... cuello**: sólo quedaba descubierta la cabeza ☐ **ahogado**: asfixiado en el barro

Di la vuelta para marchar: di (< dar) media vuelta ... ☐ **crujía**: hizo un ruido ☐ **se revolvió**: se dio la vuelta ... **¿Quién anda ahí?** o ¿Quién va? **Entonces sí que ...**: ahora sí, ya no... ☐ **me abalancé**: me precipité ☐ **sujeté**: mantuve ☐ **Forcejeó** < fuerza: luchó ☐ **se escurrió**: se me escapó ☐ **momento hubo en que ...**: en cierto momento hasta pudo (< poder) **cogerme por el cuello** ☐ **condenada**: como endemoniada < demonio ☐ **la lucha_más tremenda**: fue el combate_más terrible que ... ☐ **la baba nos asomaba...**: salivábamos como animales rabiosos (< rabia) ☐ **... vueltas** que dimos luchando ☐ **parada**: inmóvil ☐ **sin atreverse a**: sin poder ☐ **candil**: lámpara de aceite ⧄ **a cuya luz**: a la luz del cual ☐ **morada**: violeta ☐ **hábito de nazareno**: traje de penitente durante la Semana Santa ☐ **llegué a tener**: hasta me destrozó la camisa y me quedé con **el pecho** (> pectoral) **al aire** (descubierto)

hombría para tenerla quieta. Quince veces que la sujetara, quince veces que se me había de escurrir. Me arañaba, me daba patadas y puñetazos, me mordía. Hubo un momento en que con la boca me cazó un pezón — el izquierdo — y me lo arrancó de cuajo. Fue el momento mismo en que pude clavarle la hoja en la garganta...

La sangre corría como desbocada y me golpeó la cara. Estaba caliente como un vientre y sabía lo mismo que la sangre de los corderos.

La solté y salí huyendo. Choqué con mi mujer a la salida ; se le apagó el candil. Cogí el campo y corrí, corrí sin descanso, durante horas enteras. El campo estaba fresco y una sensación como de alivio me corrió las venas.

Podía respirar...

... **hombría** < hombre : fuerza ☐ **tenerla quieta** : contenerla ... **sujetara** : la inmovilicé quince veces ☐ ... **escurrir** : pero las quince veces se me escapó ☐ **arañaba** : me pasaba las uñas por el cuerpo ☐ ... **en que** : en cierto momento ☐ **me cazó un pezón** : me mordió un pezón *(mamelon)* ☐ ... **de cuajo** : y me lo extirpó completamente ☐ **(Fue) el momento...** : en ese instante preciso pude yo meterle el cuchillo en la **garganta** (parte anterior del cuello) ☐ **corría como desbocada** : manaba ; fluía de modo abundante ☐ **caliente** < el calor ⧄ **sabía** : tenía el mismo sabor que ... ☐ **cordero** : *agneau*

solté ≠ sujeté (p. 277, l. 21) ☐ **salí** de la casa **huyendo** (< huir) **se le apagó** : c. o. i. redundante, se apagó su candil ☐ **Cogí el campo** : corrí a campo traviesa (fuera de la carretera) ☐ **sin descanso** : sin ninguna pausa ☐ **alivio** : quietud ☐ **me corrió las venas** : pasó por mi cuerpo

Otra nota del transcriptor

Hasta aquí las cuartillas manuscritas de Pascual Duarte. Si lo agarrotaron a renglón seguido, o si todavía tuvo tiempo de escribir más hazañas, y éstas se perdieron, es una cosa que por más que hice no he podido esclarecer.

El licenciado don Benigno Bonilla, dueño de la farmacia de Almendralejo, donde, como ya dije, encontré lo que atrás dejo transcrito, me dio toda suerte de facilidades para seguir rebuscando. A la botica le di la vuelta como un calcetín; miré hasta en los botes de porcelana, detrás de los frascos, encima — y debajo — de los armarios, en el cajón del bicarbonato... Aprendí nombres hermosos — ungüento del hijo de Zacarías, del boyero y del cochero, de pez y resina, de pan de puerco, de bayas de laurel, de la caridad, contra el pedero del ganado lanar —, *tosí con la mostaza, me dieron arcadas con la valeriana, me lloraron los ojos con el amoníaco pero por más vueltas que di, y por más padrenuestros que le recé a San Antonio para que me pusiera algo a los alcances de mi mano, ese algo no debía existir porque jamás lo atopé.*

Es una contrariedad no pequeña esta falta absoluta de datos de los últimos años de Pascual Duarte. Por un cálculo, no muy difícil, lo que parece evidente es que

transcriptor < transcribir

Hasta aquí llegan **las cuartillas** (los papeles)...
agarrotaron < garrote (vil): si lo ejecutaron **a renglón seguido** (inmediatamente después de estas últimas líneas) □ **hazañas:** aventuras □ **por más** (o mucho) **que** yo **hice:** giro concesivo = «*j'eus beau faire...*» □ **licenciado:** título universitario que justifica el «**don**» □ **dije** < decir
... **dejo transcrito:** lo que acabo de transcribir (copiar)
seguir rebuscando: continuar mis investigaciones ⧄ **botica** = farmacia □ ... **calcetín:** la exploré de arriba abajo □ **botes de** ...: con las diferentes substancias farmacéuticas □ **frasco:** recipiente pequeño de cristal □ **cajón:** caja en el armario
del boyero (cuida los bueyes) □ **cochero** < coche (diligencia) ungüento **de pez** *(poix)* □ **de pan** (grasa)... □ **bayas:** *baies*
ungüento **contra el pedero...:** contra la pérdida de lana □ **tosí** < toser □ **mostaza:** condimento □ **...arcadas:** me entró náusea
me lloraron...: me subieron lágrimas a... □ **por más vueltas que di...:** por mucho que busqué (l. 13) □ **por más ... San Antonio:** a pesar de los padrenuestros que dirigí a ... □ ... **de mi mano:** para que me permitiera descubrir algo □ ... **atopé** = topé: nunca lo encontré
datos de ...: informaciones sobre...
no muy difícil: bastante fácil

volviera de nuevo al penal de Chinchilla (de sus mismas palabras se infiere) donde debió estar hasta el año 35 o quién sabe si hasta el 36. Desde luego, parece descartado que salió de presidio antes de empezar la guerra. Sobre lo que no hay manera humana de averiguar nada es sobre su actuación durante los quince días de revolución que pasaron sobre su pueblo; si hacemos excepción del asesinato del señor González de la Riva — del que nuestro personaje fue autor convicto y confeso — nada más, absolutamente nada más, hemos podido saber de él, y aun de su crimen sabemos, cierto es, lo irreparable y evidente, pero ignoramos, porque Pascual se cerró a la banda y no dijo esta boca es mía más que cuando le dio la gana, que fue muy pocas veces, los motivos que tuvo y los impulsos que le acometieron. Quizás de haberse diferido algún tiempo su ejecución, hubiera llegado él en sus memorias hasta el punto y lo hubiera tratado con amplitud, pero lo cierto es que, como no ocurrió, la laguna que al final de sus días aparece no de otra forma que a base de cuento y de romance podría llenarse, solución que repugna a la veracidad de este libro.

La carta de Pascual Duarte a don Joaquín Barrera debió escribirla al tiempo de los capítulos XII y XIII, los dos únicos en los que empleó tinta morada, idéntica a la de la carta al citado señor, lo que viene a demostrar que Pascual no suspendió definitivamente, como decía, su relato, sino que preparó la carta con todo cálculo para que surtiese su efecto a su tiempo debido, precaución que nos presenta a nuestro personaje no tan olvidadizo ni atontado como a primera vista pareciera. Lo que está del todo claro, porque nos lo dice el cabo de la guardia civil Cesáreo Martín, que fue quien recibió el encargo, es la

... volviera...: c. de t. (después del asesinato de su madre)

se infiere o se deduce □ **debió** (de) **estar**: aquí valor hipotético, se quedaría □ **quién sabe si**: posiblemente □ **desde luego**: es evidente que □ **... de presidio**: parece excluido que saliera de cárcel ... □ **... de averiguar nada**: de saber algo

actuación: comportamiento □ **... revolución**: a finales de julio de 1936 (al principio de la Guerra Civil)

del que: de quien

convicto (< convencer) **y confeso**: expresión lexicalizada, su crimen fue comprobado y confesado por él □ **y aun**: e incluso

cierto es: está claro □ **lo irreparable**: el carácter irreparable

se cerró a la banda: modismo, se obstinó en no hablar

no dijo ...: no abrió la boca sino cuando quiso **(le dio la gana),** en muy pocas ocasiones □ (ignoramos ...) **los motivos que tuvo ... acometieron**: movieron; lo que le incitó □ **de haberse diferido**: prop. condicional, si se hubiera diferido ...

hasta el punto que nos interesa

cierto: seguro □ **como no ocurrió**: como tal cosa no pasó □ **laguna** □ **no (podría llenarse) de otra forma** sino **a base de cuento y de romance** (más que recurriendo al cuento y a la ficción)

debió escribirla...: la escribió seguramente al mismo tiempo que (simultáneamente a ...) □ **morada**: violeta □ **al citado señor**: a don Joaquín Barrera □ **lo que viene a demostrar**: lo que demuestra bien que ... □ **suspendió**: abandonó □ **relato**: narración □ **no... sino que** + verbo: oposición a una negación previa (anterior) □ **... surtiese su efecto**: c. de t., ...produjera (< producir) efecto en momento oportuno □ **olvidadizo** (< olvidar) **y atontado** (< tonto): distraído y aturdido

... claro: totalmente claro □ **el cabo**: primer grado de suboficial □ **que fue quien ...** □ **encargo**: comisión

forma en que se dio traslado al fajo de cuartillas desde la cárcel de Badajoz hasta la casa en Mérida del señor Barrera.

En mi afán de aclarar en lo posible los últimos momentos del personaje, me dirigí en carta a don Santiago Lurueña, capellán entonces de la cárcel y hoy cura párroco de Magacela (Badajoz) y a don Cesáreo Martín, número de la guardia civil con destino en la cárcel de Badajoz entonces y hoy cabo comandante del puesto de La Vecilla (León), y personas ambas que por su oficio estuvieron cercanas al criminal cuando le tocó pagar deudas a la justicia.

He aquí las cartas:

Magacela (Badajoz), a 9 de enero de 1942.

Muy distinguido señor mío y de mi mayor consideración:

Recibo en estos momentos, y con evidente retraso, su atenta carta del 18 del anterior mes de diciembre, y las 359 cuartillas escritas a máquina conteniendo las memorias del desgraciado Duarte. Me lo remite todo ello don David Freire Angulo, actual capellán de la cárcel de Badajoz, y compañero de un servidor allá en los años moceriles del seminario, en Salamanca. Quiero apaciguar el clamor de mi conciencia estampando estas palabras no más abierto el sobre, para dejar para mañana, Dios mediante, la continuación, después de haber leído, siguiendo sus instrucciones y mi curiosidad,

en que se dio traslado al: se trasladó (transportó) el **fajo de cuartillas** (el manuscrito) ☐ **la cárcel de Badajoz:** donde estuvo Pascual después del asesinato del señor González de la Riva
afán: anhelo; deseo ☐ **aclarar** < claro ☐ **en** la medida de **lo posible** ☐ **me dirigí en carta a ...:** escribí a...
capellán: sacerdote (cura) de la cárcel ☐ **cura párroco de ...:** cura de la parroquia de ... ☐ **y** también escribí **a ...** ☐ **número ... con destino en ...:** hombre de base de la guardia civil en aquel momento afectado a ... ☐ **cabo comandante:** cabo al mando del puesto de ... ☐ **(León)** = provincia de León ☐ **personas ambas que ...:** dos personas que ☐ **cercanas** < cerca ☐ **le tocó pagar deudas ...:** llegó para él la hora de responder de sus actos ante la justicia ☐ **He aquí:** éstas son ...

Magacela (Badajoz): pueblo de la provincia de **Badajoz** ≠ Badajoz, capital de la misma provincia

... y de mi mayor consideración: saludo siempre terminado con dos puntos (:)
retraso o retardo (menos frecuente)
atenta carta ...: expresión formal de correspondencia
conteniendo: que contienen
desgraciado: infeliz ☐ **Me lo remite todo ...:** me envía todo esto
capellán: l. 6
... un servidor: ... su servidor (el que habla) ☐ **allá en los años moceriles** (< mozo): durante sus (lejanos) jóvenes años de seminario ☐ **apaciguar** < paz ⧄ **el clamor** ☐ **estampando:** escribiendo ☐ **no más:** apenas abierto (< abrir) el sobre que contiene la carta ☐ **Dios mediante:** expresión piadosa que se intercala en un enunciado, si Dios quiere ⧄ **siguiendo** < seguir

el fajo que me acompaña.

(Sigo el 10.)

Acabo de leer de una tirada, aunque — según Herodoto — no sea forma noble de lectura, las confesiones de Duarte, y no tiene usted idea de la impresión profunda que han dejado en mi espíritu, de la honda huella, del marcado surco que en mi alma produjeran. Para un servidor, que recogiera sus últimas palabras de arrepentimiento con el mismo gozo con que recogiera la más dorada mies el labrador, no deja de ser fuerte impresión la lectura de lo escrito por el hombre que quizás a la mayoría se les figure una hiena (como a mí se me figuró también cuando fui llamado a su celda), aunque al llegar al fondo de su alma se pudiese conocer que no otra cosa que un manso cordero, acorralado y asustado por la vida, pasara de ser.

Su muerte fue de ejemplar preparación y únicamente a última hora, al faltarle la presencia de ánimo, se descompuso un tanto, lo que ocasionó que el pobre sufriera con el espíritu lo que se hubiera ahorrado de tener mayor valentía.

Dispuso los negocios del alma con un aplomo y una serenidad que a mí me dejaron absorto y pronunció delante de todos, cuando llegó el momento de ser conducido al patio, un *¡Hágase la voluntad del Señor!* que mismo nos dejara maravillados con su edificante humildad. ¡Lástima que el enemigo le robase sus últimos instantes, porque si no, a buen seguro que su muerte habría de haber sido tenida como santa! Ejemplo de todos los que la presenciamos hubo de ser (hasta que perdiera el dominio, como digo), y provecho-

el fajo de cuartillas (la historia de Pascual Duarte) **que me acompaña** (que tengo delante de mí) □ **Sigo** < seguir : continúo hoy, día 10 □ **de una tirada** : de una vez ; sin interrumpirme (aunque ...) **no sea** : si bien no es ...

huella : profundo impacto □ **marcado surco** : señal notable **produjeran** : han producido □ **un servidor** : su servidor □ **recogiera** : recogió, recibió □ **arrepentimiento** < arrepentirse □ **gozo con que ...** : con un placer idéntico al que experimenta el **labrador** (agricultor) que recoge los trigos **(mies)** más dorados **... figure** : que la mayoría de la gente quizás imagine como una hiena □ **... figuró** : como yo también lo imaginé □ **celda** : cuarto en la prisión □ **al llegar** : cuando se llega □ **... se pudiese** □ **conocer** : sería posible ver □ **... manso cordero, acorralado...** : que sólo fue una dulce criatura de Dios, perseguida y atemorizada por la vida □ **... preparación** : se preparó a la muerte de manera ejemplar □ **al faltarle...** : como le faltó fuerza de ánimo □ **se descompuso un tanto** : perdió parte de su serenidad □ **... sufriera lo que se hubiera ahorrado...** : sufriera tormentos que habría evitado si hubiera sido más valiente **dispuso...** : se puso en regla con Dios □ **un aplomo** : una calma **... me dejaron absorto** (< absorber) : que me desconcertaron

patio o patíbulo : lugar de la ejecución
... nos dejara maravillados : que incluso nos dejó estupefactos **humildad** ≠ orgullo □ **¡ Lástima que... !** : lamentación ¡ Fue una pena que el diablo le privara de ... ! □ **a buen seguro que** : no cabe duda que □ **... santa** : hubiera debido ser consideraba como santa □ **... presenciamos** : fue un ejemplo para todos los que estuvimos presentes □ **... perdiera** : c. de t. □ **dominio** de sí

sas consecuencias para mi dulce ministerio de la cura de almas, hube de sacar de todo lo que vi. ¡Que Dios lo haya acogido en su santo seno!

Reciba, señor, la prueba del más seguro afecto en el saludo que le envía su humilde.

S. LURUEÑA, PRESBÍTERO

P. D. — Lamento no poder complacerle en lo de la fotografía, y no sé tampoco cómo decirle para que pudiera arreglarse.

Una. Y la otra.

La Vecilla (León), 12-1-42

Muy señor mío:

Acuso recibo de su atenta particular del 18 de diciembre, deseando que al presente se encuentre usted gozoso de tan buena salud como en la fecha citada. Yo, bien — a Dios gracias, sean dadas —, aunque más tieso que un palo en este clima que no es ni para desearle al más grande criminal. Y paso a informarle de lo que me pide, ya que no veo haya motivo alguno del servicio que me lo impida, ya que de haberlo usted me habría de dispensar, pero yo no podría decir ni una palabra. Del tal Pascual Duarte de que me habla ya lo creo que me recuerdo, pues fue el preso más célebre que tuvimos que

...consecuencias: buenos beneficios □ **ministerio**: misión □ **cura ...**: aquí, salvación de almas □ **... sacar**: saqué (obtuve)
en su santo seno: en su reino
seguro afecto: sincera afección
su humilde (s. e. servidor)

Presbítero: Sacerdote (cura)

P.D.: posdata; post scriptum □ **Lamento** (siento) **no poder** □ **en lo de la ...**: en relación con la fotografía □ **cómo decirle**: qué decirle □ **para que pudiera arreglarse**: para encontrar una solución

Una. Y la otra: ésta era la primera carta, he aquí (ahora viene) la otra

(León): provincia de León

Muy señor mío: saludo, estimado o distinguido señor:
atenta particular ...: de su carta del ...
al presente: ahora
... gozoso de: disfrute de **tan buena salud como** el día en que me escribió □ estoy **bien** □ **... dadas**: gracias a Dios □ **tieso**: rígido (por reumatismo) □ **... no es ni para desearle...**: que no se lo desearía al mayor... □ **paso a informarle...**: ahora le voy a informar acerca de lo que... □ **no veo haya motivo...**: ya que ningún motivo de servicio me lo impide □ **de haberlo**: si existiera algún motivo para impedírmelo □ **... dispensar**: disculpar o excusar □ **Del tal**: De ese □ **ya lo creo que**: claro que (afirmación enérgica) □ **el preso** (prisionero) **más** famoso

guardar en mucho tiempo; de la salud de su cabeza no daría yo fe aunque me ofreciesen Eldorado, porque tales cosas hacía que a las claras atestiguaba su enfermedad. Antes de que confesase ninguna vez, todo fue bien; pero en cuanto que lo hizo la primera se conoce que le entraron escrúpulos y remordimientos y quiso purgarlos con la penitencia; el caso es que los lunes, porque si había muerto su madre, y los martes, porque si martes había sido el día que matara al señor conde de Torremejía, y los miércoles, porque si había muerto no sé quién, el caso es que el desgraciado se pasaba las medias semanas voluntariamente sin probar bocado, que tan presto se le hubieron de ir las carnes que para mí que al verdugo no demasiado trabajo debiera costarle el hacer que los dos tornillos llegaran a encontrarse en el medio del gaznate. El muy desgraciado se pasaba los días escribiendo, como poseído de la fiebre, y como no molestaba y además el director era de tierno corazón y nos tenía ordenado le aprovisionásemos de lo que fuese necesitando para seguir escribiendo, el hombre se confiaba y no cejaba ni un instante. En una ocasión me llamó, me enseñó una carta dentro de un sobre abierto (para que la lea usted, si quiere, me dijo) dirigido a don Joaquín Barrera López, en Mérida, y me dijo en un tono que nunca llegué a saber si fuera de súplica o de mandato:

— Cuando me lleven, coge usted esta carta, arregla un poco este montón de papeles, y se lo da todo a este señor. ¿Me entiende?

Y añadía después, mirándome a los ojos y poniendo tal misterio en su mirar que me sobrecogía:

... **tiempo**: hacía mucho tiempo que no habíamos guardado tal preso □ ... **fe**: yo no afirmaría su buena salud mental □ **Eldorado**: país mítico del oro □ **a las claras atestiguaba**: daba pruebas claras de; mostraba claramente □ ... **confesase**: c. de t., antes de su primera confesión... □ ... **la primera**: pero después de confesarse por primera vez, parece que tuvo...

el caso es que ...: resulta que no comía los lunes por la muerte de ... □ y no comía **los martes** porque aquel día

matara (había matado) al **señor conde** □ y tampoco comía... **porque si había muerto...** (por la muerte de...) □ **el caso es que**: el hecho es que □ **desgraciado**: infortunado

media semana: la mitad de la semana □ ... **bocado**: sin comer **presto**: rápidamente □ ... **carnes**: adelgazó (< delgado) □ **para mí** tengo **que**: bien creo que □ ... **costarle**: al **verdugo** (encargado de la ejecución) no debió de costarle muchos esfuerzos □ **el hacer...**: reunir los dos tornillos en el medio del **gaznate** (garganta); estrangularlo con el garrote □ **poseído de la fiebre**: febrilmente □ **no molestaba**: no incomodaba a nadie □ **tierno corazón**: buen corazón □ ... **aprovisionásemos de...**: nos había ordenado que le diéramos (< dar) todo lo que le fuera necesario para ... □ **se confiaba** al papel □ **no cejaba...**: no dejaba de escribir ni siquiera por un instante □ **enseñó**: mostró ... **dirigido a**: destinado a

que nunca llegué a saber si fuera de ...: nunca supe si había sido un tono de súplica o de mandamiento (< mandar = ordenar)

cuando me lleven (a la muerte): sub. temp. en S. P. □ **coge ..., arregla...**: prospectivo, cogerá ..., arreglará (pondrá orden en...), y se lo dará todo **a este señor** (don Joaquín Barrera López) □ **entiende**: comprende □ **mirándome a los ojos ... mirar**: mirada □ **sobrecogía**: asustaba; alarmaba

— ¡ Dios se lo habrá de premiar..., porque yo así se lo pediré !

Yo le obedecí, porque no vi mal en ello, y porque he sido siempre respetuoso con las voluntades de los muertos.

En cuanto a su muerte, sólo he de decirle que fue completamente corriente y desgraciada y que aunque al principio se sintiera flamenco y soltase delante de todo el mundo un *¡Hágase la voluntad del señor!* que nos dejó como anonadados, pronto se olvidó de mantener la compostura. A la vista del patíbulo se desmayó y cuando volvió en sí, tales voces daba de que no quería morir y de que lo que hacían con él no había derecho, que hubo de ser llevado a rastras hasta el banquillo. Allí besó por última vez un crucifijo que le mostró el padre Santiago, que era el capellán de la cárcel y mismamente un santo, y terminó sus días escupiendo y pataleando, sin cuidado ninguno de los circunstantes y de la manera más ruin y más baja que un hombre puede terminar; demostrando a todos su miedo a la muerte.

Le ruego que si le es posible me envíe dos libros, en vez de uno, cuando estén impresos. El otro es para el teniente de la línea que me indica que le abonará el importe a reembolso, si es que a usted le parece bien.

Deseando haberle complacido, le saluda atentamente s. s. s. q. e. s. m.,

CESÁREO MARTÍN

... **premiar** (< premio): Dios se lo pagará

no vi mal (inconveniente) **en ello** (en obedecer a su petición)
respetuoso con

En cuanto a...: en relación con su muerte □ **sólo he de decirle** (a usted): solamente le diré que fue **desgraciada** (deplorable) □ **aunque ... se sintiera**: *même si* + ind. □ **flamenco**: fanfarrón □ **soltase**: lanzara □ **hágase** > hacerse (S. P.)
anonadados: boquiabiertos; estupefactos □ **pronto**: rápidamente
... **compostura**: salvar las apariencias □ ... **se desmayó**: al ver □ **el patíbulo** (lugar de la ejecución) perdió el conocimiento □ ... **en sí**: cuando recobró el sentido □ **y de que...**: y tanto gritaba que lo que hacían con él era escandaloso □ ... **banquillo**: tuvieron que arrastrarlo (porque forcejeaba) hasta el **banquillo** (donde sientan al condenado para agarrotarlo)
... **un santo**: un verdadero santo □ **escupiendo y ...**: salivando y pateando (dando golpes con los pies) □ ... **circunstantes**: sin preocuparse de los que asistían a la escena □ **ruin**: vil
su miedo a la muerte
Le ruego ...: si es posible, por favor envíeme ...
cuando estén impresos (< imprimir): sub. temporal con S. P. (futuro en francés) □ **teniente**: grado inferior al de capitán
... **el importe a reembolso**: le reembolsará la suma que usted haya anticipado, si ustcd no vc inconvenientes □ **deseando...**: con el desco dc haberlc satisfccho ... □ **s. s. s. q. e. s. m.**: abreviatura de despido (de adiós), su seguro servidor que estrecha su mano (que la da la mano)

Tardé en recibir su carta y ese es el motivo de que haya tanta diferencia entre las fechas de las dos. Me fue remitida desde Badajoz y la recibí en ésta el 10, sábado, o sea antes de ayer. Vale.

¿Qué más podría yo añadir a lo dicho por estos señores?

Madrid, enero de 1942.

Tardé en...: su carta tardó mucho en llegar

... haya < hay: por esa razón hay tanta... □ **... dos:** entre la carta del transcriptor y la respuesta de Cesáreo Martín □ **remitida:** enviada □ **en ésta** cuidad (en La Vecilla) □ **Vale:** he terminado □ **añadir:** agregar □ **a lo dicho ...:** a lo que han dicho estos señores

Vocabulario

— A —

abajo en bas, dessous
abalanzar jeter
abanicarse s'éventer
abanico éventail
abierto ouvert
ablandar ramollir
abonado fertilisé
abonar payer
abono engrais
aborrecer haïr
aborto avortement
abotargado bouffi, enflé
abrazar serrer
abrazo accolade
abrir ouvrir
absorto étonné
abultar être volumineux
aburrir ennuyer
acá ici
acabar finir
acariciar caresser
aceite huile
aceituna olive
acercar (r)approcher
acertar réussir
acíbar aloès
acicalar rendre beau
acobardado intimidé
acoger accueillir
acometer attaquer, assaillir
acomodado à l'aise, installé
acompasado régulier
acondicionado arrangé
acongojado affligé
acontecimiento événement
acordarse de se rappeler
acorde d'accord
acorralado acculé
acostar coucher
acostumbrar habituer
actuación comportement
acuchillar poignarder
acunar bercer
achantarse prendre peur
achaque maladie
achatado aplati
achicarse se faire petit, se dégonfler
adelantar précéder, dépasser
adelante en avant
ademán geste
además de plus
adobe brique crue
adormecido endormi
adornar orner
adustez rudesse
afán effort, grand désir
afanosamente ardemment
aferrar accrocher
aficionado grand amateur
aficionarse prendre goût, s'adonner
afilar aiguiser
afortunadamente heureusement
agachado accroupi, tapi, baissé
agarrar accrocher
agarrotado crispé
agarrotar exécuter au garrot
agobiar accabler
agobio angoisse
agolpar entasser, frapper
agostado desséché

agosto août
agotar épuiser
agradar plaire
agradecer remercier, savoir gré
aguantar supporter, résister
aguardar attendre
agudo aigu
agüero augure
aguijonazo coup d'aiguillon
águila aigle
agujero trou
ahogar noyer, étouffer
ahora maintenant
ahorrar économiser, épargner
ahuecar enfler
ahuyentar chasser
airoso gracieux, élégant
ajeno loin de, étranger à
ajustarse s'adapter
alacena placard
alacrán scorpion
alargar allonger, tendre
albayalde blanc de céruse
albergar héberger
alborotado agité
alborotar causer du désordre
alborozado réjoui
alcahueta entremetteuse
alcance portée
alcanzar atteindre
alcoba alcôve
alegrar réjouir, égayer
alegría joie
alejar éloigner
aleta aile
alfiler épingle
alforja besace
algo quelque chose, un peu
algodón coton
alguién quelqu'un
alguno quelque, certain
aliento haleine
alijo marchandise de contrebande
alimaña animal sauvage, nuisible
alivio soulagement
aljofaina cuvette
alma âme
almendra amande
almíbar sirop
almohada oreiller
alojamiento logement
alojar loger
alpargata espadrille
alrededor autour
alternativa alternance, choix
alto haut, grand, hauteur, halte
aludido concerné, visé
alzar élever
allá là-bas
ama gouvernante
amanecer lever du jour
amapola coquelicot
amargar rendre amer
amargor, amargura amertume
amarillo jaune
amartelado amoureux
ambos tous les deux
amistad amitié
amplio vaste, grand
ancas croupe
ancho large
andadas (volver a las) retomber dans les erreurs passées
andadura allure
andanza aventure
andar marcher, aller, avancer
andar de cabeza être débordé
andén quai
angustia angoisse
anhelo désir ardent
animar encourager, stimuler
ánimo intention
anonadado anéanti
ansia anxiété, désir
ante devant
antes avant
antigüedad antiquité
añadir ajouter
apaciguar apaiser
apadrinar être témoin
apagar éteindre
apalear frapper avec un bâton

apañar disposer, dégoter
aparecido fantôme
apartar écarter
apear descendre
apedrear lapider
ápice (ni un) pas le moins du monde
aplacar calmer
aplanado effondré
aplanamiento abattement
aplastar écraser
aplazar ajourner, retarder
aplomo gravité, sérieux
apoderarse prendre possession
apoyar appuyer
aprensivo tourmenté
apresurar hâter
apretar serrer, presser
aprovechar profiter
apuntalar étayer
apuntar noter, désigner
apuñalar poignarder
apurado à court d'argent
apurar attrister, tourmenter
apuro hâte, situation difficile
arañar griffer
arca coffre
arcada nausée
arder brûler
armar monter, dresser, faire
arramblar ramasser, embarquer
arrancar arracher
arranque élan
arrasar remplir
arrastrar traîner
arrear flanquer
arrebol fard rouge
arreciar redoubler
arreglar arranger, régler
arreglo solution, remède
arreo harnais
arrepentimiento repentir
arrepentir regretter
arriba en haut
arriesgar risquer
arrimar approcher, appuyer
arrodillar agenouiller
arrojar jeter
arruga ride
arrugar plisser
arruinar ruiner
artes procédés
artesa pétrin
asador broche
asaduras entrailles
asaltar attaquer
aseado soigné
asegurar assurer
asesorar conseiller
asestar assener
asnillo petit âne
asomar sortir, apparaître
áspero dur, violent
asunto affaire, sujet
asustar effrayer
atado attaché
ataúd cercueil
atenerse s'en tenir
atestiguar témoigner, manifester
atontado hébété
atosigar empoisonner, se presser
atrás derrière, en arrière
atravesar traverser
atreverse oser
atropellar renverser
atusar lisser
aullar hurler
aun même, cependant
aún encore, toujours
aunque bien que, même si
auxilio aide
ave oiseau
avecinar approcher
avenirse s'accorder
aventar éventer
avergonzarse avoir honte
averiguar vérifier
avío (hacer) rendre service
aviso (poner sobre) mettre sur ses gardes
ayudar aider
ayuntamiento mairie

azada houe
azahar fleur d'oranger
azarar effrayer
azaroso hasardeux, malheureux
azotar fouetter
azulejos carreaux de faïence à dominante bleue

— B —

baba bave
bajar descendre
bajo bas, petit, sous
bajo de salud en mauvaise santé
balde (en) en vain, pour rien
baldón opprobre
baldosa carreau, dalle
bálsamo baume
banda (cerrarse a la) se buter
banderita petit drapeau
banqueta tabouret
bañera bassin
baraja jeu de cartes
barato bon marché
barbecho terre labourée
barbilampiño imberbe
barrer balayer
barro argile, boue
bártulos affaires
basilisco « furie »
bastante assez
bastar suffire
baya baie
baza (meter) mettre son grain de sel
bebida boisson
berenjenal « pétrin »
besar embrasser
bicho bête
bigote moustache
bilis bile
bizcochada soupe au lait avec des biscuits
blando mou, tendre, doux
blanqueado blanchi
boca bouche, ouverture
boca arriba sur le dos
bocado bouchée
boda noce
bolsillo poche, porte-monnaie
bolso bourse
bondad bonté
bonito joli
bordado brodé
borra bourre
borracho ivre, saoul
borrar effacer
borrón tache
bosque bois
bota gourde de vin
bote pot
boticario pharmacien
boyero bouvier
bozo duvet
bramante ficelle
bravía sauvage
brazo bras
bribón gredin
brindar offrir
brío force
broma plaisanterie
bronca querelle
bronco rauque, rude
bruja sorcière
bruto brutal, rustre
buba bouton, pustule
buhardilla mansarde
bulto paquet, ballot
bulto (escurrir el) se défiler, éviter
bullicio tumulte
burrillo petit âne
buscar chercher

— C —

cabal juste, exact
caber convenir
cabeza tête
cabezal couvre-chef
cabezón têtu

cabo bout, brigadier
cabra chèvre
cacha manche de couteau
cachorro chiot
cada chaque
caer tomber
cafetín bistrot
caída chute, tombée
caja caisse, cercueil
cajón tiroir, caisse
calcetín chaussette
calendario calendrier
calentar chauffer
caliente chaud
calvo chauve
calzado chaussé
callado silencieux
callar taire
calle rue
cama lit
cambiar changer
cambio changement
cambio (en) en revanche
camilla table ronde avec un brasero dessous (tandour)
caminante passant
camino chemin
camisa chemise
camisolina sorte de chemise
campana cloche, manteau de cheminée
campanada scandale
campanario clocher
campo champs, campagne
camposanto cimetière
candil lampe à huile
cangrejo écrevisse
canica bille
cano blanc
cansancio fatigue
cántaro cruche
cantina buvette
canto chant
cantueso lavande
caño jet, canon, coup
capcioso insidieux
capellán aumônier
caperuza capuchon
cara visage
carcajada éclat de rire
cárcel prison
cardo chardon
cargado accablé
cargante assommant
cargar charger, porter
cargo (hacer...de) faire grief
cariño tendresse
caritativo charitable
cariz allure, tournure
carne chair, viande
caro cher
carpeta dossier
carraspear se râcler la gorge
carrera carrière, course
carretera route
carril rail
carroña charogne
carta lettre
cartera portefeuille
cartujo chartreux
casa de (a) chez
casar marier
cascada (voz) voix cassée
caseta maisonnette
casi presque
castaño châtain
castañuela castagnette
castigar châtier
catar goûter
cautela prudence
cautivo captif
cavilar réfléchir, se creuser la tête
caza chasse
cazar attraper
cazo casserole
cegar aveugler, combler, boucher
cejar reculer, faiblir
celda cellule
celoso jaloux, méfiant
cena dîner
cencerrada charivari
ceniza cendre

centella éclair
ceño froncement de sourcils
cera cire
cerca près
cercano proche
cerdo porc
cerro colline
certeza certitude
cesto panier
cetrino olivâtre
ciegas (a) à l'aveuglette
cielo raso plafond
cierto certain
cigüeña cigogne
cintarazo coup de ceinture
circunstantes (los) l'assistance
cirugía chirurgie
citado (el) le dit
ciudad ville
claras (a las) au grand jour
clarear éclaircir
claro (un) une ouverture
cláusula clause
clavar clouer, planter
clavo clou
cobarde lâche
cobrar encaisser, récolter, prendre
cocer cuire
cocido cuit, pot-au-feu
cocimiento décoction
cocina cuisine
cochero cocher
cochino cochon, sale
coger prendre
cojita boiteuse (dimin.)
cola queue
colchón matelas
cólera morbo choléra morbus
colgado de accroché à
colmo comble
colocar placer
colonia eau de Cologne
colorado coloré, rouge
cómico comédien
complacer complaire, avoir plaisir à
compostura sang-froid
común (por lo) communément
concha de los romeros coquille Saint-Jacques
conde comte
condena condamnation
condenado condamné
conducir conduire
conejo lapin
confeso ayant avoué
confiar avoir confiance
conformarse se contenter, se résigner
congoja angoisse
conocer connaître
conocimiento connaissance
conseguir obtenir, réussir
consejo conseil
consuelo consolation
contar raconter
contrabandista contrebandier
contrapelo (a) à rebrousse-poil
convicto reconnu coupable
convidar inviter
copa verre
copo flocon
coraje colère, fureur
corazonada pressentiment
corbata cravate
cordel ficelle
cordero agneau
cornudo cocu
corral cour
corregir corriger
correr courir
corretear courir
corrido bon
corriente courant
cortar couper, trancher
cortijo ferme
corto court, petit
corza femelle du chevreuil
cosa chose
cosecha récolte
costado côté, flanc
costar coûter

costillar les côtes, le flanc
costumbre mœurs, habitude
crecer pousser, croître
creces usure, intérêts
creer croire
cría petits, portée
criar élever
criatura nourrisson
criba tamis, crible
cristiano chrétien
cruce croisement, carrefour
crudo cru
crueldad cruauté
crujir craquer
cruz croix
cruzar croiser, cingler, traverser
cuadra écurie
cuadrado carré
cuadrar tomber, concorder
cuajo (arrancar de) couper à la racine
cualquiera quiconque
cuarentón quadragénaire
cuaresma carême
cuarta quatrième
cuartillas feuillets
cuarto chambre, pièce, sou
cubero tonnelier
cubero (a ojo de buen) à vue d'œil
cuchichear chuchoter
cuchillada coup de couteau
cuchillo de monte couteau de chasse
cuello col, cou
cuenta (darse) se rendre compte
cuento (venir a) venir à propos
cuero cuir, peau
cuerpo corps
cuervo corbeau
cuestas (a) sur le dos
cuidado soin, attention
cuidar prendre soin de
culebra couleuvre
culera fond, siège
culpa faute
culpar accuser, rendre responsable
cumplido politesse
cumplir avoir (âge), faire son devoir
cuneta fossé
curación traitement
curar soigner
cuyo dont
chaleco gilet
charco mare
charla bavardage
chicharra cigale
chiquillo gamin
chirriar grincer
chistoso drôle
chocar con heurter
chorro jet
choza chaumière
chuchería babiole
chulería bravade, crânerie
chulo souteneur, mauvais garçon
chumbera figuier de Barbarie
chupado maigre

— D —

daño mal
dar donner, frapper
dar por tenir pour
darse por se faire passer pour
darse cuenta se rendre compte
dato renseignement
debajo dessous
deber devoir
débil faible
decaer décliner
decidor beau parleur
dedicar dédier, consacrer, occuper
defecto défaut
degolladero abattoir
dejar laisser, quitter
delgado mince
demás (los) les autres
demasiado trop

demora perte de temps
demostrar montrer, faire preuve de
denodado vaillant
dentro dans, dedans
departamento compartiment
derecho droit
derribar renverser, faire tomber
derrotado vaincu
derrotero chemin, voie
desabrida hargneuse
desamparado abandonné
desarrollo développement
desasosiego inquiétude
desazonado mal à l'aise
desbocado emballé, à flots
descabalgar descendre de cheval, jeter à terre
descabezar (un sueño) faire un somme
descalabrar blesser à la tête
descalzar déchausser
descalzo nu-pieds
descaminado (andar) avoir tort
descansar reposer
descargar décharger
descartado exclu
desconchar s'écailler
desconocedor ignorant
desconocido inconnu, méconnaissable
descontado (por) bien sûr
descreído mécréant
desde depuis
desdicha malheur
desear désirer
desencadenar déchaîner, déclencher
desencajado décomposé
desenlace dénouement
desenrollar dérouler
desenvainar dégainer
desfallecer défaillir, s'évanouir
desgaire (al) au vol
desgracia malheur
desgraciado malheureux
desgraciar estropier
deshilar effilocher
deshonra déshonneur
deslavazado décousu
desligar détacher
desmañado maladroit
desmayarse perdre connaissance
desmelenado cheveux épars
desmerecer démériter, être inférieur
desnudo nu
desollar écorcher
despacio lentement
despachar expédier
despacho bureau
desparpajo effronterie
despedir dire au revoir, dégager
despegar détacher
despejado vaste, dégagé
despensa garde-manger
despeñadero décharge
despertador réveil
despertar réveiller
despierto éveillé
despreciar mépriser
desprender défaire, dégager
después après
destemplar déranger, dérégler
destrozar détruire
desusado inusité, inhabituel
detrás derrière
devanar dévider
devaneo caprice
devolver rendre
diario quotidien
dibujo dessin
dicha bonheur
dicho dit
dignarse daigner
Dios manda (como) comme il faut
Dios mediante avec l'aide de Dieu
dirigir adresser
disculpar excuser
discurrir parcourir, réfléchir, s'écouler
disfrutar jouir de

disgustar déplaire, chagriner
disgusto déboire, contrariété
disolvente corrupteur
disparar tirer
disponer disposer
dispuesto disposé
doblar plier
doler faire mal
doliente souffrant, plaintif
dominio maîtrise de soi
donaire grâce, finesse
dudar douter
duelo deuil
dueño maître, propriétaire
dulzura douceur
duro = 5 pesetas

— E —

echar jeter, mettre, percer, allonger
echar de menos regretter
echarse a se mettre à
edad âge
ejercitar exercer
embarazada enceinte
embarazo grossesse
embargo (sin) cependant
embobado ébahi, enjôlé
emborronar gribouiller
embozo drap (retour du)
empapado imprégné
empaque allure
empezar commencer
empleado employé
emprender entreprendre
empujón poussée, bourrade
enamorado amoureux
encaje dentelle
encamado alité
encarnado rouge
encarrilar mettre sur la (bonne) voie
encender allumer
encerado tableau noir
encerrar enfermer
encima au-dessus, sur
encina chêne vert
encontrar trouver
endemoniado possédé par le démon
enderezar redresser
endiñar tuer (arg.)
endurecer durcir
enfangado embourbé
enfermedad maladie
enfermizo maladif, malsain
enflaquecer maigrir
enfriar refroidir
enfundar ranger
enfurecer mettre en fureur
engañar tromper
engordar grossir
enjaezar harnacher
enjalbegar blanchir à la chaux
enloquecer devenir fou
enlutado vêtu de deuil
enmarañar emmêler
enrollar enrouler
enroscado enroulé
enseñar montrer, enseigner
ensillar seller
ensuciar salir
entender comprendre
enterar apprendre, savoir
enternecer attendrir
entierro enterrement
entonces alors
entontecido rendu stupide
entornar fermer (ouvrir) à demi
entrañas entrailles
entregar livrer, remettre, rendre
entretener distraire, amuser, occuper
entretenido amusant
envalentonar enhardir
envenenar empoisonner
enviar envoyer
envío envoi
envolver envelopper
equipaje bagages
equivocarse se tromper

erial friche
ermita lugareña chapelle du village
ermitaño ermite
errada erroné, faux
escandalera scandale, esclandre
escapar échapper
escasez manque, pénurie
esclarecer éclaircir
escocer brûler
escoger choisir
esconder cacher
escopeta fusil
escoria scorie
escritor écrivain
escrutadora scrutatrice
escudo blason
escuela école
escupir cracher
escurrido de carnes maigre
escurrir glisser, échapper
esfuerzo effort
esmero soin
esmirriado chétif
espalda dos
espantar effrayer, épouvanter
(d)esparramar répandre
esperar attendre, espérer
espiar épier
espigado élancé
espina épine, chagrin
esponjar gonfler
espuela éperon
esquilón cloche
esquina coin, angle
establecer établir
estación gare
estampar marquer
estanque étang
estatua statue
estercolero tas de fumier
estiércol fumier
estío été
estornino étourneau
estrecho étroit
estrella étoile
estremecimiento tressaillement, émotion
estrepitosamente bruyamment
estribillo refrain
estupendo extraordinaire
exceder surpasser
extender étendre
extrañar étonner, regretter
extraño bizarre
extremeño d'Estrémadure

— F —

facha en garde
fachada façade
faena travail
faja ceinture
fajo liasse
falda jupe
falsete fausset
falta manque, absence
falta (hacer) être nécessaire
faltar manquer
fallo défaillance
fama réputation
fardo ballot
farol lanterne
fastidiado ennuyé
fe foi
fecha date
felicidad bonheur
feo laid
feria foire
fiebre fièvre
fiel fidèle
fiero farouche, féroce
figurar représenter
fijado fixé
fijarse voir, observer, faire attention
finca ferme, propriété
fingir feindre
firmar signer
flaco maigre, faible
flamenco crâneur

flaqueza faiblesse
flauta flûte
forastero étranger au lieu
forcejear se débattre
forzar forcer
frasca, o flacon, bouteille
fregotear frotter
fu ni fa (ni) couci-couça
fuego feu
fuente fontaine
fuera hors, dehors
fuerza force
función fête

— G —

gabinete (cuestión de) affaire d'État
gacho bas
galán bel homme
gallego Galicien
gallina poule
gallo coq
gana envie
ganado bétail
ganar gagner
ganarle a uno prendre le pas sur quelqu'un
garganta gorge
garra griffe, serre
garrote strangulation, garrot
garza héron
gastar dépenser, user
gasto frais, dépense
gato escondido anguille sous roche
gato montés chat sauvage
gavilán épervier
gaznate gorge, gosier
genio humeur
geranio géranium
girasol tournesol
gloria paradis
golfillo jeune vaurien
golondrina hirondelle
golpe coup
gordo gros
gorra bonnet
gozar jouir, profiter
gozo joie, plaisir
grabar graver
gracia (tener) être drôle, avoir de la grâce
gracioso amusant
grajo crave (oiseau)
grasiento graisseux
grato agréable
grillo grillon
grima dégoût, déplaisir
gritar crier
grito pelado (a) à tue-tête
grueso gros, épais
guapo beau
guardar garder, ranger
guarecer s'abriter
guarro cochon, porc
guerrero guerrier
guía extrémité de la moustache
guijarro caillou

— H —

haber de devoir
habitación pièce, chambre
hacia vers
hacienda fortune
hambriento affamé
haragán fainéant
hartar fatiguer, ennuyer, rassasier
harto fatigué, assez
hasta jusqu'à
hazaña exploit
hebillazo coup de ceinture (boucle)
hebra aiguillée de fil
hecho fait
heder puer
hembra femelle
heredar hériter
herida blessure

herir blesser
hermanastra demi-sœur
hermano, a frère, sœur
hermoso beau
hiel fiel
hielo glace
hiena hyène
hierro fer
higo figue
hijo, a fils, fille
hila charpie
hilo fil, filet
hincapié (hacer) tenir bon, insister fermement
hocico museau
hogar foyer
hoguera feu, brasier
hoja feuille, lame
hombría virilité
hombro épaule
hombrón gros, grand homme
hondo creux, profond
hongo champignon
honra honneur, réputation
honradez honnêteté
hormiga fourmi
hosco renfrogné
hostia hostie
hoy aujourd'hui
hoyo trou
huella marque
huérfano orphelin
hueso os
huésped hôte
huida fuite
huir fuir
humedad humidité
humilde humble
humo fumée
hundir enfoncer
húngaro bohémien
huraño sauvage
hurgar remuer, toucher
hurtadillas (a) à la dérobée

— I —

igual égal, pareil
ilegible illisible
ilusión joie
impedir empêcher
importe montant
imprenta imprimerie
impresor imprimeur
impulso impulsion, pulsion
inaudito inouï
incansable infatigable
inclinarse décider
incluso inclus, même
incordiar gêner
incordio (anal) obstruction
incorporarse se mettre debout
incrementar augmenter
indefenso sans défense
indulto grâce
industriarse s'ingénier, se débrouiller
infeliz malheureux
infierno enfer
informe renseignement, rapport
insospechado insoupçonné
intentar essayer
invadir envahir
invierno hiver
ira colère
izquierda gauche

— J —

jabón savon
jabonadura savonnage
jaque bravache, vantard
jara ciste
jarra jarre, pot
jarrón vase
jergón paillasse
jilguero chardonneret
jineta cavalière
joven jeune
joya bijou

jubiloso joyeux
juego jeu
juerga fête, bringue
jugar jouer
juicio jugement
Juicio Jugement dernier
juncal élancé
Junta Comité, Assemblée
juntar unir
juntillas (a pies) aveuglément, obstinément
junto a près de
jurar jurer
juventud jeunesse

— L —

labio lèvre
labranza travaux des champs
labrar travailler, causer
labrado sculpté
labrador laboureur
lacio maigre, plat
ladeado penché
ladino rusé, malin
lado côté
ladrón voleur
lagarto lézard
lágrima larme
laguna lacune
lamer lécher
lamido soigné
lanar à laine
langosta sauterelle
lápiz crayon
largas (dar) faire traîner
largo long
largura longueur
lástima pitié
lastre lest, poids
lata boîte, fer-blanc
latido battement
latir palpiter
laurel laurier
lazada rosette
leche lait
lechuza chouette
leer lire
legua lieue
lejos loin
lelo sot, idiot
lentitud lenteur
leontina léontine (chaîne de montre)
leprosa lépreuse
letra lettre, écriture
levantar lever, soulever
levante levant, est
levemente légèrement
ley loi, religion
liado (andar) avoir une liaison
liar mêler, fourrer
librar libérer, sauver, échapper
licenciamiento libération
limbo limbes
limpiar nettoyer
limpio propre
lince lynx
liso plat, uni
liviano léger
lobo loup
lóbrego obscur, lugubre
loco fou
lodazal bourbier
loquear devenir fou
losa dalle, carreau
loza faïence
lozanía vigueur, fraîcheur, exubérance
lozano beau, vigoureux
lucero étoile
lucido brillant
lucha lutte
lugar lieu, endroit
lumbre feu
luna lune, glace
luto deuil
luz lumière

— LL —

llama flamme
llamar appeler
llanada, llanura plaine
llanto pleurs
llegar arriver
llenar remplir
lleno plein
llevadera supportable
llevar porter, apporter
llevarse con s'entendre
llorar pleurer
lluvia pluie

— M —

maceta pot de fleurs
macilento triste, émacié
machacar broyer
macho mâle
machorra hommasse
madera bois
madero madrier
madrina témoin du mariage, marraine
madroñera pompons
madrugada aube
maduro mûr
magín ciboulot
maldad méchanceté
maldito maudit
maleta valise
malo mauvais, méchant
malograr avorter
maloliente malodorant
malquerer détester
malva mauve
mamar téter
manantial source
manar jaillir, couler
manchar tacher
manchego de la province de la Manche
mandar ordonner, envoyer
mandato ordre
manejable maniable
manejarse se débrouiller
manga manche
mano (dejar de la) laisser de côté, abandonner
manotada coup
mansedumbre douceur
manso doux
manta couverture
manteca graisse, beurre
mantener maintenir, entretenir
manzana pomme
manzanilla vin blanc sec
maña ruse
maravillado émerveillé
marcha départ
marcharse s'en aller
marica femmelette
mariposa papillon
más allá au-delà
máscara masque
masonería franc-maçonnerie
mata buisson, touffe
mata de pelo longue chevelure
matadero abattoir
matalón efflanqué, étique
matar tuer
matiz nuance
matorral broussailles
mayor (de) adulte
mecer bercer
media bas
mediados (a) vers le milieu
mediar (s')interposer
medio milieu, moyen
medir mesurer
mejilla joue
mejor (a lo) peut-être
mejorar améliorer
mema sotte, niaise
menester besoin, occupation
menos moins
mentar la madre traiter quelqu'un de fils de p...
menudo menu, mince

mero simple, pur
merecer mériter
mermar diminuer
mes mois
mesa table
meta but
mezclar mêler
miedo peur
miente esprit
mientras pendant que, tandis que
mies moisson
milagroso miraculeux
mimar câliner
mimbre osier
mimo soin, tendresse
mirada regard
mirar (un) un regard
misa messe
mitad moitié, milieu
moceril de la jeunesse
mocita toute jeune
modales manières
modo (en...alguno) en aucune façon
mojar mouiller
molestar gêner, déranger, ennuyer
molido moulu, rompu, broyé
monaguillo enfant de chœur
monedero porte-monnaie
monja religieuse
montaraz sauvage, farouche
monte mont, bois
moño chignon
moquillo rhume
mor (por... de) à cause de
morado violet
morcilla boudin
morcón gros boudin
mordisco morsure
moreno brun
morriña nostalgie
mosca mouche
mostaza moutarde
mostrar montrer, paraître
motejar traiter de
motivo raison
mover remuer, mouvoir, provoquer
mozo jeune
mudar changer
mudo muet
muelle quai
muerte mort
muerto mort
mujer femme
mulero muletier
mullido rembourré
muy très

— N —

nácar nacre
nacer naître
nada rien
nadar nager
nadie personne
nalga fesse
naranja orange
nariz nez
navaja couteau long et pointu
navajazo coup de couteau
Navidad Noël
nazareno pénitent portant une tunique violette
necesitar avoir besoin
negocio affaire
negruzco noirâtre
nervio nerf
nido nid
niebla brouillard
nieto petit-fils
ninguno aucun
niñez enfance
nogal noyer
notar remarquer
noticia nouvelle
novedad nouveauté
novela roman
novia fiancée
novillero torero débutant
nube nuage

nublar voiler
numerar numéroter
número homme de troupe
nunca jamais

— O —

obcecar aveugler
obra œuvre
obrero ouvrier
obsequiar offrir quelque chose
obstante (no) cependant
ocio loisir, repos
ocultar cacher
ocurrencia idée
ocurrir survenir, arriver
ocurrírsele avoir l'idée
ochavo sou
odiar haïr
odio haine
oficial officier
oficio métier
oídas (de) par ouï-dire
oídos oreilles
oir entendre
ojera cerne
ojo œil
oler sentir, flairer
olfato odorat
olivar oliveraie
olivo olivier
olor odeur
olvidadizo oublieux
olvidar oublier
ora tantôt
orden ordre
ordenar ordonner, ranger
oreja oreille
orgulloso fier
orilla bord
ortiga ortie
osario ossuaire, charnier
otorgar donner, octroyer
oveja descarriada brebis égarée

— P —

padres père et mère
página page
palabra mot
palabrería verbiage
paladar palais
paladín champion
paliza raclée
palma palmier
palmada tape
palo batôn
paloma colombe
palomar pigeonnier
palomo ladrón séducteur
pan pain
pana velours côtelé
pandereta tambourin
pañuelo mouchoir
papel papier
parar arrêter
parecer paraître, sembler
parecer (un) un avis, une ressemblance
parecido (un) une ressemblance
pared mur
pareja couple, deux gendarmes
parir mettre au monde, accoucher
párpado paupière
parroquial paroissial
parte partie
partera accoucheuse
partidario partisan
partido parti
parto accouchement
pasabola (juego del) se renvoyer la balle, le billard
pasar de (no) n'être que
paseo promenade
paso pas
pata (mala) malchance
patada coup de pied
patear donner des coups de pied
patíbulo échafaud
patio cour

patitas en la calle (poner de) mettre dehors
patricio noble, patricien
pavía pêche
paz paix
pecado péché
pecar de pécher par
pecho poitrine, sein
pedazo morceau
pedernal silex
pedir demander
pegajoso poisseux, gluant
pegar coller, frapper
peinador coiffeur
pelambrera tignasse
pelea lutte, bagarre
peligro danger
pelo poil, cheveux
peludo poilu
pelusa duvet
penal pénitencier
pendenciero bagarreur
pensamiento pensée
peor pire
percatarse se rendre compte
perdido perdu
perdigonada décharge de chevrotines
perdiguera qui chasse la perdrix
perdiz perdrix
perdón (con) sauf votre respect
perdonar pardonner
pero mais
perra chienne, argent, sou
perro chien
perseguir poursuivre
personal (el) monde, gens
pertenecer appartenir
pesadilla cauchemar
pesar (un) un chagrin
pesar (a...de) malgré
pesaroso désolé, accablé
pescado poisson
pescar pêcher
pesebre mangeoire
peso poids
pestañear cligner des yeux
pez poisson
pezón bout de sein
picarse s'offenser
picaresca bande de voyous
pícaro espiègle, fripon
pichón pigeon
pie (de) debout
pie (dar) donner l'occasion
piedad pitié
piedra pierre
piel peau
pierna jambe
pieza (dejar de una) laisser pantois
pila fonts baptismaux
pilón bassin
pillo vaurien
pinchazo pique, crevaison
pintado peint
piña agglomération
pique (estar a) être sur le point
pisar piétiner, fouler aux pieds
piso étage
pitillo cigarette
pizpireta vive, spirituelle
placentero plaisant
plata argent
plato assiette
plaza place, arène
pleito querelle
plumón duvet
poblado localité
poda taille, élagage
poder pouvoir
poderío puissance
podrir pourrir
polv(ill)o poudre
poner poser, mettre
poniente ouest, ponant
porlan ciment
portal portail
portante (coger el) déguerpir
portarse se comporter
porte comportement, allure
posada auberge

poseer posséder
pozo puits
pradera prairie
preciado précieux
preciarse se respecter
precio prix
precisar avoir besoin, demander
pregón annonce, cri
preguntar demander
premiar récompenser
preñada enceinte
presa prise, proie
presenciar être présent à
presidio bagne, travaux forcés
preso prisonnier
presto vite
presumido vaniteux
previsto prévu
prieto ferme
primo cousin
primor soin, perfection
principio début
pringado taché, sali
prisa (de) en hâte, vite
probar prouver, convenir, essayer
procedimiento procédé, méthode
procurar essayer
pronto vite, rapidement
provecho profit, bien
provechoso profitable
prueba épreuve, preuve
puchero marmite
pueblo village
puente pont
puerto port
pues eh bien
pulcritud soin
pulido poli
pulso pouls
puntera coup de pied
punto point
punto menos de presque
puñalada coup de poignard
puñetazo coup de poing
pusilánime timide

— Q —

quebrar briser
quedar rester, devenir
quedo calme, bas
quejar plaindre
quejido gémissement
quemar brûler
querer vouloir, aimer
quicio cadre d'une porte
quicio (sacar de) sortir de ses gonds
quiebra cassure, faillite
quietud tranquillité
quintas conscription
quitar enlever
quizá(s) peut-être

— R —

rábano radis
rabiar avoir la rage, enrager
rabillo petite queue
rabioso enragé
radiante rayonnant
raído râpé, élimé
rajar fendre
ralo rare, clairsemé
rama branche
rancho gamelle
rapto ravissement
raro bizarre, étrange
rasgar déchirer
raso velours
rastras (a) en le traînant
rata rat
ratero voleur à la tire
rato moment
ratón souris
raya limite, frontière
real monnaie (25 cent.)
reanudar reprendre
reata file
rebote rebond
rebuscar fouiller, rechercher

recaudo (a buen) bien à l'abri
recetar ordonner, prescrire
recibidor entrée
recio robuste, fort
recobrar recouvrer, retrouver
recoger ramasser, prendre
recogido rentré
recopilar compiler
recordar rappeler, se souvenir
recorrer parcourir
recostar appuyer
recreo pause, délassement
recuerdo souvenir
redondear augmenter
redondo rond
reembolso remboursement
refrán proverbe
regalar offrir
regar arroser
regato ruisselet
regazo giron
regocijo joie
regular moyen
reir rire
rejilla cannage
relatar raconter
relato récit
reló(j) pendule, horloge
relumbrón clinquant
rematar achever, couronner
remedio remède, solution
remitir remettre, renvoyer
remorder ronger
remover remuer, déplacer
rendido épuisé
renglón seguido (a) tout de suite après
reñir se disputer
reojo (de) de travers
reparar remarquer, faire attention
repente (de), repentino soudain
reponerse se remettre
requerido appelé, réclamé
requisito condition requise
resabio rancœur
rescoldo braise
resfriar prendre froid
resguardar protéger, abriter
resistirse a se refuser à
resolver résoudre
respaldo dossier
resquemor tourment
restar soustraire
resultas (de) à la suite
retador provocateur
retraso retard
retrato portrait
retumbar retentir
revolear voleter
rezar prier
rienda rêne
rincón coin
risa rire
rizada ondulé
robar voler
rodar (el) la succession
rodear entourer
rodilla genou
rogar prier
rojo rouge
rollizo dodu, gras
rollo rouleau
romero romarin, pèlerin
romper casser
romper a se mettre à
rondar rôder, tourner autour
ronzal licou
ropa vêtement
rotulado intitulé, marqué
rozar frotter, côtoyer
rubiales blondasse
ruborizado rougissant
rueda cercle, roue
ruego prière
ruidito petit bruit
ruin minable, vil, abject
rumboso généreux

— S —

sábana drap
saber savoir
saber a avoir le goût de
sabiduría savoir
sabio savant, sage
sacar enlever, tirer, sortir
sacerdote prêtre
sacramentar administrer les derniers sacrements
saledizo saillant
salida sortie, départ
salir sortir, partir
saltamontes sauterelle
saltar sauter, éclater
saltito petit saut
salud santé
saludable sain, salutaire
saludar saluer
salvo sauf
sanar guérir
sangrar saigner
sangre sang
sano sain
sano (cortar por lo) trancher dans le vif
santo (el) fête
sapo crapaud
sarampión rougeole
sarnoso galeux
sarpullido éruption
sarta chapelet
sazón (en) mûr
seda soie
seducir séduire
seguidilla séguedille (mus.)
seguido suivi, d'affilée
seguir suivre, continuer
según suivant, d'après
seguridad sécurité, certitude
seguro (a buen) sans aucun doute
semejar sembler
sencillez simplicité
sencillo simple
senda sentier, chemin
sendero sentier
sentar asseoir, convenir
sentido sens, intelligence
sentir regretter
seña signe
señal marque
señalar marquer, montrer, indiquer
señas adresse
señorito Monsieur, jeune homme riche
sequedad sécheresse
sereno serein, veilleur de nuit
serio sérieux
serranía montagne
seso cervelle
siempre toujours
sien tempe
sierra scie
silbar siffler
silla chaise
sin sans
sin embargo cependant
sino mais
siquiera (ni) même pas
sitio endroit
soberano magistral
soberbia orgueil
sobrar rester, être de trop
sobre enveloppe, sur
sobrecogido surpris, saisi
sobresaltar effrayer, sursauter
sobrina nièce
sofocón grosse frayeur
sol a sol (de) du lever au coucher du soleil
soleado ensoleillé
soler avoir coutume de
soltar lâcher, libérer
soltería célibat
soltura aisance, désinvolture
sombra ombre
sonar sonner
sonreir sourire
sonrisa sourire
sopa soupe

soplo souffle, courant d'air
sosiego calme
sospechar soupçonner, se douter de
soterrar enfouir
suave doux
suavizar adoucir
subir (el color) rougir
suceder survenir, arriver
suceso événement
sucio sale
suelo sol
sueñecito petit somme
suerte chance, sort
sujetar fixer, maintenir, attraper
sumar additionner
surco sillon
surtir fournir
suspender arrêter

— T —

tabas osselets
tabaco tabac
tabaquera tabatière
tabla planche
tachar traiter de, taxer
taimado sournois
tal vez peut-être
talega sac
taller atelier
tallo tige, pousse
también aussi
tampoco non plus
tapar cacher, couvrir, boucher
tapia mur
tapita amuse-gueule
tarde tard, après-midi
tatuaje tatouage
techo plafond
tejado toit
tejeringo sorte de beignet
tembleque tremblotement
temblor tremblement, frisson
temer craindre
temeroso peureux
templado modéré
templar tempérer
témpora saison
temporada saison, moment
temprano tôt
teniente lieutenant
tentar tâter, palper
terno complet
terreno terrain
tez teint
tierno tendre, très jeune
tierra por medio (poner) s'enfuir
tiesto pot de fleurs
tijera ciseaux
tilde accent
tinaja jarre
tingladillo berceau
tiniebla ténèbre
tinta encre
tinto (vino) vin rouge
tío oncle
tira bande
tirado allongé
tirador poignée
tirando (Ir) aller tant bien que mal
tirar jeter, lancer, enlever
tirar por passer par
tiro portée
tirón trait
tísica phtisique
tisis phtisie
titubear chanceler, hésiter
tocar toucher, appartenir
tocarle a uno être le tour de, être à
todavía encore, toujours
todo (del) tout à fait
tomar prendre
tomillo thym
tontería bêtise
tonto idiot, bête
topar rencontrer
torcer tordre
tormenta orage, tourmente

tornillo tour de garrot
torre tour
torta galette
tortuga tortue
tos toux
tósigo tourment
tostado hâlé
trabajar travailler
trabar entraver
traducir traduire
tragaderas conscience élastique
tragar avaler
traidor traître
traje de luces habit de lumière
trance (en... de muerte) à l'article de la mort
transcribir transcrire
transcurrir passer
trasero derrière, postérieur
traslado transfert
traspasado tourmenté
traspasar enfreindre
trasponer disparaître
trastocar bouleverser
trastornar bouleverser
tratar essayer
traviesa traverse, poutre
trazado tracé, fait
tremenda terrible
trigo blé
tripas corazón (hacer de) vaincre sa réticence, se dominer
tris rien, cheveu
triscar gambader
trenza tresse
tropezar rencontrer
trotamundo vagabond
trueno tonnerre
tumbar étendre
tumbo cahot
tunda raclée
turbamulta foule

— U —

ufano fier
últimamente dernièrement
ultramarinos épicerie
ungüento onguent
uña ongle, sabot
uña de caballo (a) ventre à terre, à toute vitesse
usar utiliser
uso utilisation, emploi

— V —

vacilar hésiter
vacío vide
vacuna vaccin
valentía vaillance
valer valoir
valiente courageux
valorar estimer
vara baguette, branche
varios plusieurs
varón homme
vasar vaisselier
veces (a) parfois
veces (las más de las) la plupart du temps
vecino voisin
velada veillée
velado voilé
velo voile
velocidad vitesse
vena veine, filet
vencer vaincre
vendaval ouragan
veneno venin, poison
ventaja avantage
ventanilla guichet
ventear flairer
vera bord
verano été
verdad vérité
verdadero véritable
verdugo bourreau

vergüenza honte
verter verser
vestir (s')habiller
vez fois
vez (en...de) au lieu de
viaje voyage
víbora vipère
vicio vice
vida vie
vidrio verre
viejecito petit vieux
vigilar surveiller
vilo (en) dans l'incertitude
vínculo lien
vino vin
virgen vierge
virtud vertu
visera visière
vista vue
visto (por lo) apparemment
vistoso magnifique
vivo vivant
vocear crier
voces (a) à grands cris
volandas (en) sans toucher terre
volcar renverser
voltear retourner
volver rendre
volver a recommencer, retourner
voz voix
vuelco chavirement
vuelo vol
vuelta tour, retour
vuelto de espaldas le dos tourné

— Y —

ya déjà
ya no ne plus
ya que vu que
yegua jument
yerbabuena menthe
yermo vide, désert
yunque enclume

— Z —

zafarrancho bagarre
zafio grossier, épais
zancada enjambée
zapatero cordonnier
zarza ronce
zorra rusée, prostituée
zorro renard
zurrar frapper, cogner

Composition réalisée par COMPOFAC - PARIS

IMPRIMÉ EN FRANCE PAR BRODARD ET TAUPIN
Usine de La Flèche (Sarthe).
LIBRAIRIE GÉNÉRALE FRANÇAISE - 6, rue Pierre-Sarrazin - 75006 Paris.

ISBN : 2 - 253 - 05708 - 8 30/8646/9